환각의 나비

박완서

우리가 꼭 읽어야 할
박완서의 문학상 수상작

푸르메

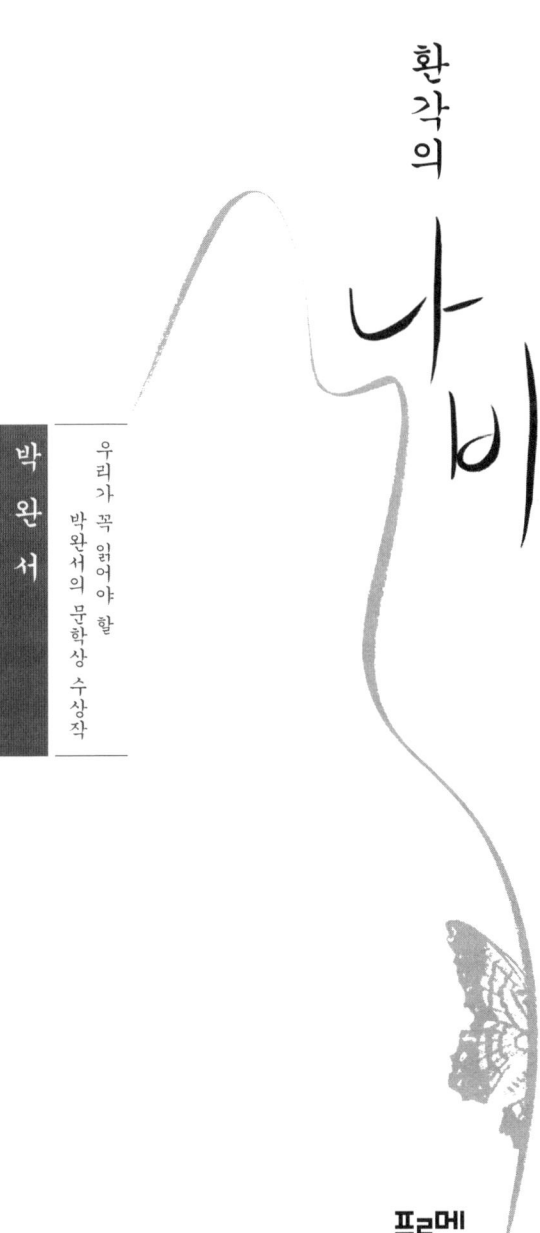

환각의 나비

1판 1쇄 발행 2006년 6월 25일
1판 22쇄 발행 2021년 6월 25일

지은이 박완서
펴낸이 김이금
펴낸곳 도서출판 푸르메
등록 제2014-000012호
주소 경기도 화성시 향남읍 행정중앙2로 64, 1106동 1604호
전화 02-334-4285
팩스 02-334-4284
전자우편 prume88@hanmail.net

인쇄·제본 한영문화사

ⓒ 박완서, 2006

ISBN 89-958003-1-7 03810

＊ 책값은 뒤표지에 표시되어 있습니다.

⊙

몸집에 비해 큰 승복 때문에 그런지
어머니의 조그만 몸은 날개를 접고 쉬고 있는 큰 나비처럼 보였다.
아니아니 헐렁한 승복 때문만이 아니었다.
살아온 무게나 잔재를 완전히 털어버린 그 가벼움, 그 자유로움 때문이었다.

⊙

⊙
―
차
례

그 가을의 사흘 동안　제7회 한국문학작가상 수상작
009

엄마의 말뚝 2　제5회 이상문학상 수상작
069

꿈꾸는 인큐베이터　제38회 현대문학상 수상작
131

나의 가장 나종 지니인 것　제25회 동인문학상 수상작
189

환각의 나비　제1회 한무숙문학상 수상작
217

해설　김수이　259

그 가을의 사흘 동안

제 7 회 한국문학작가상 수상작

1. 사흘 전

　사흘밖에 남지 않았다.
　창밖은 가을이다. 남쪽으로 난 창으로 햇빛은 하루하루 깊이 안을 넘본다. 창가에 놓인 우단의자는 부드러운 잿빛이다. 그러나 손으로 우단천을 결과 반대방향으로 쓸면 슬쩍 녹두빛이 돈다. 처음엔 짙은 쑥색이었다. 그 의자는 아무짝에도 쓸모가 없다. 삼십 년 동안을 같은 자리에서 움직이지 않은 채 하는 일이라곤 햇볕에 자신의 몸을 잿빛으로 바래는 일밖에 없다. 그건 처음부터 거기 있었고 처음부터 쓸모가 없었다.
　53년 봄이니까 아직 동란 중이었다. 휴전설이 나돌면서 서울은 단연 활기를 띠기 시작했다. 인구도 오늘 다르고 내일 다르게 불어나고 있었지만 정부는 환도하기 전이었다. 그때 나는 만 27세의 처녀의 몸으로 겁도 없이 개업하기 위해 단신 서울로 올라와 마땅한 자리를 물색 중이었다. 나의 지나치게 앳된 얼굴 외에는 개업의로서의 자격은 충분했다. 나는 동란 전에 여의전(女醫專)을 나왔고, 동란 중엔 부속병원에서 후송되어 온 부상병을 돌본 경험과 피란 가서는 부부가 지방에서 개업해서 성업 중이다가 남편이 군의관으로 징집당해 쩔쩔매고 있는 선배 언니네 병원에 취직했던 경험을 가지고 있었다. 지금처럼 전문의 제도가 확립되기 전이었으니까 그만하면 개업의로서의 자격에 부족함이 없었다. 진료 과목을 뭘로 할까도 내가 차차 정하기 나름이었다.

환도하기 전이라 개업할 만한 자리는 시내 중심가에도 수두룩했다. 그러나 나는 좀 더 분수를 알고 앞을 내다봐야 했다. 곧 있을 경우 환도와 함께 치솟을 집세와 학위를 가진 이름난 전문의들한테 밀려날 전망이 뚜렷한 자리는 처음부터 피하는 게 수였다.

나는 우선 변두리의 어수룩한 주택가에 파고들 궁리를 하고 변두리로만 돌다가 마음에 든 게 지금 있는 경성상회 2층 자리였다. 그때만 해도 이곳은 서울의 동쪽 관문이어서 철길 하나만 건너면 기름내가 코를 찌르는 양구군 땅이었다. 한문으로 '京城商會'라는 구식의 간판이 붙은 농기구 가게는 그 이름과는 딴판으로 그 둘레의 풍경과 걸맞게 매우 촌스러운 것이었다. 그러나 날 새기 전에 집 떠나서 아침 일찍 나무장을 보러 우마차 끌고 들어오는 양주 땅 사람들에게 서울 다 왔다는 안도감을 주기에 충분한, 덜 세련됐지만 어딘지 정이 있는 이름이기도 했다.

그 동네 복덕방 영감이 그 경성상회 2층이 나와 있다고 보여줄 때 2층에는 경성사진관이라는 간판이 달려 있었다. 세 들어 있던 사진사가 동란 중 행방불명이 되고 나서 쭉 비어 있었다는 사진관 속은 쓸 만한 것은 다 도둑맞고 이젠 동네 아이들의 놀이터가 돼 난장판이었다. 사진관으로 쓰던 곳과 자취방으로 쓰던 곳 사이의 칸막이와 문짝은 떨어져서 바닥에 나동그라져 있었고, 암실을 만들었던 검은 포장은 갈갈이 찢겨져 걸레가 되어 있었고, 계단으로 난 문짝은 숫제 없어진 채였고 유리창도 성한 게 하나 없었다. 이런 황폐한 난장판 속에서 발견한 호사스러운 우단의자는 마치 거센 야만족에게 볼모로 잡혀 온 문약(文弱)한 나라의 왕자님처럼 이물(異物)스럽고도 귀골스러워 보였다.

 나중에 느낀 거지만 그 우단의자는 그런 난장판이 아니더라도 달리 어디 어울릴 데가 있을 성싶지 않을 만큼 눈에 거슬리게 호화스러운 것이었다. 그건 사람이 앉아서 쉬거나 딴 가구와 어울리기 위한 의자가 아니라 순전히 사진을 찍기 위한 의자였다. 사진관에 가서 찍은 구식 사진을 보면 한 사람은 의자에 앉고 한 사람은 옆에 선다든가, 독사진의 경우, 빈 의자의 등받이에 살짝 손만 얹고 뻣뻣이 서서 찍은 게 흔하다. 또 귀한 첫아들 백일 사진을 위해서도 벌거벗고 혼자 기대앉을 수 있는 편하고 볼품 있는 의자가 필요했을 것이다. 그 우단의자는 그런 쓸모를 위해 특별히 주문한 것인 듯 드높은 등받이를 두른 나무장식에는 봉황새가 음각돼 있고, 양쪽 팔걸이 나무는 용틀임을 하고 있는 터무니없이 호사스러운 것이었다. 나는 우두망찰을 해서 빈집의 혼잡의 한가운데에 서 있었다.

 나를 안내한 복덕방 영감은 나의 말 없음을 그 자리가 마음에 들어하고 있는 걸로 짐작했는데 집주인하고 집세랑 내부 시설에 드는 비용 문제를 나한테 유리하도록 타협을 봐다주마고 호기 있게 장담하면서 아래층을 내려갔다. 그때나 이때나 집주인 황 씨는 경성상회 주인이기도 했다. 혼자 남겨진 나는 집 보다가 문득 어른의 옷을 입어보고 싶어 가슴 울렁거리는 어릴 적 같은 호기심으로 그 의자에 살짝 걸터앉았다. 그때도 그 의자는 남으로 난 창가에 놓여 있었다.

지금은 아파트 단지로 변한 길 건너 동네가 그때는 농업학교였는데 미군 부대에서 쓰고 있었다. 실습원과 이어진 넓은 운동장엔 무수한 퀀셋이 버섯처럼 돋아나 있었고, 정문엔 헬멧을 쓴 미군 헌병이 지키고 서 있었다. 처음 들어설 때부터 이 동네는 한눈에 빈촌이었는데도 뭔가 될 듯한 느낌이 들었던 것은 바로 그 미군 부대 때문이었다. 그 일대의 궁상은 어딘지 모르게 순수하지 못해 보였다. 야릇한 화냥기 같은 걸로 오염돼 있었다.

나는 내가 원치 않는 상념에 사로잡히기를 거부하는 몸짓으로 도리머리를 흔들면서 우단의자에서 벌떡 일어났다. 그리고 갇힌 것처럼 답답한 느낌으로 어쩔 줄을 몰라 하면서 마룻바닥을 서성거렸다. 마룻바닥도 비명처럼 삐그덕댔다. 그러다가 무심히 바닥에 흩어져 짓밟힌 사진들을 주워 모으기 시작했다. 단발머리의 여학생이 새침하게 턱에 손을 괴고 찍은 사진도 있고, 잘생긴 애기의 돌 사진도 있고, 자식들의 효도로 찍어드렸음직한 순박하게 늙은 양주가 약간 떨어져 앉아 찍은 사진도 있었다. 우표딱지만 한 증명사진 속엔 갖가지 얼굴이 한결같이 무표정으로 고정돼 있기도 했다. 당연하게도 그 사진의 얼굴들 중에는 아는 얼굴은 하나도 없었다. 그러나 나는 그 사람들이 누구나 그 사진을 찍었을 당시와 지금과의 사이에 굵은 획(劃)을 가지고 있다는 걸로 뭉클한 친화감을 느꼈다. 나에게도 그런 획이 있었다. 6·25, 그건 우리 모두의 공동의 획이었다. 그 획을 통과하면서 각자의 운명은 얼마나 심한 굴절을 겪어야 했던가?

 나는 얼른 뭔가를 떨어버리려는 몸짓으로 허풍스럽게 도리머리를 흔들고 나서 다시 사진줍기를 시작했다. 그러다가 나는 벌거벗은 남녀의 몸이 복잡하게 꼬이고 얽힌 춘화(春畵)를 한 장 주워 들었다. 나는 그것을 곧 떨리는 손으로 찢어버리고 뒷걸음질쳐 우단의자에 앉았다. 그러나 그것을 찢어버리는 걸로, 질식할 듯한 노린내, 율동할 때마다 내 얼굴을 빗자루처럼 쓸던 가슴팍의 무성한 털, 동아줄처럼 서리서리 길고 질기게 내 몸을 감던 유연하고도 힘센 사지, 내 몸의 중심부를 관통하는 날카로운 통증…… 이런 것들이 내 몸에 일시에 생생하게 되살아나는 걸 막을 순 없었다.
 강간당한 직후처럼 모든 사물의 의미가 아득하고 몽롱해지는 망연자실 속으로 복덕방 영감은 웃으면서 나타났다. 저 영감은 왜 웃는 걸까? 나는 꼼짝도 못하고 고작 그렇게 생각했다.
 "선상님은 암말 말고 그저 내 하라는 대로만 하시오, 잉? 우리 동네 병원 하나 생길 판인데 내 절대로 선상님을 해롭게는 안 할 거시니까 잉?"
 영감은 니코틴 냄새 나는 입을 내 귓전에 들이대고 이렇게 속삭였다. 말끝마다 붙는 잉 소리가 사투리라기보다는 애교 있는 말버릇처럼 듣기 싫지 않았다. 곧이어 경성상회 황 씨가 올라오고 영감은 계약서를 펴 들었다. 나는 그가 계약서를 편하게 쓸 수 있도록 받침으로 핸드백을 내주었다. 영감은 정말 내 편이 되어 보증금도 깎아내리고 월세도 바득바득 깎으면서 이것저것 사진관 자리에 흠을 잡았다. 경성상회 황 씨는 왠지 말수가 적은 사람인지, 화가 났는지, 말끝마다 퉁명스럽게 굴면서도 영감의 술수에 말려들고 있었다. 흥정은 어렵지 않게 영감의 뜻대로 되었다. 마지막으로 내부장치 문제도 집주인이 유리창과 문짝과 칸막이까지를 복원시켜 주는 선으로 쉽게 합의를 보았다. 영감은 합의한 사항을 계약서의 빈 자리에 깨알 같은 글씨로 조목조목 써넣었다. 황 씨와 나는 그걸 대강대강 읽고 도장을 내놓았다.

계약이 끝나고 구전까지 지불하고 나서야 황 씨는 무슨 병 고치는 병원을 할 거냐고 물었다. 이제 완전히 내 대변인이 된 것처럼 구는 데 익숙해진 영감이 먼저 나섰다.

"훗뚜루 다 보신다고 안 했남. 선상님이 그러셨죠 잉?"

"아뇨. 산부인과를 하겠어요."

나는 우단의자에서 발딱 일어나면서 말했다. 그것은 즉흥적인 결정이 아니었다. 이 동네의 화냥기에서 힌트를 얻고 춘화도가 이끌어낸 악몽 속에서 마침내 결정을 본 거였다. 원치 않는 아기가 배 속에 있을 때의 고통이 어떻다는 건 그걸 가져본 여자만이 안다. 모든 질병의 고통은 동정자를 끌어 모으지만 그 고통만은 비난과 조소를 면치 못한다. 사람을 질병에서 해방시키는 게 인술의 꿈이라면, 여자를 그런 질병 이상의 고독한 고통에서 해방시키는 건 나의 꿈이었다.

"영업이 안 돼서 떠나갈 적에 시설비 때매 옥신각신허지 않게끔 한마디 써놓으셔요. 집쥔이 책임 못 진다고……."

나를 얼핏 곁눈질하는 황 씨의 얼굴에 경멸이 스치면서 이렇게 복덕방 영감한테 새로운 제안을 했다.

"이 사람아, 남 개업하는데 불 일어나듯 번창하라고 덕담은 못 하나마 그게 뭔 소리야? 선상님 섭섭하시게스리. 선상님 이 사람 이렇게 말주변이 없습니다요. 심정은 무던한 사람이니까 이해하시오 잉?"

"아저씨도 다 아시면서 그래요. 이 동네 부녀자들 애 쑥쑥 잘 낳는 거. 삼신할머니 동티 내지 않은 참한 여자가 뭣 때매 부인병원 신세를 진대요? 망칙하게스리……."

"허어 이 사람. 말마디나 해야 할 장소에선 곧잘 꿀 먹은 벙어리 노릇을 하다가도 안 헐 말은 툭툭 잘 내뱉는다니까. 훗뚜루 다 보신다고 내 안 했남. 자네가 호미나 낫 팔던 걸 집어치우고 피륙장사를 하겠다면야 문제가 커지겠지만서두 선생님이야 배운 기술이 사람 병 고치는 건데 하필 부인병만 고쳐주겠다고 하실까봐서 걱정인감. 내려가세. 구전 받은 걸로 내 술 한잔 살 테니까."

영감이 황 씨의 등을 밀다시피 해서 데리고 내려갔다. 나는 혼자서 그들의 산부인과에 대한 소박하나마 정상적인 인식을 되씹으며 쓸쓸한 미소를 지었다.

개업 준비는 빠르게 진행했다. 황 씨는 약속대로 목수를 들여 문짝을 새로 짜 달고, 칸막이도 해주고, 유리창도 끼워주었다. 나는 칠장이와 간판장이를 들여 페인트칠도 하고 간판도 해 달았다. '동부의원', 그리고 '진료 과목 산부인과'라는 단서도 붙였다. 책상, 의자, 소파 따위는 그 무렵의 서울에서는 헌 것을 얼마든지 싸구려로 살 수 있었다. 한강을 두어 번 넘나들면서 필요한 최소한의 의료 기구도 갖추었다. 질경(膣鏡), 쓸모가 다른 몇 개의 겸자(鉗子), 1번서부터 15번까지의 헤겔, 긴 찻숟갈 같은 퀴레트 등 반짝이는 쇠붙이를 점검하며, 그 차가운 감촉으로 나는 나의 차가운 마음을 가다듬었다. 나는 아직 그 도구들에 숙련되지 않았건만 피할 수 없는 운명과의 만남처럼 이상한 편안감을 맛보았다. 여자가 치부를 얼굴처럼 치켜들 수 있게 꾸며진 진찰대도 들여놓았다. 거기 누워보기 전엔 그건 다만 가장 과학적으로 설계된 편리한 의료 기구에 지나지 않지만 일단 거기 누워보면 그게 여자에게 얼마나 치욕적인 박해(迫害)의 도구라는 걸 알게 된다. 나는 내가 받은 이유 없는 박해를 회상하고 치를 떨었다.

모든 준비는 끝났다. 사진관은 면목을 일신해서 병원으로 변했다. 그러나 아직까지도 남아 있는 사진관의 한 잔재가 눈에 자꾸만 거슬리면서 완성감을 방해하고 있었다. 그건 우단의자였다. 황 씨가 사진관을 초벌 청소할 때도 그 우단의자는 비켜놓았고, 목수가 뜯어낼 때도 그 우단의자는 비켜놓았고, 칠장이가 칠을 할 때도 그걸 발판으로라도 이용하기는커녕 종이를 덮어 페인트가 떨어지지 않도록 보호해주었다. 나도 그게 아무짝에도 쓸모없다고 생각하면서도 누굴 주거나 버리지 못하고 구박만 하다가 당초에 그걸 발견했던 자리인 남으로 난 창가에 내버려두었다.

모든 준비가 끝났는데도 황 씨가 예상한 대로 환자는 없었다. 그러나 나는 그다지 초조하지 않았다. 진찰실 분위기에 도저히 어울리잖는 우단의자 때문에 나는 아직도 개업을 할 준비가 덜 된 것처럼 느끼곤 했다. 어느 날 시내에 나가서 살림에 필요한 몇 가지 취사도구를 사가지고 들어왔더니 손님이 기다리고 있었다. 손님은 남으로 난 창가의 우단의자에 앉아 있었다. 손님은 환자가 아니라 나의 아버지였다. 흰 옥양목 두루마기에 끝이 뾰족한 반짝이는 구두를 신으시고 수염을 기르신 신수 좋은 아버지가 편하게 앉아 계시니까 그 요란한 의자까지 느닷없이 기품 있어 보였다. 나는 그 의자를 치우지 않기를 참 잘했다고 생각했다. 그러나 아버지가 반가운 건 아니었다.

"어떻게 여길 아셨어요?"

"이리(裡里)에 너 있던 병원에 들렀더니 여길 가르쳐주더구나."

"아무 데나 어련히 잘 있을까봐 찾아다니고 그러세요? 건강도 안 좋으시다면서……."

나는 아버지의 건강에 대해 실은 아무것도 아는 게 없다. 오빠들이 막내인 나에게 혼인말을 꺼낼 때마다 아버지가 사셔야 얼마나 더 사시겠느냐고 속 좀 작작 썩여드리고 아버지 생전에 시집가야 한다고 위협하는 소리를 귀에 따갑게 들어왔기 때문에 막연히 아버지가 오래 못 사실 것처럼 여기고 있을 뿐이었다. 그러잖아도 막내에다가 어머니를 일찍 여의었기 때문에 고아가 될 것 같은 예감은 늘 있어왔다. 그러나 아버지가 직접 나더러 자기 생전에 시집을 가주길 바라신 적은 없었다. 아버지는 자신을 핑계 삼아 자식의 운명을 간섭하실 분이 아니었다.

"병원 자리가 좋구나."

이번에도 아버지는 내가 이미 벌여놓은 일을 긍정해주셨다.

"뭘요, 빈촌이라서요."

나는 내 속셈을 감추고 이렇게 시침을 떼었다.

"아픈 사람이야 가난한 동네에 더 많은 거 아니냐. 어렵게 배운 의술로 행여 돈벌이 할 생각 말아라. 예로부터 의술을 인술이라 했거늘 어질게 써야 하느니라."

나는 복받치는 웃음을 참기 위해 어금니를 힘주어 악물었다. 아무도 내 비밀을 눈치 채지 못할 것이다. 지난 일에 대해서도, 앞으로 하려는 일에 대해서도, 현재 마음속에서 경련 치는 고통에 대해서도.

아버지는 곧 돌아가시려고 했다. 잠깐만 기다리세요. 나는 아버지를 만류했다. 아버지는 나의 만류를 어떻게 받아들이셨는지 아무것도 먹고 싶지 않으니 애쓰지 말라고 하셨다. 나는 아버지에게 잡수실 것을 대접하기 위해 붙든 게 아니었다. 우단의자에 앉아 계신 아버지의 모습이 하도 보기 좋아서였다. 사람들이 부모나 자식의 모습을 사진 찍어 간직하는 심정을 알 것 같았다. 그때 나는 아버지를 사진 찍어 두지는 못했지만 그때의 아버지의 그윽한 시선과 피곤한 듯하면서도 기품 있는 모습은 지금까지도 선명한 모습으로 마음속에 인화되어 있었다.

아버지는 잠깐을 더 앉아 계시다가 소년처럼 수줍어하시면서 사가지고 오신 선물을 내놓으시고는 그날로 큰오빠네가 있는 대전까지 내려가야 한다고 돌아가셨다. 그 후 아버지를 다시 뵌 건 임종의 자리에서였다.

그날 아버지가 주신 선물은 〈히포크라테스 선서〉가 들어 있는 액자였다. 나는 아버지가 우단의자에서 의술이 어쩌구 인술이 어쩌구 설교를 하실 때 참았던 웃음을 혼자서 마음껏 터뜨렸다. 나는 그 액자를 걸지 않았다. 그날로 그것은 버리자니 아깝고 쓸모는 없는 걸 모아두는 골방 신세가 되었다. 그 후 30년 동안 비록 이사는 한 번도 안 다녔진만 적어도 대여섯 번은 내부 시설을 크게 바꾸었고, 일 년에 두 번씩은 대청소를 했으니 그게 거기 아직도 남아 있을 리는 없다. 그날 아버지가 앉아 계실 때를 빼고는 우단의자는 쭉 쓸모없을뿐더러 눈에 거슬렸다. 다른 비품들과 조화되지 못하고 겉돌았고, 수리를 할 때나 대청소를 할 때마다 구박을 받았다. 그럴 때마다 나는 그걸 끼고 돌다가 그 자리에 다시 놓곤 했다. 어쩌면 나는 그걸 없애면 대신 〈히포크라테스 선서〉도 걸어야 할 것 같아서 그걸 못 없애는지도 몰랐다.

공교롭게도 내가 처음 받은 환자는 집주인 황 씨의 딸이었다. 황 씨는 그때까지는 혼자서 살고 있었다. 병원 북쪽 창으론 경성상회 안채인 살림집이 빤히 내려다보였다. 양기와를 인 허름한 ㄱ자 집 마당에서 그는 혼자서 쌀도 씻고 빨래도 했다. 그러나 장독대랑 마루나 부엌살림을 보면 큰살림하던 구색을 제법 갖추고 있었다. 난리통에 아내는 식량 구하러 친정에 갔다 오다 폭사하고 아들 둘은 북으로 끌려가고, 노모는 병들어 죽고, 외동딸은 혼자서 피란 간 채 아직 안 돌아왔다고 했다.

그 딸이 언제 돌아왔는지, 오밤중에 황 씨가 왕진을 청하러 왔다. 황 씨는 몹시 서둘고 있었고 와들와들 떨고 있었다. 아무리 지척이라곤 하지만 잠옷 바람으로 내려가볼 순 없어 대강 옷을 주워 입는 동안을 못 참아 일어났다 앉았다 남의 방문을 열었다 닫았다 하면서 안절부절 못하면서, 떨리는 목소리로는 뭔가를 설명하려고 두서없이 지껄여대고 있었다.

"선생님, 좀 서둘러주셔야겠구먼요. 병이 심상치 않아요. 무슨 몹쓸 병인지 배가 퉁퉁 부어갖고 쑤신다고 지접을 못하고 뛰는데 당장 뭔 일 당하고 말 것 같구먼요. 선생님이 홋뚜루 다 보신단 것 틀림없겠죠? 처녀가 부인병원 신세를 졌다면 낭중에 누가 알더라도 우선 우세스러워서…… 망할 년, 애비 혼자 내버려두고 저만 살겠다고 계집애가 담도 크게 혼자 피난을 내려가더니 어디서 그런 몹쓸 병을 얻어가지고…… 선생님 저 이번에 또 한번 참척을 보면 저도 죽습니다요. 선생님, 선생님이 홋뚜루 다 보신단 소리 맞습죠? 처녀가 부인병원 신세 지는 걸 누가 알아보세요. 그렇지만 병세가 워낙 급해서…… 선생님, 꼭 그 불쌍한 걸 살려주세요. 또 한 번 참척 보면 저도 살아 있지 않습니다요."

그는 잠시도 입을 다물지 않고 횡설수설했다. 나는 경황없이 나한테 매달리면서도, 똥 묻은 동아줄에 매달린 것처럼 산부인과라는 걸 꺼리고 있는 황 씨의 그 우스꽝스러운 결벽성을 실컷 우롱해줄 수 있을 것 같아 뱃속이 근질근질 했다. 나는 첫 환자인데도 조금도 당황하지 않았고 여유만만했다. 나는 옷을 다 입고 가운까지 걸치고 손을 소독했다. 가방 속에 이미 조산(助産)에 필요한 기구가 챙겨져 있었다. 황 씨가 떨리는 손으로 가방을 받아 들고 계단을 곤두박질쳐 내렸다. 안채에선 짐승의 목 따는 소리 같은 처절한 비명이 들려오고 있었다.

안방엔 고쟁이 바람의 처녀가 마구 으깨진 입술을 더욱 모질게 악물고 두 손으론 고쟁이 허리를 필사적으로 움켜쥐고 나를 노려보고 있었다. 땀에 전 머리칼이 가닥가닥 엉켜 붙은 얼굴에서 튀어나올 듯이 부릅뜬 눈은 너무 순수하게 고통스럽고 고독해 보여서 사람의 눈 같지도 않았다. 언제 파수(破水)했는지 고쟁이는 이미 펑하게 젖어 있었다. 나는 황 씨를 처녀의 머리맡으로 떠다밀고는 고쟁이를 끌어내렸다. 입속이 깔깔하게 말라 아무 말도 안 나왔다. 고쟁이 허리를 빼앗긴 처녀의 두 손이 두어 번 허공을 젓더니 장승처럼 서 있는 황 씨의 바짓가랑이에 매달렸다. 처녀의 산도는 아람이 번 밤송이처럼 걷잡을 수 없이 열려 있었다.

황 씨가 뭐라고 알아들을 수 없는 외마디 소리를 지르며 주저앉았다. 처녀가 그의 허리를 붙들고 이를 갈더니 맹수처럼 포효했다. 그러나 태아는 두부만 겨우 만출(娩出)되고 나서 일단 정지했다. 놀랍게도 그 경황 중에 태아가 눈을 반짝 떴다. 이미 태아가 아니라 아기였다. 일순 나는 나를 관통하는 경외감에 소스라치면서 한 번만 더 힘을 주라고 힘차게 명령했다. 나는 내 목소리를 처음 듣는 남의 목소리처럼 신선하고 당당하다고 생각했다.

산모가 다시 한 번 포효하는 것과 동시에 나는 아기를 끌어당겼다. 나는 한창 나이의 산파처럼 산후 처리를 능숙하고도 신속하게 해냈다. 교과서에 나오는 대로의 정상 분만인 때문이라기보다는 나 아닌 딴 힘이 나를 조종하는 것처럼 내가 아는 지식이나 경험을 조금도 떠올리지 않고도 나의 조산은 우수했다. 아기는 사내아이였다.

2층으로 돌아온 나는 아침까지 푹 잤다. 창문을 열고 노래를 부르면서 아침밥을 짓고 있는데 황 씨가 올라왔다. 하룻밤 새 몰라보게 늙고 초라해진 황 씨는 어깨를 축 늘어뜨리고 눈을 내리깔고 있었다.

"산모랑 아기랑 별일 없죠?"

"선생님 뵐 낯이 없구먼요."

"이제 아셨죠? 부인병원도 왜 있어야 하는지⋯⋯."

"부인병원 무시한 벌을 이렇게 영검하게 받다니요."

"벌이라뇨? 손자 보시고서! 녀석이 대단하던데요. 글쎄 얼굴이 반쯤 나왔는데 벌써 눈을 뜨고 쳐다보지 뭐예요. 대장감이에요. 두고 보세요."

나는 괜히 신이 나서 지껄였다. 황 씨가 내리깔았던 눈을 치떴다. 동굴처럼 정기 없이 움푹 파인 눈이었다.

"이 망신을 어쩌죠? 선생님, 글쎄 애비를 모른다지 뭡니까. 아무리 당조짐을 해도, 코찡찡이 곰배팔이라도 상관 않고 성례를 시켜주겠대도, 그게 아니라고 자꾸 울기만 하더니 턱하니 한다는 소리가 겁탈을 당했다는 거예요. 겁탈을⋯⋯ 이름도 성도 모르는 놈한테⋯⋯."

황 씨는 비탄과 분노로 떨고 있었다. 그러나 나는 그의 비탄에서 얼핏 정욕의 냄새를 맡은 것처럼 느꼈다. 나는 게울 것처럼 기분이 나빠져서 얼굴을 찡그렸다. 남자에겐 누구나 여자를 겁탈할 수 있는 소지가 있다.

나에겐 이름이나 성보다는 그게 남자라는 게 더 중요했다.

"세상에 이런 망칙한 일도 있습니까? 다 망한 집안에 어쩌다 딸년이 하나 남아가지고 망한 가문에다 똥칠을 해도 분수가 있지……."

그의 가문이 얼마나 대단한 가문인지는 몰라도 그는 보이지 않는 가문에 칠한 똥만 알고 그의 딸이 원치 않는 애기를 배고 겪었을 생지옥에 대해선 아무것도 모르는 것 같았다.

"선생님 도와주세요, 제발."

그의 비탄에 비굴이 가해지니까 더욱 보기에 추악했다.

"유감이지만 저는 애기를 도루 뱃속에 넣을 재주가 없는걸요."

내가 정말 유감인 건 그에게 더 참혹한 선언을 할 수가 없는 거였다.

"선생님, 저도 그만한 건 알고 있습니다요. 그게 아니라……."

여기서 말을 흐린 그의 얼굴에 재기 같은 게 반짝거렸다. 그런 반짝임은 농사꾼처럼 털털하고 우직한 그에게 매우 안 어울려서 보기에 불안했다. 나는 그 까닭을 놓치지 않을 것처럼 그에게서 눈을 떼지 않았다. 그가 부신 듯 외면하고 손을 비볐다.

"그게 아니라…… 선생님, 선생님만 모른 척해주신다면 아주 좋은 수가 있습니다요. 선생님만 믿겠어요. 핏덩이를 엎어 죽이자니 그것도 살자고 나온 인생인데 인두겁 쓰곤 못할 노릇이고……."

"아저씨, 제발 그 수라는 것부터 말씀해주실 순 없어요?"

"네 말씀드리고말굽쇼. 딸년이 그래도 제 꼴 창피한 건 알아서 요행 어제 밤중에 돌아와서 아무도 만난 사람이 없다는군요. 그래서 말씀인데 딸년은 아직 안 돌아온 걸로 허고, 어린 걸 제 아들을 삼았으면 해서요."

"아저씨 아들을요?"

나는 그 기상천외의 발상에 혀를 내둘렀다.

"네, 업둥이가 들어왔다고 한바탕 소동을 피우면 될 것 아니겠어요? 딸년은 뒷방 구석에 숨어 있다가 몸 추스른 연후에 나타나면 이러쿵저러쿵 둘러댈 것도 없이 피난 갔다 돌아오는 게 될 테구요."

"따님이 동의하던가요?"

"제깐 년이 지금 동의를 허고말고가 어딨어요. 모자 목숨 살려주는 것만도 끔찍허죠."

"그래도 따님의 애긴걸요?"

"그년은 제 딸년이고, 그 녀석이 제 손자인 건 어떡허구요?"

그가 자기 답이 정답인 걸 주장하는 국민학생처럼 대들다가 생각난 듯이 비굴해지면서 다시 손을 비비며 어쩔 줄을 몰라 했다. 그의 즉흥적이고도 완벽한 음모에 나는 얼마나 달갑잖은 훼방군일까? 나는 약간 주눅이 드는 기분으로 그렇게 생각했다.

"따님만 동의한다면 당장의 망신을 모면하는 방법으로 아주 좋은 생각이네요."

나는 결국은 동의한 셈이 되고 말았다.

"아무러면 제가 당장의 망신이나 모면할 생각으로 이런 꾀를 내겠습니까. 손 끊긴 집안에 손이 생겼으니 우리 집안도 고목나무에 꽃 핀 셈이 되는 거죠. 아마 업둥이가 들어왔다면 동네방네 입 가진 사람은 한마디씩 경사 났다고 안 허는 사람 없을 거구먼요. 딸년은 딸년대로 몇 년 아들을 동생이라고 생각허든, 동생을 아들이라고 생각허든 하여튼 그 핏덩이를 지성껏 기르지 않겠어요. 그러다가 참한 혼처 생기는 대로 시집가 버리면 그 내막을 누가 알겠어요?"

그 사내는 순전히 자기의 꾀 하나로, 어젯밤의 악몽을 놀라운 행운으로 돌변시킨 데 도취하고 있는 것 같았다. 얼굴에 화색이 돌면서 운명의 유희를 즐기는 것 같은 짜릿한 쾌감이 비늘처럼 번득였다.

"선생님만 눈감아 주신다면……."

그는 눈을 내리깔고 그렇게 말했지만 나는 이미 그의 눈이 아까의 절망적인 구멍이 아니라는 걸 알고 있었다. 그리고 내가 만일 눈감아 주지 않겠다면 그가 내 목을 조를지도 모른다고 생각했다. 사내들이란 쾌감의 완성을 위해선 뭐든지 할 수 있으니까. 그는 음흉해 보이긴 했지만 조금도 폭력적으로 보이지 않았건만도 그렇게 생각하면서 나는 그 일을 눈감아 줄 것을 마지못해 약속했다. 실상 아기를 위해서도 산모를 위해서도 황 씨를 위해서도 그 이상의 좋은 방법은 없었다. 나는 어쩌면 너무도 교묘하게 산뜻한 그들의 전화위복에 질투를 내고 있는지도 몰랐다.

황 씨는 내 승낙이 떨어지자 수없이 굽신대면서 호주머니를 뒤적이더니 한 다발의 돈을 내놓았다.

"어젯밤 두 목숨 살려주신 은혜를 돈으로 따질 수가 있겠어요? 두고두고 갚아나갈 것이지만서두 우선 성의껏 마련한 것이니까 넣어두셔요."

그러고는 뺑소니치듯 내려가 버렸다. 나는 그 돈을 그가 내려간 뒤에 세어보았다. 규정상의 정상분만비의 세 곱은 되는 액수였다. 아마 입 다무는 삯까지 포함돼 있음직했다. 다시 한 번 그들의 전화위복에 자신도 이해할 수 없는 질투를 느꼈다. 그리고 그 돈에다 국제시장 장사꾼들이 마수걸이한 돈에 하듯이 퉤 침을 뱉었다. 그건 나의 마수걸이였다. 마수걸이치고도 후한 마수걸이였지만 다시 애기를 받을 생각은 없었다. 나는 처음부터 이 동네를 감도는 화냥기에만 기대를 걸었기 때문에 산부인과 병원을 차리면서도 분만대 같은 건 애당초 시설도 안 했다. 나는 오로지 이 동네의 화냥기와 야합해서 돈을 벌어볼 작정이었다.

내가 이 동네에 들어서자마자 받은 예감은 틀림이 없었다. 양공주가 하나 둘 드나들기 시작하면서 영업이 되기 시작하더니 나는 하루에도 몇 번씩 소파수술을 해야 했고 차츰 그 방면에 명수가 되었다. 그동안 내가 태어나지 못하게 한 아기가 다 살아난다면 큰 국민학교를 하나 더 만들어야 할까? 작은 읍(邑)을 하나 더 만들어야 할까? 그러나 나는 그런 부질없는 감상에 잠기는 일조차 거의 없었다. 나에게 줄기차게 이어지는 감상이 하나 있다면 그건 우단의자를 남으로 난 창가에서 치우지 못하는 일이었다. 그 우단의자는 세월과 함께 곱게 늙어갈수록 더욱더 병원 분위기와 안 어울리고 겉돌았다. 들락거리는 간호원마다 그걸 내다버리라고 성화를 했다. 대강의 살림을 간호원에게 맡기다시피 하고 살건만도 그 청만은 못 들어주었다.

그걸 내다버리려면 〈히포크라테스 선서〉가 든 액자를 대신 걸어야 할 것 같은데 그게 없어진 지는 오래되었다. 하긴 액자도 안 걸고 의자도 없앨 수도 있었다. 그러면 아마 그 의자에다 흰 옥양목 두루마기를 입으시고 뾰족하고 반짝이는 구두를 신으신 신수 좋은 아버지의 환상을 겹쳐놓고 바라보는 일도 없으리라. 그 의자의 유일한 주인은 그분이었다. 그 의자를 없앨 수 없는 건 의사라기보다는 화냥기와 야합한 의술자가 된 내 모습을 바라보는 그분의 슬픈 얼굴을 함부로 지울 수 없는 것과 같은 이치였다. 그건 나에게 있어서 돌아가신 아버지에 대한 애정의 그루터기 이상의 그 무엇이었다.

그럭저럭 삼십 년 가까운 세월이 한곳에서 같은 일을 되풀이하면서 흘렀다. 그동안 이 동네도 많이 변했다. 이제 변두리라기보다는 도심권에 가까운 동네가 되었고 물론 양공주도 사라진 지 오래다. 그러나 처음에 나를 잡아당기던 화냥기는 그후로도 꽤 오래 이어져 내려왔던 것 같다.

농업학교는 정부가 환도하고 나서도 이삼 년은 더 미군 부대였고, 농업학교가 정상화되고 나서도 딴 큰 미군 부대가 멀지 않아서 이 동네의 화냥기는 계속 호황을 누리다가 미군이 대폭 감축되고 나서도 그 뿌리는 쉽게 청산되지 않고 싸구려 윤락가로 이어져 내려왔다. 근래에 주택가 속에서의 윤락행위 단속으로 대개는 흩어졌지만 멀리서도 연줄로 계속 내 단골이 되어주고 있고, 또 아들 딸 가리지 말고 둘만 낳기 때문에 이 동네 가정주부들치고 내 신세 안 진 여편네는 거의 없는 형편이다.

길 건너 농업학교는 건설 회사한테 학교 부지를 팔고 교외로 떠나 아파트 단지가 됐다. 그러나 그 새로운 인구 밀집 지대에서는 어떻게 된 게 하나도 새 단골이 생기지 않았다. 내 단골은 미우나 고우나 경성상회 뒤편의 퇴락한 구(舊)동네였다. 그 동네의 얌전한 여편네들 사이에서나, 또 시내 곳곳에 점점이 흩어져 제 버릇 개 못 주고 그 짓으로 밥 먹는 포주들 사이에서나 나는 값싸고 믿을 만한 의사로 소문이 나 있었다. 그도 그럴밖에 나는 그동안 단 한 건의 사고도 내지 않았던 것이다. 자주 그럴 필요가 있는 넉넉지 못한 여자일수록 거만한 박사 학위나 으리으리 기 죽이는 시설보다는 값싸고 믿을 만하다는 실속이 앞서는 건 당연했다. 그러나 여지껏 단 한 건의 사고도 없었다는 건 사실과 약간의 차이가 있었다. 사고의 뒤처리를 신속하고 적절하게 그리고 아무도 눈치 채지 못하게 감쪽같이 했고 또 운수 좋게 그게 그대로 적중해서 큰 사고로까지 발전한 적만 없다뿐이었다.

내 손에는 겸자(鉗子)를 쥐었던 자리와 퀴레트를 쥐었던 자리 세 군데가 옹이처럼 뿌리 깊은 못이 박여 있다. 웬만한 읍을 구성할 만한 인명을 처치한 흔적이다. 그 일이라면 눈 감고도 할 수 있을 만큼 이골이 났으면서도 실수는 끊임없이 있어왔다. 가장 가공할 사고로 치는 자궁천공을 저지른 일만도 열 손가락을 넘게 헤아린다. 문제는 늘 눈감고도 할 수 있다는 데 있었다. 실상 그 일은 눈이 필요 없는 일이었다. 어떤 명의(名醫)도 생명이 착상한 신비한 오지를 육안으로 볼 순 없다. 눈은 헤걸이나 퀴레트 끝에나 달려 있으면 된다. 그러나 퀴레트 끝의 눈을 뜨고 있게 하기 위해선 한순간도 그것을 쥔 의사의 넋이 나가 있으면 안 된다. 나가 있을 땐 나가 있는 걸 결코 느끼지 못한다.

마치 잘 익은 꽈리를 따다가 성냥개비로 무심결에 구멍을 내면서 아차 할 때 같은 폭 하는 느낌이 헤걸 끝에 오면서 나갔던 넋은 돌아온다. 넋이 들어앉았을 땐 모르지만 나갔다 들어올 땐 순간적으로 이물처럼 어떤 감촉을 지닌다. 나는 그렇게 들어오는 넋의 냉혹한 감촉 때문에 나의 넋이 증오로 되어 있는 것처럼 느끼곤 했다. 그렇다. 나는 증오로써 그 일을 했다. 그 일을 실수 없이 하기 위해선 내 얼굴 앞에 냄새나는 치부를 얼굴처럼 쳐들고 자빠진 여자와 그 속에 자리잡은 원치 않은 생명에 대한 증오가 잠시도 나를 떠나 있으면 안 되었다. 실수를 즉각 만회하는 데도 증오는 있어야 했다. 들어온 넋이 나를 완벽하게 지배하면서 나는 냉정하고 기민하고 정확하게 대처했다. 그렇다고 내 태도가 외견상 달라지는 건 아무것도 없었다. 안색 하나 안 변하고, 그럴수록 보다 침착하고 깨끗하게 소파를 끝마치고 항생제와 수축제를 주사하고 나서, 환자를 안정시키고 경과를 관찰한다. 자궁이 심한 후굴이어서 소파가 어려웠으니까 통증이 좀 있어도 참으라는 둥 둘러댈 말은 얼마든지 있다. 잘 익은 꽈리 뚫어지듯이 맥없이 뚫어질 수도 있는 자궁이지만 생체는 꽈리하곤 다르다. 자신의 자연 치유 능력을 가지고 있다. 여지껏 한 번도 천공이 복막염이나 그 밖의 큰일을 일으킨 일 없이 결과는 감쪽같았다.

그러나 그런 일을 한 번 치르고 나면 한바탕 몸살 비슷한 증세를 앓는 허약한 구석도 있어서, 그럴 때마다 그 노릇을 다시는 못 할 것처럼 정이 떨어지다가도 그래도 55세까진 해야지 하고는 마음을 다시 눙쳐먹곤 했다. 55세에 특별한 뜻은 없었다. 나도 모르게 공무원이나 은행원의 퇴직 연한에서 빌려 온 착상인 것 같았다.

이제 앞으로 사흘만 있으면 나는 만 55세가 되고 공교롭게도 그날은 이 일대가 도시계획에 걸려 경성상회를 철거해야 하는 마지막 날이기도 했다. 나는 그동안 번 돈을 착실하게 축적해놓았기 때문에 노후를 슬슬 해외여행이라도 하면서 윤택하고 유유자적하게 보낼 수 있을 것 같다. 공무원 같은 연한이 있는 것도 아니고, 55세까지만 해먹겠다고 누구한테 각서를 쓴 것도 아니지만, 더 해먹을 생각은 조금도 없다. 벌써 조용한 주택가에 마당 넓고, 예쁜 집을 마련해서 내부단장까지 다 끝냈으니 들기만 하면 되고, 그 밖에도 적지 않은 집세가 들어오는 부동산이 또 있고, 막대한 금액의 노후 보험 불입도 끝나 이젠 해마다 타먹는 일만 남았다. 증권도 있고 채권도 있다. 내가 이제부터 할 일은 돈을 어떻게 버느냐가 아니라 어떻게 그 돈을 다 쓰고 죽느냐다.

그런데도 나는 내가 이 노릇 할 날이 앞으로 사흘밖에 안 남았다는 데 대해서 심한 조바심을 하고 있었다. 내가 이 노릇을 그만두기 전에 마지막으로 꼭 해보고 싶은 게 한 가지 있었다. 그건 애기를 받아보는 일이었다. 내가 개업하고 나서의 첫 손님도 산모였다. 그리고 이날 이때 어쩌면 나는 단 하나의 산 목숨도 받아보지 못했다. 내가 그걸 의식적으로 피하는 사이에 나는 그만 소파의 전문의로서만 알려졌던 것이다. 처음에 몇 년 동안만 해도 더러 해산 문의가 있어서 인근의 산원을 소개해준 일도 있었건만 그런 일도 점점 줄어들고 근래엔 아주 없어졌다. 이제 저절로 산모가 굴러 들어올 가망은 없다.

그러나 나는 벌써 두어 달 전부터 60일, 50일…… 10일, 9일, 8일…… 카운트다운까지 해가면서 초조하게 그 일을 기다리고 있다. 이제 사흘밖에 남지 않았다. 생각해보면 얼떨결에 내가 마수걸이로 그 일을 해냈을 때만 해도 지금에다 대면 너무도 미숙한 애송이 의사였다. 그러나 지금 나는 그때의 나를 일생을 정진해도 도달할까 말까 한 나, 늘 앞날에만 있는 나, 완성된 나, 이상화된 나처럼 느끼고 있다. 어느새 망령이 난 것처럼 시간까지 이렇게 내 속에서 도착(倒錯)을 일으키고 있다.

사흘밖에 남지 않았다. 사흘밖에…….

만득(晚得)이 처가 만삭이 된 걸 본 순간부터 간절히 바라고 바라던 일이 아직 안 일어난 채 내가 그 일을 할 수 있는 날은 앞으로 사흘밖에 남지 않았다.

만득이는 내가 처음이자 마지막으로 받은 황 씨의 외손자였다. 황 씨는 그날 나한테 눈감아 달라고 애걸한 대로 그 아기를 업둥이가 들어온 걸로 동네방네 소문을 냈다. 처음엔 이름도 없이 누구나 다 업둥이, 업둥이 하면서 신기해만 하다가 이왕 들어온 업둥이 아주 아들삼아 손을 잇게 하는 게 좋지 않겠느냐고 동네 사람들의 중론이 모아졌다. 처음부터 그럴 작정이었던 황 씨건만 그제서야 마지못해 그러는 것처럼 늦게 둔

자식이라는 뜻으로 만득이란 이름을 붙이면서 동네 사람들에겐 업둥이란 소리를 다시는 입 밖에 내지 말아달라고 부탁했다. 업둥이가 들어온 지 한 달쯤 있다 혼자 피란 나갔던 딸까지 돌아왔다. 비록 젖까지 먹일 순 없었지만, 딸은 새로 생긴 남동생을 극진히 양육해서 동네의 칭송을 한 몸에 받았다. 동생을 다섯 살이나 먹여놓고 나니 노처녀 소리를 들을 나이라, 마침 전실 자식 없는 후취 자리가 나서서 부랴부랴 시집 보내 아들딸 낳고 잘사니 그만하면 황 씨의 각본대로 안 된 게 없었다. 황 씨의 각본에서 나의 구실은 뭘까? 문득 그런 생각을 하면 이사라도 떠나주고 싶지만 나의 병원은 날로 성업 중이었다.

　황 씨는 고집 세고, 의심 많고, 인색한, 그래서 노랑이 황 영감이란 별명까지 붙은 괴팍한 노인으로 늙어가고 만득이는 훤칠하고, 씀씀이 좋고, 난봉 잘 피우는 청년으로 성장했다. 그동안에 동네 사람들은 수없이 갈려서 이제 만득이를 마누라가 노산 후 더침으로 죽어서 황 영감 혼잣손으로 기른 외아들이란 걸 의심하는 사람은 아무도 없다.

　나만이 모든 것을 알고 봐서 그런지는 몰라도 만득이에 대한 황 영감의 애증의 갈등은 좀 심한 데가 있었다. 일찌거니 바로잡아줘야 할 밥투정이나 주전부리 버릇, 버르장머리 없는 말씨 등에 대해선 그저 오냐오냐, 따끔한 말 한마디 못하다가도, 어쩌다 백 점 받은 시험지를 받아 오면 누구 거 보고 썼나 대라고 매를 드는가 하면, 성적이 오른 통지표도 고쳐 썼을 거라고 생트집을 잡아 아이가 울고 집을 나가 며칠씩 안 들어오게 한 일도 있었다. 그럴 때마다 그의 딸이 친정에 돌아와 몰래 울고불고 하다가 돌아가곤 했다. 황 영감은 만득이에게서 딸의 피와 딸을 강간한 놈팡이의 피를 따로따로 갈라서 느낌으로써 자신을 괴롭히는 것 같았다. 인심 좋고 건강해 보이던 황 씨는 의심 많고 인색하고 우울한 늙은이로 못되게 변해갔다. 그의 전화위복은 결코 완벽하지 않았던 것이다. 그의 전화위복을 질투했던 나도 이젠 그것을 연민하는 마음이었다.

자기가 감히 생모라는 발설은 하지 않았지만 몰래몰래 후한 용돈을 주는 것으로 누나 이상의 애정 표시를 해온 생모 덕으로 만득이는 어려서부터 낭비벽이 붙었고 군대 갔다 와서 취직을 하더니 씀씀이는 더욱 호탕해버렸다. 그는 자기 월급이 얼마란 소리보다는 자기 회사의 연간 수출 실적이 얼마란 소리를 하기를 더 좋아했다. 그는 마치 그 회사의 말단 사원이 아니라 대주주처럼 회사의 이익에 대한 신바람을 냈고 그걸로 자기의 씀씀이를 합리화시키려고 했다. 황 영감은 이런 만득이를 경멸할 뿐 아니라 도둑놈처럼 경계하면서 마치 육체에는 한계가 있다는 것도 모르는 것처럼 한 푼에 치를 떨고 먹지 않고 입지 않고 다만 돈주머니를 불리고 움켜쥐었다. 만득이를 보는 그의 눈에 애정은 이미 없었다. 아마 그의 딸을 겁탈한 놈팡이의 피에 대해서만 생각하기로 작정한 모양이다.

그렇다고 그의 편견이 만득이에게서 끝나는 게 아니었다. 만득이가 자기 회사 수출 실적이 몇십만 달러라고 뽐내면, 홍 그놈의 회사차관은 얼말걸 하면서 그 갑절도 넘는 수치를 둘러댔다. 그는 신문을 따로 대 보지 않고 우리 집에 오는 신문을 가로채다가 샅샅이 읽어서 아는 게 많았지만 수출고보다는 차관의 액수에 더 밝았고, 사람들이 잘살아야 하는 까닭에 대해서보다 못살아야 하는 까닭에 대해서 더 소상했고, 양지의 소식보다는 음지의 소식에 더 밝았다. 그는 만득이뿐 아니라 모든 사물을 그늘만 보면서 괴팍하고 스산하게 늙어갔다.

만득이가 제법 제 밥벌이라도 하게 되자마자 집을 뛰쳐나간 건 당연했다. 그 일이 황 영감에게 충격이 되었는지 아닌지는 아무도 헤아릴 수 없었다. 황 영감의 얼굴은 이미 더 불행해질 나위 없이 불행해진 뒤였으므로.

지금부터 두 달 전 만득이는 만삭의 여자를 거느리고 집으로 들어왔다. 황 영감은 반기지도 내쫓지도 않았고 딱 한 가지 예식을 올렸느냐고 물어봤다.

"아버지, 제가 아무리 불효자식이기로서니 아무러면 아버지 안 뫼시고 저희끼리 식을 올렸겠어요? 절 그렇게까지 다된 놈 취급하시면 저 정말 서럽습니다. 네, 서럽구말구요."

만득이는 이렇게 청승과 너스레를 함께 떨었다. 만삭이 되어 들이닥치던 아람 번 밤송이처럼 걷잡을 수 없이 아기를 쏟아놓던 딸 적에 놀란 가슴 때문이겠지만 황 영감은 무슨 발작처럼 급히 예식을 서둘렀다. 며느리 될 여자가 뉘 집 딸이고, 몇 살 먹고 뭐 하던 여자라는 것에 대해 일언반구 묻는 법도 없이 종점에 있는 슈퍼마켓 2층의 허름한 예식장을 빌려 때 묻은 웨딩드레스를 입혔다. 만득은 부득부득 해산하고 나서 시내 중심가 호텔 예식장에서 양가 친척과 친구를 다 불러 모아 성대한 결혼식을 올리겠다고 고집을 부렸지만 황 영감의 우격다짐엔 당하지 못했다. 아무도 초대하지 않아 내막을 아는 이웃 사람만 몇 모인 식장은 썰렁했다. 특히 제일 큰 걸로 빌렸다는 데도 지퍼를 올리지 못해 옷핀으로 대강 찡궜어도 허리가 한 뼘도 넓게 벌어져서 속치마가 드러난 신부의 웨딩드레스 차림은 차마 눈 뜨고 못 보게 꼴불견이었다. 황 영감이 해도 너무한다 싶게 날조한 것처럼 엉성한 결혼식이었다. 그래도 입심 좋고 명랑한 만득이는 몇 명 안 되는 하객한테 이건 오픈게임이고 곧 본게임이 있을 테니 기대하시라고 익살을 떨었다.
 "저런 싸가지 없는 놈을 봤나? 입이 헤프면 밑천이라도 굳던지, 밑천이 헤프면 입이라도 굳던지, 둘 다 헤퍼가지고설라문에 이런 망신당하는 것도 모르고…… 쯧쯧, 집안이 망할려니까."
 황 영감 말투에 의하면 오로지 만득이를 망신 주려고 그 결혼식을 꾸민 것 같았다. 아무튼 처음 구경하는 진풍경이었다. 모두 킬킬대고 수군댔다. 그러나 나는 나는 웨딩드레스의 허리 다트가 터질 것처럼 부푼 신부의 배를 보는 순간 별안간 가슴이 심하게 울렁거리면서 그 아기를 내 손으로 받아내고 싶다고 생각했다. 식장에서 돌아와서도 온종일 그 생각에서 헤어나질 못했다. 모체로부터 완전히 만출되기도 전에 벌써 눈을 뜨고 이 세상을 보던 신선하고 정갈한 아기의 눈을 또 한 번 보고 싶다는 갈망으로 심장이 죄어드는 것 같았다.
 나는 비록 소파만을 전문으로 한 지가 근 삼십 년이지만 황 영감에게 내 쪽에서 부탁한다면야 그쯤은 쉽게 승낙해줄 줄 알았다. 황 영감의 인색한 성품을 생각해서 싸게 해준다거나 오래 세 들어 산 정리로 거저 해주마고 할 속셈까지 가지고 있었다. 그러나 황 영감은 내 부탁을 일언지하에 거절하면서 차마 못할 소리까지 했다.
 "그 말도 안 되는 소리 좀 작작 허슈. 내가 아무러면 내 첫 손자를 사람백정 손에 맡길 성싶소."
 그러고도 미진한지 부정 탄 것처럼 당장 소금이라도 뿌리고 싶은 얼굴을 했다.
 이런 동네서 이런 짓을 오래 하다 보면 거느린 창녀 성병 치료하러 오는 데 따라온 포주가 어깨를 툭툭 치면서 선생님 대신 여보 당신 하면서 숫제 동업자 취급을 하는 걸 당한 일도 있었다. 계집의 밑××으로 돈 벌긴 너나 내나 매일반이란 그들의 태도를 나는 크게 탓하지 않았고 그런 사람은 그런 사람 대접하면서 반죽 좋게 살아왔다. 그러나 황 영감한테서 들은 사람백정이란 소리는 가슴에 못이 박히는 것처럼 쓰라렸다.

만득이댁은 예식 올린 지 사흘 만에 종합병원 산과에서 아들을 순산했다. 나는 황 영감한테 받은 가슴 아픈 수모에도 불구하고 퇴원한 아기를 보러 들어갔다. 아기는 내가 처음 받은 아기를 쏙 빼닮아 있었다. 나는 그 아기를 받은 누군지 모르는 산과 의사에게 맹렬한 질투를 느꼈다. 그리고 황 영감한테서 받은 수모 때문에 잠시 단념했던 아기를 받고 싶은 욕심이 뜨겁게 재연하는 걸 느꼈다. 만득이 애기만 애길까보냐. 의사 짓을 그만두기 전에 꼭 한 번은 애기를 받아보고 말리라. 처음으로 이 세상을 보는 아기의 신선하고 정결한 눈과 힘찬 울음소리에 접하고 싶은 갈망으로 심장이 죄어들었다.

그때부터 카운트다운이 시작됐다. 그러나 그때는 앞으로 60일이나 남아 있었다. 설마 60일 안에 산모 하나 안 걸릴라구. 60일, 50일…… 10일, 9일…… 앞으로 사흘밖에 남지 않았다.

오늘도 세 건의 소파수술과 두 건의 성병 치료가 있었다. 그뿐이다. 나는 아래층으로 내려갔다. 농기구를 팔던 경성상회는 지금 식료품 상회지만 간판은 아직도 경성상회다. 한문 간판 단속 때 한글로 고쳐 썼을 뿐이다. 한글 간판 속의 '서울 그로서리'라는 알파벳엔 만득이의 입김 같은 게 느껴져 절로 웃음이 난다.

"요쿠르트 하나 주세요."

신문을 보고 있던 황 영감이 흘긋 한번 쳐다보고 냉장고에서 요쿠르트를 큰 것으로 꺼내준다. 나는 그것을 별로 좋아하지 않지만 안채로 들어가기 위해선 가게를 통하는 게 편하기 때문에 통행세처럼 그걸 한 병 사서 쪽 들이켠다. 모로 앉은 황 영감의 목고개에 힘줄이 처참하도록 두드러져 보이고 구레나룻이 서릿발처럼 희다. 나는 가슴이 뭉클하면서 황 영감이 요새로 부쩍 더 늙었다고 생각한다. 그런 뭉클함에는 어쩔 수 없이 아래위 층 한지붕 밑에서 삼십 년을 같이 산 사이의 미운 정 고운 정이 엉겨 있다. 모로 앉은 황 영감이 신문에서 눈을 떼지 않은 채 말세야 말세야라고 중얼거린다. 그에게 말세 아닌 날은 없다. 허구한 날이 말세다. 만득이한테서 딸을 보지 않고 딸을 강간한 놈팡이만 보고, 수출액보다는 수입액에 밝고, 우리 모두 얼마나 잘살게 됐나보다는, 우리 모두의 빚이 얼마나 늘어났나에 도통한 그의 심보는 모든 사물, 모든 사람 사는 켯속의 그늘만을 보니까.

하긴 황 영감은 자신만의 그런 특이한 시선 때문에 어디서 둥둥 북소리 나면 우선 어깻춤 먼저 추고 나서는 소갈머리 얕은 이웃에 비해 사람이 어딘지 어렵고 줏대 있어 보이는 건 사실이다. 그러나 내가 여자들 얼굴보다는 밑××에 대해 더 많이 알고 있다고 해서 여자들을 남보다 더 안다고 할 수 없는 것처럼, 그가 세상사의 그늘을 보는 눈이 유별난 게 어떻게 남보다 세상사를 더 잘 아는 게 될 수 있으랴. 나는 엉뚱한 이치를 꾸며대면서까지 그에게 동병상련 격인 연민을 느끼려 든다.

"아기 많이 컸죠?"

나는 아기를 보러 들어간다는 뜻으로 이런 말을 남기고 안채로 들어갔다. 만득이댁은 웃음이 헤픈 여자다. 아기 자랑을 할 때도 남편 험담을 할 때도 시아버지 때문에 속 썩는 얘기를 할 때도 그저 싱글벙글이다. 그래 그런지 아기도 잘 웃는다. 제법 눈을 똑똑히 맞추고 나서 벙글 입이 헤벌어진다. 아기를 받아보고 싶다는 억지 같은 생각을 달래러 들어왔건만 되려 그 생각을 좀 더 쥔 결과가 된다. 그 소망을 못 이루고 나의 직업에서 아주 손을 떼고 말면 죽는 날까지 비참한 신세를 못 면할 것 같다. 그러나 앞으로 사흘밖에 남지 않았다. 단지 사흘밖에.

2. 이틀 전

끔찍한 꿈이었다. 내 손에 박인 못이 암종이 되어 온몸의 살갗으로 무섭게 퍼지는 꿈에서 깨어나려고 몸부림치면서 아스라이 악머구리 끓듯 하는 한여름밤의 개구리 소리를 들은 것처럼 느꼈다. 내가 나를 다방면으로 공격해오는 이질적인 노린내와 무성한 가슴의 털과 동아줄처럼 길고도 힘센 사지와 바윗덩이처럼 육중한 체중으로부터 벗어나려고 몸부림치면서 듣던 것도 개구리 소리였다. 그때, 그 개구리 소리는 인간들의 전쟁과는 아랑곳없이 너무도 태령스러워서 당장 당하고 있는 게 설마 꿈이겠지 생각하는 걸로 나의 의식을 비몽사몽간으로 흐렸었다.

그때와는 거꾸로 비몽사몽간에 들은 악머구리 끓듯 하는 소리 때문에 차츰 나는 깨어났다. 나는 우선 그게 꿈이었다는 걸 확인하기 위해 손에 박인 못을 만져보고 잠옷 속으로 손을 넣어 가슴과 배와 허벅지를 쓸어본다. 55세까지 한 번도 애를 낳아보지 못한 여자의 살찌고 노쇠한 살갗의 감촉은 명주실처럼 부드럽고 탄력 없을 뿐 거슬리는 건 아무것도 없다. 꿈이었군. 그까짓 못, 앞으로 몇 달만 일손을 놓으면 깨끗이 풀리리

라. 그래도 역시 마음은 언짢다. 꿈에서 온몸의 살갗으로 암종이 되어 퍼진 못이 손에 박인 못이 아니라 심장에 박인 못인지도 모른다는 엉뚱한 생각이 들면서 가슴이 답답하다. 나는 오랜 생활의 습관으로 침실의 창을 연다. 아스라이 들리던 악머구리 끓는 소리가 확성기를 댄 것처럼 별안간 커지면서 방 안으로 쏟아져 들어온다.

요새 새로 생긴 교회에서 들려오는 새벽 예배 보는 신도들의 울음소리였다. 그 교회에 모이는 신도들은 허구한 날 그렇게 통곡을 했다. 나는 그 소리를 들을 때마다 내 속에 통곡하고 싶은 욕망과 한 방울의 눈물도 못 짜내리라는 확신이 같이 있는 걸 느낀다. 아직 이른 새벽이다. 경성상회 이면의 동네가 남빛 어둠에 잠겨 있다.

이틀밖에 남지 않았다. 이틀밖에…… 잠이 완전히 깨면서 맨 처음 떠오른 생각은 이사 갈 날이 이틀밖에 남지 않았다는 것이었다. 살아 있는 애기를 받아낼 가망도 앞으로 남은 이틀로 줄어들었다.

우단의자가 놓인 남창(南窓)과 반대쪽에 나의 살림방과 진찰실 겸 수술실이 있다. 살림방에서도 수술실에서도 쉽게 구태의연한 ㄱ자 아니면 ㄷ자의 지붕이 무질서하게 밀집한 퇴락한 동네가 내려다보인다. 서울의 눈부신 발전은 귀 있고 입 가진 사람이라면 아무도 이의를 제기할 수 없는 우리 모두의 상투어가 되었건만, 어떻게 된 게 나의 단골들이 살고 떠나가고 들어오는 이 동네는 내가 처음 개업할 무렵과 별로 달라진 게 없다. 한옥도 아니고 양옥도 아닌, 일제 말기 한창 물자가 궁핍할 때 들어선 날림 양기와 집들은 아무리 집 없이 살아도 세간살이라도 좀 반반한 거 가진 사람이라면 아무도 안 부러워하게 간살이 좁고 구질구질하고 늙어빠졌다. 더군다나 경성상회를 위시한 2층 3층의 상점들이 늘어선 한길로부터 지금은 복개를 했지만 십여 년 전까지도 열린 채로 있던 더러운 개천을 향해 서서히 지대가 낮아지는 웅덩이 같은 동네라 여름마다 물난리를 안 겪고 넘어가는 일이 드물다. 한 집이 차지한 평수가 거의 삼십 평 미만이어서 헐고 신축을 하려고 해도 허가가 안 나온다던가. 그래서 돈을 번 사람은 지딱지딱 딴 동네로 떠난다. 몇 집을 사서 터서 새 집을 짓는 방법도 있겠으나 그래 봤댔자 빈촌 속의 호화 주택을 누가 알아줄 것인가. 그것을 무릅쓰고 그런 어리석은 짓을 할 만큼 이 알량한 동네에 애착을 가진 사람이 있을 리도 없고, 그래 놓으니 세상이 온통 잘살게 됐다고 떠드는 소리가 이 동네선 한낱 풍문에 불과했다. 그러나 풍문도 못 들은 것보다야 얼마나 좋은가.

모두 겉보기보다는 잘산다. 풍문으로 들은 대로 제각기 흉내는 다 낼 줄 안다. 만득이가 제 월급보다는 즈이 회사 수출고를 믿고 씀씀이가 헤프듯이, 어디서 둥둥 장구 소리 나면 얼씨구 엉덩춤 먼저 추듯이 실속 없이도 잘들 산다. 우선 살림만 하는 여편네들의 속옷과 사타구니가 창녀의 것처럼 깨끗해진 것만 봐도 그동안 얼마나 잘살게 됐나를 알 수가 있다.

창녀의 사타구니와 정숙한 여자의 그것과를 감히 비교하는 것은 정숙한 여자에겐 모독이 되겠지만 나는 다만 외관을 말하고 있을 뿐이다. 상식적으론 창녀의 것은 더럽고 정숙한 여자의 것은 깨끗한 걸로 돼 있지만 육안을 통한 관찰에 의하면 그와 정반대다. 어떤 창녀의 그곳은 거의 백치의 얼굴처럼 청결하다. 그러나 자기의 그곳이 가장 정숙하다고 믿는 여자일수록 그곳의 불결에 파렴치하다. 그것은 마치 뉘 집에서나 응접실이 가장 깨끗한 것과 같은 이치이리라.

이 동네서 창녀가 거의 자취를 감추고 나서 가장 눈에 띄게 달라진 건 교회당이 많이 생긴 거다. 인구가 밀집해서 동회에 가면 늘 차례를 기다려야 할 만큼 복작대지만 면적으로 봐선 과히 넓지 않은 동네에 교회당이 일곱 군데나 생겼다. 내가 이 동네에 자리를 잡을 때만 해도 한 군데도 없었다. 교회당은 자리를 잡았다 하면 해마다 다르게 불어나고 치솟는다. 이 동네서 번영이 풍문이 아닌 곳은 오로지 교회당밖에 없다. 일곱 개의 교회당은 다 같이 예수님을 믿을 터인데도 교파가 다른 제각기의 간판을 가지고 더러는 신도의 이동도 있는 모양이지만 신도가 모자라는 교회당은 없는 모양이다. 최근에 생긴 교회당은 무슨 교파인지는 모르지만 매일 아침 신도들이 모여서 처음엔 울다가 나중에는 박수를 치면서 환희에 찬 목소리로 거룩한 하나님을 찬송하고 헤어진다. 그게 그 교파의 예배 방식인가보다. 신도가 아닌 이웃을 위해선 별로 바람직하지 못한 예배 방식인데도 새벽의 울음소리가 하루가 다르게 드높아지는 걸 보면 그 교회의 교세도 착실히 불어나고 있음에 틀림이 없으리라. 신도들의 반수 이상은 여자들이다. 그러니까 나의 단골들이기도 하다. 그들이 울면서 기구하는 건 뭘까. 허구한 날 어디서 저런 지겨운 통곡이 치받치는 걸까. 원치 않는 애기를 배 속에 가지고 나를 찾아왔을 때 그들은 거의가 다 당장 죽고 싶은 절망적인 얼굴을 하고 있게 마련이다. 그러나, 그것이 안전하고도 정확하게 제거됐다는 것만 알면 그들은 당장에 개운하고 근심 없는 얼굴이 됐다. 그들의 고통을 털끝만 한 잔재도 안 남기고 뿌리 뽑아내는 내 솜씨는 참으로 영검했다. 마음속에 여자가 받은 그런 고통에 대한 뿌리 깊은 증오가 있음으로써만 그럴 수 있는 일이었다. 그들을 고통으로부터 해방시킨 건 나였다.

그런데 그들은 허구한 날 내 새벽잠을 깨우면서 서럽게 통곡을 한다. 도대체 저들을 울게 하는 또 다른 고통은 뭘까? 하나님도 그것을 나처럼 족집게로 집어내서 보여줄 만큼 영검하진 못하리라. 그런데도 교회는 늘 어나고 치솟는다.

언젠가 나는 이 교회, 저 교회로 옮겨 다니는 나의 단골인 가정부인한테 그 까닭을 물었었다. 내 딴엔 그 여자를 무안 줄 마음보다는 각 교파 간의 특색에 대해 뭘 좀 알까 해서였다. 그 여자는 전에 다니던 교회는 병을 잘 고쳐준다는 소문을 듣고 지병인 신경통이 나을까 해서 다녔는데 지금 다니는 교회는 재수를 좋게 해준다고 소문이 났기에 남편 돈벌이나 잘될까 해서 옮겨 갔다고 했다. 그렇다면 새벽마다 통곡의 자리를 마련한 교회선 무슨 약속을 내걸었을까?

하나님 아버지, 저들이 하나님 아버지를 믿는다고 골백번을 맹서해도 하나님 아버지는 저들의 말을 믿지 마소서. 저들은 지금 입으로 하나님 아버지를 찾고 있지만 저들의 밑××이 무엇을 찾고 무엇을 저질렀는지 저는 다 알고 있습니다.

나는 이렇게 저들이 울부짖으며 찾는 분에게 으스대는 마음까지 있다. 그러나 나의 속 내밀한 곳에도 뭉쳐서 마침내 딱딱하게 굳은 한 덩어리의 통곡이 있을지도 모른다는 의구심을 품게 하는 것도 바로 저 새벽의 울음소리이다.

새벽 어둠이 조금씩 걷히면서 제일 먼저 여기저기서 드러나는 건 교회의 첨탑들이다. 아직도 집들은 젖빛 어둠에 가라앉아 있어서 창을 통해 들어오는 시야가 온통 안개 낀 바다 같으면서 문득 교회의 첨탑들이 침몰해가는 선박의 마스트처럼 보인다. 통곡 소리는 메마른 아귀다툼으로 변한다. 침몰해가는 선박의 여객들이 서로 먼저 마스트 꼭대기로 기어오르려고 다투는 소리다. 마스트 꼭대기에 아직 사람은 안 보인다. 다투느라 아무도 그곳을 차지하지 못하나보다. 차지하건 못하건 결과는 마찬가지다. 어차피 선체는 침몰할 것이므로.

어둠이 점점 더 엷어지고 ㄱ자 ㄷ자의 지붕이 어렴풋이 떠오르면서 마스트 끝까지 기어오른 사람이 보이는가 했더니, 그건 사람이 아니라 텅 빈 십자가였다.

이틀밖에 남지 않았다. 마지막으로부터 둘째 날은 빠른 속도로 밝아오고 있다.

첫 번째 환자는 성병 치료를 받으러 다니는 화영이라는 창녀였다. 이 동네 살지는 않지만 전에 여기 살다 떠난 포주들이 보내오는 창녀들이 아직 쏠쏠히 있었다.

오늘은 포주인 전 마담까지 따라왔다. 전 마담도 이젠 많이 늙었다. 황 영감과는 또 다르게 스산하면서도 울긋불긋 원색적인 전 마담의 늙음이 남의 일 같지 않게 민망하고 측은하다. 그러나 나는 겉으로 심히 무뚝뚝하다.

"웬일이야 전 마담이 다 따라오고…… 참 사람 귀하네, 요샌 고작 저 화영이가 그 집 딸러박슨가보지?"

나는 화영이를 진찰대에 뻗쳐놓고 나서 대기실에 얼굴을 내밀고 퉁명스럽게 한마디 했다.

"아냐요, 아무러면 내가 그간 년 밑××소식이 궁금해서 따라왔을라고요. 선생님, 내일까지만 영업하신다며요."

"그래. 왜 섭섭해?"

"그럼 내가 뭐 선생님처럼 목석인 줄 아슈. 섭섭도 하고 부럽기도 하고. 난 언제나 그놈의 영업 그만두고 편히 살아볼꼬?"

전 마담이 담배를 피워 물며 한숨을 푹 쉰다. 살찐 손의 팥죽색 매니큐어가 불결하고 처량해 보인다.

"그 돈 다 뭐하고 우는소리야?"

나는 이렇게 내뱉고 대기실 문을 탁 닫는다. 전 마담은 농업학교가 미군 부대였을 적부터 단골인 양공주 출신의 포주다. 그녀도 내 신세를 많이 졌지만 그녀가 데리고 있는 아이들도 멀든 가깝든 꾸준히 나한테로 보내는 진국 단골이다. 오랜 단골이면서도 여보 당신이라고까진 안 하고 깍듯이 선생님으로 불러주긴 하지만 나의 일이나 자기 일을 똑같이 영업으로 부르는 말투 속엔 의심할 여지 없는 동업자 의식이 깔려 있다.

진찰과 치료를 끝마친 화영이가 묻는 말도 언제부터 영업해도 되냐는 거였다.

"내일서부터라도 해도 되겠지만 핑계 김에 며칠 더 쉬게 해줄까?"

"안 돼요, 의리가 있죠. 너무 오래 쉬어서 엄마한테 미안해 죽겠는데요."

"그래? 그럼 내일부터 당장 의리를 지키렴."

나는 씹어뱉듯이 말한다.

"선생님, 그래도 우리 엄마만 한 엄마도 드물어요."

화영이 늘씬한 가랑이에 팬티를 끼면서 포주를 변명한다. 화장은 야하지만 본바탕은 수수한 얼굴이다. 그러나 그녀가 팬티를 벗고 진찰대에 가랑이를 벌리는 동작은 군더더기 없이 극도로 세련되어 일종의 직업미 같은 걸 느끼게 한다. 나는 그녀를 아름답다고 생각한다.

세 사람이 다시 대기실에 모이자 일종의 가족적인 무드 같은 게 조성이 된다.

"요 앞길이 지금의 곱절로 넓어진다니 이 동네 수 났군?"

"글쎄 말야. 전 마담도 그 집 그냥 갖고 있었으면 부자 될 뻔했잖아?"

"아유 그까짓 옛날 얘긴 해 뭘 해요. 그렇게 부자 될 뻔한 거 놓친 게 어디 한두 번인가."

"우리 엄마 이번에 또 큰 손해 봤어요, 선생님."

"또 부질없는 욕심을 부렸겠지 뭐."

"선생님도 내가 언제 한눈 파는 거 보셨어요? 되나 안 되나 한 우물만 파건만도 사고가 연발이니, 이 노릇도 이제 그만 해먹어라는 팔잔가 싶은데 뭐 모아놓은 게 있어야죠."

"무슨 일인데 그렇게 풀이 팍 죽어가지고 그래?"

"별일도 아냐요. 늘 있는 일이죠. 돈 많이 든 애가 빚만 들입다 져놓고 도망을 갔지 뭐예요."

"찾겠지 뭐. 다시 기어들던지."

"찾을 마음이 있어야 찾죠. 누가 빼내 갔다면 내 성질도 가만히 당하고만 있는 성질은 아닌데 죽자 사자 연애하는 남자 따라 도망을 갔다니 그만 마음 약해서 행복을 빌 수밖에요."

"전 마담 천당 가겠어."

"선생님도 아시잖아요, 나 연애 좋아하는 거……."

전 마담이 쓸쓸하게 웃는다.

"화영이도 빨리 연애해야겠다. 서러워서도……."

"서럽다고 뭐 연애가 되나요."

나는 늘 거부하는 마음이면서도 너무 오랫동안에 걸쳐 서로를 알아버려 이제 어쩔 수 없이 되어버린 가족적인 무드에서 편안히 마음을 푼다.

"그나저나 집 헐리는 사람만 억울하게 됐잖아요. 경성상회만 안 헐렸으면 선생님도 앞으로 십 년은 넘어 더 영업하실 수 있었을걸."

"아냐, 딱 알맞게 그만두는 거야. 막상 날짜까지 정하고 보니 더는 누가 죽인대도 못 할 것 같아."

"황 영감은 어데로 떠난대요? 워낙 구두쇠라 한밑천 잡아놓았겠지만⋯⋯."

"집터가 이 근처선 제일 넓으니까 보상금도 꽤 받았을걸. 가게터 달린 반반한 양옥을 사서 가게 물건도 그대로 옮긴다던데."

"그럼 나중에 봅시다. 선생님 영업 그만둔다니까 내가 젤로 한 팔 떨어지는 것 같네요. 약도나 하나 그려줘요. 성냥 사갖고 집 구경 가도 되죠?"

"안 돼. 양반 동네 가서 양반 행세 하면서 살 참인데 전 마담이 뭣하러 찾아와."

나는 그러면서 약도를 그렸다.

"난 오지 말라는 덴 더 드나드는 취미니까⋯⋯."

전 마담도 지지 않고 말대꾸를 하고 약도를 간직하고 치료비를 내고 돌아갔다.

이틀밖에 남지 않았다. 그러나 찾아오는 환자는 성병 아니면 소파를 원하는 임부였다. 이상할 건 하나도 없었다. 그건 내가 닦아놓은 길이었다. 궤도를 수정하기엔 이미 때가 늦었다. 이틀밖에 남지 않았다. 그런데도 나는 내 손으로 애기를 한 번만 받고 나서 이 일을 그만두고 싶다는 바람을 못 버리고 있다.

　그런 나의 바람을 비웃듯이 오늘 소파를 한 세 임부의 내용물엔 하나같이 삼 개월 미만의 작은 태아의 모습이 조금도 손상되지 않고 옹글다. 대개는 손상되어 적출되는데 오늘은 좀 이상했다. 새끼손가락 끝의 한 마디만 한 크기의 태아가 인간이 갖출 구색을 얼추 다 갖추고 있다는 건 아마 임부 자신도 모르리라. 다만 몸의 각 부분의 비율만이 완성된 인간하고는 딴판이어서 크기의 대부분을 두부(頭部)가 차지하고 있다. 그래 봤댔자 기껏 완두콩만 한 두부인 것을 놀랍게도 두 개의 눈이 또렷하게 박혀 있다. 눈꺼풀이 아직 안 생겼음인지 그 두 개의 눈이 마치 채송화씨를 박아놓은 것처럼 또렷하게 뜨고 있다.

　내가 처형한 눈, 한 번도 의식화(意識化)되지 않은 눈, 앞으로 의식화될 가망이 전혀 없는 채송화씨만 한 눈이 느닷없이 나의 어떤 지난날부터 지금까지를 한꺼번에 꿰뚫어 보는 듯한 느낌에 나는 전율한다. 그 채송화씨만 한 눈이 샅샅이 조명한 나의 생애는 거러지보다 남루하고 나의 손은 피 묻어 있다. 황 영감이 그의 첫 손자를 이 세상에 맞이하는 일을 내 손에 맡기기 싫어한 걸 나는 이해할 수밖에 없다.

　그 눈은 의식화되지 않았으므로 오히려 시계(視界)가 무한한가. 나의 지난날과 현재와 앞날을 종횡무진으로 간섭하고 내가 의지하고 있던 고정관념을 뒤흔들려 든다. 멀리선 포성이, 가까이선 개구리 울음소리 시끄러운 여름의 풀숲에서 당한 치욕을 핑계 삼아 그 후 한번도 남자를 사랑하지 않고도 잘만 살아온 잘난 여자를 감히 지지리 못난이처럼 우습게 본다. 그래서 얻은 알토란 같은 이익에 간섭해서 당장 엄청난 손해로 바꾸어놓는다. 그리고도 모자라 나를 의사는커녕 의술자도 못 된다고 비웃는다. 나의 의술은 환자의 고통을 대상으로 하지 않고 자신의 불순한 쾌감을 대상으로 하고 있으므로.

그 일을 할 때마다 되살아나던, 꽃다운 나이가 박해받은 기억과 박해를 또 다른 박해로써 갚으려는 비밀스러운 보복의 쾌감까지도 그 작은 눈은 꿰뚫고 있었다.

대기실과 상담실을 겸해서 넓고 쾌적하게 꾸며진 방의 남으로 난 창가에 아직도 우단의자는 놓여 있다. 그 의자는 허구한 날, 내 눈에 거슬렸던 것처럼 오늘도 눈에 거슬린다. 손으로 우단천을 결과 반대 방향으로 쓸면 다 바랜 잿빛 속에서 밝은 녹두색이 살아난다. 그 녹두색은 30년 전의 쑥색의 잔재다. 그 의자는 쑥색이었을 적에도 녹두색이었을 적에도 잿빛이 된 후에도 나의 병원과는 안 어울렸다. 단 한 번 아버지가 거기 걸터앉으셨을 때를 빼고는.

아버지가 거기 앉아서 뭐라고 말씀하셨더라. 예로부터 의술은 인술이라 했거늘. 어질게 써야 하느니라. 그때도 그랬지만 지금도 그 말씀을 생각하면 절로 웃음이 복받친다. 그때 이미 나는 나의 기술로 돈 버는 수단을 삼기 위한 만반의 준비를 하고 있었다. 나는 때때로 어쩔 수 없이 그 우단의자에다 신수 좋은 아버지의 모습을 재현시키고 바라다본 적은 있어도 그때 그 말씀으로 내가 하는 일을 간섭받진 않았었다. 나는 오로지 내 뜻대로 하면서 살았다. 그런데도 문득문득 그 우단의자가 나의 넋을 움켜쥐고 있는 것처럼 느낄 적이 있다. 증오로 된 넋이 아닌 또 다른 넋을.

아무짝에도 쓸모없고 어떤 것하고도 안 어울리는 우단의자를 버리지도 못하고 천덕꾸러기 취급도 못하고 여지껏 남으로 난 창가에 모셔놓고 있을 수밖에 없는 것도 그런 까닭이었다. 병원에 있던 건 단 한 가지도 나의 새집으로 가지고 들어가지 않을 작정을 한 지 오래건만 물끄러미 우단의자를 바라보면서 나는 머릿속으로 그 의자가 놓인 새집의 남으로 난 창가를 그리고 있다.

이틀밖에 남지 않았다. 그러나 오늘 그 일이 일어나기엔 너무 늦었다. 나의 간절한 소망에도 아랑곳없이 가을 해는 이미 뉘엿뉘엿하다. 나는 입술을 질겅질겅 씹으면서 하릴없이 이 방 저 방 오락가락하다가 진찰실 탁자 위에 놓인 걸 보고 질겁을 했다. 빈 페니실린 병 속에 오늘 소파한 완두콩에 꼬리가 달릴 만한 크기의 태아가 셋 고스란히 포르말린에 잠겨 있지 않은가. 나는 순간적으로 격노해서 불에 덴 것처럼 급히 미스 최를 불렀다.

"미스 최, 이게 무슨 짓이야? 왜 이딴 짓을 했어? 응 왜?"

나는 무섭 잘 타는 아이처럼 조금은 겁까지 내면서 이렇게 떨리는 소리로 따졌다.

"선생님, 그거 제가 한 거 아녜요. 아까 선생님이 그렇게 해놓으시고서……"

미스 최는 되려 내 정신 상태가 의심스럽다는 듯이 눈을 똥그랗게 뜨고 항의했다. 미스 최는 그런 실속 없는 거짓말이나 장난을 칠 아이가 아니다. 그러고 보니 내가 그런 것도 같다. 왜 그랬을까? 나는 자신을 이해할 수가 없다. 옹글게 적출되는 태아가 신기하긴 해도 그런 것을 한두 번 본 것도 아니겠다 왜 그런 짓을 했을까. 하긴 태아를 월별로 각각 유리병에 나란히 담가 표본을 만들어놓은 친구의 병원을 본 적도 있긴 있다. 그때 나는 인간으로 젓갈을 담가놓은 것을 보는 것처럼 속이 메스꺼웠다.

그런 내가 나도 모르게 인간 젓갈을 담가놓았으니.

"선생님, 그럼 버릴까요?"

미스 최가 페니실린 병을 주워 들며 말했다.

"아냐, 버리지 마, 안 돼."

나는 악을 빽 쓰면서 그걸 빼앗았다. 그걸 보관하거나 그 밖에 어떻게 할 생각이 있어서 그런 건 아니었다. 다만 버리는 걸 의식하면서 버리기가 싫어서였다. 여지껏 그런 것은 다른 오물과 함께, 버린다는 의식조차 없이 저절로 처리됐었다. 그걸 오물 이상으로 생각하는 일을 거치지 않은 무의식적인 행동이었다. 근데 오늘의 무의식은 어쩌자고 그런 엉뚱한 실수를 한 것일까. 나는 그것을 빼앗아 탁자 위에 다시 놓으면서 미스 최가 나 안 볼 적에 그걸 슬쩍 없애주길 바랐다.

그러면서 나는 자신에 대한 어떤 의구심에 사로잡혔다. 왜 나는 내가 이렇게 이해할 수 없어지나? 자기로부터 가까운 사람일수록 이해할 수 없는 거동이나 기색을 보일 때 기분이 더 나빠진다. 하물며 자기 자신에 있어서랴. 하긴 그 우스꽝스러운 날림 결혼식 구경을 하면서 느닷없이 살아 있는 완전한 아기를 받아보고 싶단 생각을 품기 시작하고부터 나는 나로부터 떨어져 나가 내가 도저히 이해할 수 없는 것이 되고 있는지도 모른다. 나는 나 자신에 대해서 될 수 있는 대로 따지지 말고 내버려두자고 벼른다. 건드리면 건드릴수록 분리되는 수은처럼 자신이 산산조각 날 것 같아 나는 두렵다.

"선생님, 이따 양장점 집 아줌마랑 물역 가겟집 아줌마랑 불러서 이거 줘도 되죠."

미스 최가 플라스틱 접시에 착색하지 않은 명란젓 비슷한 걸 받쳐들고 내 눈치를 살핀다.

"그게 뭔데."

"선생님 정말 오늘 이상하시다. 아까 소파한 태(胎)지 뭐예요?"

마침내 미스 최의 얼굴에도 의혹이 스친다. 나는 내가 나를 이상해하는 건 참을 수 있어도 남이 나를 이상해하는 건 참을 수가 없다.

"그래그래, 그 여편네들이 참 그거 부탁했었지. 부르렴. 지금이라도."

나는 짐짓 관대하고도 명랑하게 미스 최의 소청을 들어준다. 요새 이 동네 여편네들 사이엔 소파한 태반이 젊어지고 예뻐지는 신기한 영약이라는 소문이 그럴듯하게 유포되고 있다. 나는 의사로서 그게 전혀 근거 없다고는 못해도 떠도는 소문처럼 그런 신기한 효과를 거둔다고도 물론 생각하고 있지 않다. 그러나 젊음이나 미용이 다분히 기분이라는 걸 감안해서 그렇게 믿고 먹으면 효과가 있을지도 모른다고쯤은 여기고 있다.

나한테 몇 번씩이나 가랑이 벌린 단골 여자들도 그걸 먹고 싶단 소리를 차마 나에게 직접 못하고, 대개는 미스 최한테 청을 들이는 모양이다. 그럼 나는 그 여자들을 불러들여 미스 최 방에서 먹도록 허락을 해왔다. 뒷구멍으로 빼돌리면 상할 염려도 있고, 또 돈푼이 오고 갈 수도 있을 가능성을 미리 막고자 해서였다. 미스 최한테 그만한 청을 들일 만한 단골은 나하고도 곰삭을 대로 삭은 사이라 별로 스스러워하지 않고 그것을 먹으러들 왔다. 그냥 먹기가 비위 상하는 여자는 소주를 한 병 슬쩍 차고 들어와 안주로 회 먹듯이 먹는 여자도 있었다. 회춘제라면 물불 안 가릴 때면 이미 여자가 가장 헤벌어지고 뻔뻔스러워졌을 때라 소주 한 잔 들어간 김에 음담패설이 없을 수가 없었다.

그런 여자들을 구경하노라면 진찰대에 치부를 얼굴처럼 쳐드는 자세로 누워 있을 때하곤 또 다르게 여자의 추악함이 그 극한까지 다다른 것을 보는 것 같은 잔혹한 쾌감을 느끼곤 했다. 그러니까 여자들에게 남의 미숙한 태반을 먹이고, 그 비릿한 입으로 음담을 지껄이게 하는 것도 내 나름의 여자들에 대한 박해의 한 방법이었다. 증오로써 할 수 있는 일 중 박해처럼 자연스러운 일도 없다. 이렇게 끊임없이 나는 내가 여자이기에 받은 치가 떨리는 박해의 기억을 수단 방법 가리지 않고 남에게 분배함으로써 나만의 억울함을 덜어보려 하고 있었다. 그러나 그건 결코 덜어지지 않았다. 아무리 남을 비참하고 추악하게 만들어놓고 비교해도 역시 내가 더 비참하고 추악했다.

소주 두어 잔과 색다른 안주로 눈가가 도화꽃처럼 피어오른 물역 가겟집 아줌마가 된 소리 안 된 소리 해롱거리더니 비틀대며 대기실로 걸어나와 우단의자에 앉으려고 했다. 나는 질색을 하면서 그녀를 소파로 떠다밀었다. 양장점집 여자도 따라 나와 둘이 나란히 앉았다. 두 여자가 심란스러워하는 게 아마 작별의 말을 하고 싶은 것 같았다.

"내일 모레죠?"

조신하고 술도 못하는 양장점집 여자가 먼저 말을 꺼냈다.

"선생님 정말 병원 아주 그만두실 거예요? 섭섭해서 어쩌지?"

"지금은 그러셔도 밴 도둑질은 못 그만두실 거니 두고 보시오. 쬐금만 쉬시다가 우리가 삘딩 올리거든 한자리 드릴 것이니까 그땐 사양 말고 나오셔야 해요. 안 나오시면 우리들이 작당을 해서 끌어내지 뭐."

물역가게도 양장점집도 이번 도시계획으로 저절로 길가에 나앉게 되어 빌딩을 올린다고 대단히 들떠 있었다. 다른 집들도 그렇게 크게는 못 좋아지더라도 불량주택 개선지구에 든다니까 이 동네도 오랜만에 변화가 있을 모양이었다.

"댁에서라도 단골만은 좀 봐주셨으면 좋겠어요. 딴 병원은 몰라도 산부인과는 단골이 좋은데……."

"그래 그건 맞는 소리요. 나는 딴 사내한테 가랑이 벌릴 생각을 허면 아주 기분 나쁘지도 않더니만, 딴 의사한테 그 짓 헐 생각허면 영 기분이 안 좋습디다요. 선생님 어떡허면 그동안에 애가 안 생기게 헐까요?"

"××하지 말아요."

나는 씩 웃으면서 한마디 해주고는 자리를 일어섰다. 그들은 그들이 하던 음담의 연장인 줄 아는지 몸을 비틀고 킬킬댔다. 아직 젊었을 때만 해도 동네 여자들이 피임에 대해 상담해 오면 진지하게 조언을 해주고 도표나 기구 같은 걸 나누어 주기도 했었다. 그러나 이 동네 여자들은 만날 가르쳐야 한글도 못 깨치는 저능아처럼 같은 실수를 되풀이했다. 까다롭게 신경 쓰는 일도 싫어했고, 쾌락을 줄이는 방법은 더구나 질색이었으니, 이제 내가 해줄 수 있는 말은 그 말밖에 남아 있지 않았다. 번연히 그 대답이 나올 줄 알면서도 자주 그런 질문들을 하는 걸 보면 그 쌍소리 자체를 즐기자는 심보이리라. 나 역시 그렇게 말해주고 나면 침을 뱉어주는 것처럼 후련해지곤 했다.

"잘 먹었어요, 선생님."

"고마워, 미스 최."

마치 포식을 한 잔칫집의 손님 같은 말을 남기고 두 여자가 돌아가는 소리가 났다.

나는 내 방 창가에 앉아 하나 둘 불을 켜기 시작하는 동네를 내려다본다.

황 영감네 안마당이 바로 눈앞에 펼친 손바닥처럼 빤히 내다보인다. 마당에까지 불을 밝히고 이삿짐들을 챙기고 있다. 친정 이사를 거들기 위해 왔는지 어제도 안 보이던 황 영감의 딸의 모습이 보인다. 그녀도 많이 늙었다. 만득이의 갓난아기를 안고 서서 이것저것 총찰만 하지 직접 일을 하진 않는다. 때때로 아기하고 볼을 비비기도 하고, 뭐라고 지껄이기도 한다. 아기가 방긋 웃었는지 큰 소리로 바쁜 사람들을 불러 모아 자랑스럽게 보여주기도 한다. 가슴속에서 사랑이 마구 샘솟는 것처럼 자애와 행복으로 충만한 얼굴이다. 겉으로는 고모 행세를 하고 있지만 속으로 할머니일 테니 그럴 수밖에 없겠지. 나는 홀린 듯이 눈 아래 펼쳐진 어수선한 광경 속에서 황 영감 딸의 모습만을 뒤쫓는다. 어째 온몸이 꺼풀만 남은 것처럼 허전해지고 있다.

나는 황 영감 딸의 비밀스러운 악몽에 동참했던 걸로 마치 내가 그녀를 움켜쥐고 있는 것처럼 여겼었는데 그게 아니었다. 그녀는 이미 오래전에 놓여나서 내가 이해할 수도 손 닿을 수도 없는 고장 사람이 되어 있었다. 아직도 악몽에 갇혀 있는 건 그녀가 아니고 나였다.

이틀밖에 남지 않은 날이 가속이 붙은 것처럼 빠르게 침몰해가는 느낌에 몸을 맡긴 채 나는 생각했다.

홀로 사는 여자보다는 더불어 사는 여자가 아름답다고, 더불어 살되 아들 딸 가리지 말고 둘만 낳는답시고 소파를 열두 번도 넘어 했으되 그래도 아들 딸이 서넛은 되는 여자가 훨씬 더 아름답다고, 그보다 더 아름다운 여자는 서방이 수없이 있으면서도 평생에 연애 한 번 해보기가 소원인 창녀고, 그보다 더 아름다운 여자는 도망간 창녀가 죽자 사자 연애하던 남자를 따라갔대서 찾지 않기로 마음먹은 산전수전 다 겪은 늙은 포주라고, 마치 고정관념을 허물어 거꾸로 쌓듯이 그렇게 생각했다.

이제 밤도 깊었다. 나는 눈 아래 펼쳐지는 야경 속에서 하나, 둘, 셋…… 교회당의 뾰족지붕을 센다. 그것은 일곱까지 있다.

하나님, 제가 지금 연애를 하고 싶다면 얼마나 꼴불견이겠습니까. 조롱거리나 되겠죠. 하나님, 저를 그렇게까지 추악하게 만들지는 마시옵소서. 그 대신 바라옵건대 저에게 살아 있는 아기를 받을 기회를 마지막으로 한 번만 주소서. 그게 왜 그렇게 하고 싶은지는 묻지 마소서. 그건 저도 모르니까요. 지금 저에게 중요한 건 왜?가 아니라 그게 절절히 하고 싶다는 겁니다. 제 소청을 물리치지 마시옵소서.

나는 생전 처음 기도를 하고 있는 자신을 느끼고 쓸쓸하게 실소했다.

3. 마지막 날

나의 새집 뜨락이었다. 양지 바르고 전망이 좋아 예쁜 집들과 잔디가 푸르고 온갖 꽃이 만발한 마당들을 한눈에 굽어볼 수 있었다. 나의 집 뜨락만이 텅 비어 있을뿐더러 두텁게 콘크리트까지 쳐져 있었다. 나는 주머니 가득히 꽃씨를 가지고 있었기 때문에 콘크리트 바닥을 발로 쾅쾅 굴러보기도 하고 손톱으로 후벼 파보기도 했지만 요지부동이었다. 나는 내 손발 외에는 아무런 연장도 없었다. 연장이 없어 답답하면서도 나는 연장을 안 가져오길 참 잘했다고 생각하고 있었다. 꿈속에서도, 내가 버리고 온 연장은 호미나 곡괭이가 아니라 겸자, 헤겔, 퀴레트 등이었다.

나는 할 수 없이 주머니 속의 꽃씨를 홀홀 콘크리트 바닥에 뿌렸다. 뿌리고 보니 채송화씨였다. 조그만 채송화씨들은 순전히 제힘으로 콘크리트 바닥을 잘도 뚫고 땅속으로 들어갔다. 콘크리트 바닥은 순식간에 푸실푸실 떡고물처럼 곱게 부서졌다. 작은 씨앗들은 단박 싹이 나고 잎이 나더니 색색 가지 꽃을 피웠다. 빨강, 노랑, 분홍, 자주…… 나의 뜨락은 난만한 채송화 꽃밭이 되었다. 그러더니 꽃들은 저희끼리 싸우기 시작했다. 울고불고 아우성치는 게, 꽃들의 목소리는 아이들의 목소리하고 어쩌면 그렇게 닮아 있는지, 목소리뿐 아니라 꽃들의 얼굴까지 입이 생기고 눈코가 생기면서 아기의 얼굴을 닮아갔다. 나의 뜨락은 이제 꽃밭이 아니었다. 수도 없는 아기들의 얼굴이 땅속에서 얼굴만 내밀고 원성같이 듣기 싫은 소리로 한없이 울어대는 생지옥이었다. 그만, 그만 울라니까, 당장 그치지 못할까. 불도저로 밀고 다시 콘크리트를 입히기 전에 뚝 그치라니까 뚝, 뚝, 그만, 그만…….

또 악몽이었다. 꿈에서 깨어났건만 울음소리는 약간 멀어졌을 뿐 여전히 계속되고 있었다. 습관적으로 창문을 열었다. 아스라이 멀어져 간 울음소리가 확성기를 댄 것처럼 별안간 커지면서 방 안으로 쏟아져 들어왔다. 아침 예배 보는 신도들의 울음소리였다. 아직 이른 새벽이다. 교회당의 첨탑들이 침몰해가는 선박의 마스트처럼 보이고 울음소리는 물에 잠긴 선체에서 선객이 마지막으로 외치는 살려 달라는 소리처럼 처절하다. 내 속에서 통곡하고 싶은 욕망과 단 한 방울의 눈물도 못 짜내리라는 확신이 어느 때보다도 심하게 갈등한다.

오늘이 마지막 날이다. 카운트다운이 제로를 앞둔 긴박감과 도저히 단념할 수 없는 절실한 소망이 두 가닥의 새끼줄이 되어 나를 쥐어짜는 것 같다.

나는 그 일이 안 일어날 것을 알고 있다. 그러면서도 기다림을 멈추질 못한다. 오늘까지 정상적으로 일을 하자고 했는데도 미스 최는 아침부터 작업복 차림으로 자기 짐을 싸고 있다. 이 거리의 끝에서부터 이미 철거 작업은 시작되고 있다. 봄날의 황사현상처럼 창밖의 공기는 부여니 불투명하고 우수수 우수수 날림집 허물어지는 소리도 간간이 들린다. 이까짓 동네가 뭐가 좋다고 흉흉한 마지막 날을 볼 때까지 남아 있었을까?

황 영감, 만득이, 그리고 남의 태반을 신비한 미약(媚藥)인 줄 알고 탐내지만, 실은 자신이 그것의 제공자이기도 한 여염집 여편네들, 동녀처럼 무구한 사타구니를 가진 창녀들과 그녀들이 엄마라고 부르는 포주들……. 그동안 내가 고통을 덜어주거나 비밀에 관계했던 그 사람들을 나는 통틀어 무시하면서 언제고 아쉬움 없이 떨칠 수 있다고 생각했다. 나는 항상 베푸는 입장이고 그들은 신세 지는 입장이라는 걸 의심해본 적이 없다. 그러나 이제 와서 생각하니 신세 진 건 그들이 아니라 나였다. 속속들이 알고 있어 어쩔 수 없이 그렇게 되어버린 소위 가족적인 관계라는 게 두고두고 아쉬울 사람은 그들이 아니라 나였다. 나는 앞으로 그들에 대해서밖에 생각할 게 없으련만 그들은 곧 나를 잊을 것이다.

"오늘도 설마 환자가 있을라구요?"

미스 최는 오늘로 떠나고 싶은 눈치다. 퇴직금도 섭섭잖게 지불해줬고, 며칠 쉬고 나서 입주할 수 있도록 새 직장도 정해줬다. 내일 아침 같이 떠나기로 약속했지만 하루쯤 먼저 떠나고 싶다면 붙잡지 않는 게 야박하지 않은 처사련만 나는 그러지를 못했다.

"미스 최, 언제 하루라도 우리 병원이 환자 없어 공치는 거 본 적 있어?"

이렇게 장사꾼 같은 말투로 미스 최를 윽박질렀다. 마침 이때 스무 살도 안 돼 보이는 앳된 소녀의 얼굴이 계단 밑으로부터 떠올랐다. 소녀는 계단을 다 올라오지 않고 상반신만 내놓고 우선 안의 분위기를 염탐하려는 듯했다. 죄 지은 듯 불안한 눈이 내 시선에 붙잡히자 울상이 되더니 꼼짝도 안 했다. 올라올 것인가 뒷걸음질 칠 것인가를 망설이는 게 너무 역력히 드러나 차라리 애처로웠다. 나는 소녀가 뒷걸음질 쳐주길 바랐다. 고 또래의 그런 울상을 하고 산부인과를 찾는 목적은 보나마나 뻔했다. 나의 마지막 날, 그런 수술은 하고 싶지 않았다.

그러나 미스 최가 부랴부랴 가운을 걸치면서 계단 중턱에 못 박힌 소녀를 손수 부축해 끌어 올렸다. 나의 철저한 장사꾼 근성에 대한 그녀 나름의 대거리를 하는 셈인 것 같았다.

다 올라온 소녀를 보자마자 나는 가슴이 울렁거리기 시작했다. 뜻밖에 소녀의 배는 상당히 불렀다. 배를 밋밋하게 하기 위해 엉덩이를 뒤로 쑥 빼고 있었지만 내 눈은 못 속인다. 거의 만삭에 가까워 보였다. 어쩌면 소녀는 아기를 분만하려고 왔는지도 모른다. 그렇다면 보호자가 한두 명 따라왔음직한데 아무도 안 보였고, 내 앞에 홀로 선 소녀는 눈에 눈물이 그득한 채 와들와들 떨고 있었다. 수치감인지 공포감인지 나로선 분간을 할 수가 없었다. 우선 소녀를 안심시키는 일이 급했다.

"아기를 가졌군요? 그렇지만 그렇게 두려워할 거 없어요. 좀 이른 나이 같긴 하지만 아기를 가질 수 있는 나이라면 능히 낳을 수도 기를 수도 있는 거예요. 자아, 자아, 마음 푹 놓고 선생님한테 자초지종을 얘기해봐요."

나는 차트를 집어들며 이렇게 곰살궂게 달랬다. 무뚝뚝하고 말 막히기로 소문난 나의 어디서 그런 간사스러운 목소리가 나오는지 내심 신기할 지경이었다.
"아녜요. 선생님, 저 임신 아녜요. 누가 그래요? 제가 임신했다고?"
뜻밖에 소녀가 머리를 세차게 흔들면서 앙칼지고도 분명한 소리로 말했다.
"그래요? 미안해요. 넘겨짚어서…… 그럼 여긴 왜 왔나요?"
"지, 진찰을 받으러요."
"여긴 산부인과 병원이고, 산부인과 병원에선 어떤 병을 진찰한다는 건 알고 왔나요?"
나는 소녀가 혹시 정신이상이나 지능 미달일지도 모른다는 생각이 퍼뜩 들어서 어린이 다루듯 했다.
"네, 알아요."
소녀가 나를 똑바로 보면서 분명한 목소리로 대답했다. 나는 차트에다 이름이랑 주소랑 생년월일 등 형식적인 사항을 적고 나서 증세를 물어보았다.
언제부터인지 자세한 날짜는 생각 안 나지만 이른 봄부터 생리 현상이 없어지고 배가 조금씩 불러오더니 배 속에서 뭐가 꿈틀대는 지가 두어 달 넘었다는 게 소녀의 증세였다. 깜찍한 소녀였다. 목적이 뭔지는 모르지만 소녀는 나를 우롱할 셈인 것 같았다. 이젠 소녀의 눈은 눈물 자국도 없이 메말라 있었고, 태도도 썩 후안무치했다. 나는 위신을 잃지 않고 점잖게 말했다.
"자세한 건 진찰을 해봐야겠지만, 지금까지의 소견은 십중팔구 임신이겠는데."

"전 남자하고 자지 않았어요."

소녀가 제법 날카로운 목소리로 항의했다.

"난 아가씰 퍽 어리게 봤더니만 생년월일을 보니 스무 살이나 됐군. 그 나이에 곧 탄로가 날 거짓말은 안 하는 게 좋아. 미스 최 진찰 준비……."

소녀는 입만 쫑긋대면서 나를 강하게 노려보았다. 미스 최가 소녀를 끌다시피 진찰실로 들어갔다. 내가 가운을 입고 들어갔을 때 미스 최와 소녀의 실랑이가 한창이었다. 소녀는 막무가내 미스 최가 시키는 대로의 진찰을 위한 자세를 거부하고 있었다. 나는 소녀의 부른 배를 훑어보며 그대로 침대에 눕도록 했다. 소녀는 배를 만져보는 것까지 마다하진 않았다. 육안으로도 보이게 태아는 잘 놀고 있었고 심음도 확실했고 위치도 좋았다.

"임신이에요. 칠 개월 내지 팔 개월……."

"아니에요. 전 남자하고 자지 않았다니까요."

소녀가 발딱 일어나 앉으면서 울부짖었다. 그러더니 제 스스로 속옷을 훌훌 벗고는 진찰대에 누우면서 말했다.

"아닐 거예요. 절대로 그럴 리가 없어요. 똑똑히 진찰해주세요."

소녀의 이런 태도는 필사적인 데가 있었다. 진찰을 끝마치고 임신이란 소리를 또 한 번 하는 게 너무 무자비한 것 같아 망설여질 지경이었다.

"아니죠? 선생님, 제가 죽을병이 든 거죠?"

소녀는 팬티도 안 입고 꼿꼿이 서서 말했다. 나는 내가 되려 허물을 추궁당하고 있는 것처럼 무안해하면서 더듬거렸다.

"죽을병이라니 당치도 않아. 엄마도 아기도 건강해. 아가씨는 곧 애엄마가 되는 거야."

소녀가 왈칵 내 가슴으로 쓰러졌다.

"안 돼요. 안 돼. 그럴 순 없어요. 나 죽어. 내가 죽을 테야. 난 살 수 없어. 내가 죽을 수밖에 없어……."

소녀는 몸부림쳤다. 얼굴은 눈물로 범벅이 되고 어깨와 가슴은 경련하듯 꿈틀대고 있었다. 소녀의 눈물이 내 블라우스 깃을 적시고 팔은 내 목 고개를 감았다.

"선생님 어떡하면 좋죠? 전 어떡하면 좋죠? 죽을 수밖에 없어요. 선생님, 선생님……."

나는 소녀를 감싸 안았다. 소녀는 내 품 안에서 더욱 격렬하게 몸부림쳤다.

"언니 어떡하면 좋지? 난 어떡하면 좋지. 죽을 수밖에 없을 거야. 언니, 난 당장 죽어버릴 테야."

나도 내 배 속에 원치 않은 아이가 생겼다는 걸 알았을 때 이리에서 개업하고 있는 선배 언니네 병원에 가서 이렇게 울부짖었었다. 소녀를 안고 있는 나에게 그때의 생지옥 같은 고통이 생생하게 되살아났다. 죽고 싶다는 게 그때처럼 거짓말이 아닌 적은 그 후에도 그 전에도 없었다. 나는 소녀를 그렇게 만든 자에 대해 살의에 가까운 분노를 느꼈다. 나는 소녀와 마찬가지로 눈물이 솟았고 분하고 억울해서 살점이 있는 대로 떨렸다. 이미 그건 소녀에 대한 동정의 분노가 아니라 아득한 지난날로부터 고이고 고인 나의 한이었다.

"미스 최, 진정제, 진정제를……."

미스 최가 진정제를 가져다 소녀에게 먹였다. 소녀가 엉엉 울면서 그것을 받아먹었다.
"미스 최, 일 인분만 더……."
나도 진정제를 먹고 소녀를 부축하고 내 방으로 갔다. 진정제 때문인지, 격분이란 마냥 지속되는 게 아니어선지, 소녀는 울음을 그치고, 자초지종을 차근차근 얘기했다. 홀어머니 밑에서 중학교까지 다닐 때만 해도 넉넉지는 못해도 단란한 집안이었다고 했다. 홀어머니가 무슨 병인지 미처 병원에 갈 새도 없이 돌아가신 후, 삼 남매가 삼촌, 이모, 고모네로 흩어졌는데 장녀인 소녀는 가장 어렵게 사는 고모네를 택했다고 했다. 고모네는 싸구려 하숙을 치면서 근근이 살고 있어 소녀도 자연히 식모처럼 잔심부름을 거들며 잔뼈가 굵었는데 나이 들수록 그럴 바에야 차라리 남의 집 식모를 사는 게 월급이라도 제대로 받을 수 있을 것 같아 마땅한 기회를 엿보고 있던 중 그런 일을 당했다고 했다. 소녀는 부득부득 남자하고 잔 일이 없다고 우길 만도 한 게 늘 고모의 딸인 사촌동생하고 같이 자다가 그 애가 수학여행을 가서 혼자 잔 날 밤, 잠결에 어둠 속에서 이미 온몸을 짓눌린 연에 깨어나긴 했어도, 죽을 기를 쓰고 버둥거려 그 일을 오래 당한 것 같진 않다고 말하면서 그렇게 쉽사리 아이를 밸 수도 있느냐고 다시 못 미더워했다. 여인숙 비슷한 하숙집에서 어둠 속에서 잠결에 당한 일이라 그가 누구라는 건 짐작도 할 수 없거니와 짐작한들 뭐 하냐는 것이었다.
어림짐작이라도 할 수 있으면 그 자를 찔러 죽이고 자기도 죽으려면 또 모를까. 그자와 어떤 인연을 갖는 것은 생각할 수도 없는 일이라고 했다. 내가 그것 비슷한 얘기를 비쳤더니 당장 겨우 가라앉은 발작이 재발하려고 했다.

"어떡하면 좋죠? 선생님. 그게 확실해졌는데 어떻게 살겠어요? 창피란 것도 둘째예요. 그냥 죽고 싶어요. 아니 뱃속의 그걸 죽이고 싶어요. 그걸 죽이겠어요. 그걸 죽이고 제가 죽는 거예요."

소녀는 한차례 체머리를 흔들더니 고개를 꼿꼿이 곤추세웠다. 소녀의 눈이 눈물 없이도 번들거렸다. 그건 명확한 살의(殺意)였다. 증오의 극한이 살의라면, 살의 중에서도 가장 냉혹하고도 열렬한 살의는 자기 몸속에 있는 것에 대한 살의라는 걸 나는 경험으로 알고 있었다. 그때 그 선배 언니네 병원에서 나를 내 배 속에 있는 것으로부터 자유롭게 해주지 않았으면 나도 아마 죽음을 택했을 것이다. 결코 창피해서가 아니었다. 내 몸속에 있는 걸 죽이는 유일한 방법이 내가 죽는 거니까 죽으려고 했을 뿐이다. 어떤 살의도 자기 살 구멍은 터놓으려 들지만, 제 몸속에 있는 것에 대한 살의는 그 목적을 달성하는 유일한 방법이 자기 목숨을 내놓는 일이라도 마다하지 않을 만큼 엄청난 것이라는 걸 나는 알고 있었다.

나는 소녀를 죽게 내버려둘 순 없다고 생각했다. 선배 언니가 나한테 베푼 걸 나도 소녀에게 베풀기만 하면 됐다. 더군다나 나는 선배 언니보다 몇 배나 그 방면의 도통한 기술자가 아닌가. 그러나 나는 맹세코 세상 밖에 나와서 고고(呱呱)의 소리를 지를 수 있을 만큼 자란 애기를 떼는 일, 그야말로 죽이는 일을 한 적은 한 번도 없었다. 실상 그런 일이 도처에서 얼마나 성행한다는 걸 모르진 않았다. 그러나 나는 거기까지 가진 못했다. 누가 시켜서도 보아서도 아닌, 스스로 지킨 패나 엄격한 경계였다.

하필 마지막 날, 그 경계에서 어쩔 줄을 모를 줄이야. 마지막 날이기에 그것만은 지킨 채로 끝마치고 싶고, 마지막 날이기에 그 경계를 한 번쯤 슬쩍 넘어든들 어쩌랴도 싶다. 그러나 단 한 번 그 짓을 해도 사람백정 소리가 평생을 따라다닐 것 같다. 황 영감으로부터 사람백정한테 내 손자를 맡길 성 싶으냐는 지독한 수모를 당하고도 황 영감하고 의가 상하지 않을 수 있었던 건, 고약한 말버릇 이상으론 안 받아들였기 때문이었고, 그럴 수 있었던 것은 사람백정 노릇만은 안 했다는 자신감이 있었기 때문이었다. 마지막 날 막상 그 경계를 침범하려니 제일 먼저 황 영감의 사람백정 소리가 가슴에 저리게 고깝다.

그러나 원치 않는 아기를 가진 생지옥의 괴로움은 이미 소녀의 것이 아닌, 내가 지닌 깊고 어두운 곳으로부터 되살아난 나의 것이었다. 나는 조금도 과장 없이 소녀의 고통을 나의 고통으로 하고 있었다. 아니, 소녀를 제쳐놓고 혼자서 살의의 날[刃]을 갈고 있었다.

황 영감의 눈치 볼 것 없었다. 나는 여지껏 내 뜻대로만 살아왔다. 남을 받아들인 적이 없다. 혹시라도 아기를 살릴 수 있는 바늘구멍만 한 가망이라도 있을까 생각하고 또 생각한 끝이니 이젠 망설일 게 없다.

나는 마침내 마음을 굳히고, 소녀에게 태아를 처리해줄 것을 승낙했다. 소녀는 안도와 감사의 눈물을 흘렸다. 소녀가 바란 것이 처음부터 그거였다고 생각하니 내가 마음속으로 겪은 폭풍 같은 우여곡절이 슬그머니 열없어졌다. 그러나 나의 증오가 대상으로 하고 있는 건 이미 소녀가 아니라, 원치 않은 아기, 태어나기 위해서가 아니라 화근이 되기 위해 생긴 아기였다.

초산이라 진행이 더딜 각오를 하고 일을 시작했다. 우선 자궁경관에 라미나리아를 세 개쯤 삽입해놓고 소녀를 편히 쉬게 하면서 경과를 보기로 했다. 저녁때쯤 뜻밖에도 자궁구가 삼횡지(三橫指)나 되게 열려 있었다. 초산부치곤 빠른 진행이었다. 경관도 부드럽고 위치도 좋았다. 자궁 내부에 물리적인 자극을 주어 진통을 유발하면서 촉진제를 주사하기 시작했다. 분만은 순조롭게 유도되고 있었다. 소녀가 점점 심하게 자주 고통을 호소해왔다.

나는 소녀를 위로하고 잘 견디도록 격려하면서도 한편으론 고함치고 발광하길 기다렸다. 소녀가 마침내 짐승처럼 고함치기 시작했다. 창밖은 몇 시쯤 됐는지 헤아릴 길 없는 깊은 밤이었다. 두터운 어둠을 배경으로 검은 거울로 변한 유리창에 비친 나의 땀으로 번들대는 얼굴에선 옴팍한 눈이 잔인하게 빛나고 있었다. 그건 고문자(拷問者)의 얼굴이었다. 삼십 년 동안을 고문을 고문으로 갚는 일로 일관해온 가장 가혹한 고문자는 마침내 발광하려 하고 있었다.

소녀가 지옥의 소리처럼 처참한 소리로 발악을 하자 나의 밑바닥에서도 고열의 증오가 불타올랐다. 그 순간 태아는 만출되고, 후산도 순조로웠다. 약간의 피비린내가 남은 것 말고는 산실로 변한 내 방은 모든 것이 꿈이었던 것처럼 평온했다. 세상 모르게 잠이 든 소녀의 얼굴은 순결하고, 고역을 함께한 미스 최는 하품을 하며 비틀댔다. 나는 몸뚱이가 눅진눅진 녹아서 흘러내릴 것처럼 고단했지만 뭐라 형언할 수 없는 허탈감이 되려 정신을 말똥말똥하게 했다.

시계를 몇 번이나 봤건만 지금이 오늘인지 내일인지 알 수가 없었다. 나는 피비린내가 안 섞인 신선한 공기를 마시려고 산실을 빠져나갔다. 그러나 어디에고 피비린내는 조금씩 스며 있었다. 처음 주어진 것 같은 해방감 속에서 피비린내를 배제할 수가 없다는 건 안타까운 일이었다.

나는 무턱대고 서성거렸다.

 어디선가 희미하고도 확실하게 무슨 소리가 들리고 있었다. 처음엔 창 밖에서 나는 소리인 줄 알았으나 그게 아니었다. 마치 한옥(韓屋)의 무거운 대문을 여닫을 때 나는 소리 같은 끼익 하는 소리가 아스라이 멀리서 들리는 것 같으면서 분명히 지척에서 들려오고 있었다.

 이상한 예감으로 가슴을 울렁이며 대기실의 밝은 불을 켰다. 제일 먼저 우단의자가 떠올랐다. 그 소리는 우단의자로부터 들려오고 있었다. 우단의자 위에 방금 분만한 소녀의 미숙아(未熟兒)가 강보에 싸여 그런 기성으로 아직 목숨 붙어 있음을 알리고 있었다.

 "미스 최, 미스 최, 왜 이런 짓을 했어? 응 누가 이런 짓을 하라고 시키더냐구?"

 나는 큰 소리로 미스 최를 불렀다. 미스 최가 잠옷을 꿰다 말고 나오더니 되려 기분 나쁜 얼굴로 나를 관찰하듯 바라보면서 말했다.

 "선생님, 참 요새 이상하시더라. 선생님이 그러셨잖아요. 산모 뒤처리는 다 저한테 맡기시고, 선생님은 아기를 맡으셨잖아요?"

 내가? 정말 내가 그랬을까? 살려두지 않을 목적으로 조산한 아기는 배꼽처리랑, 모든 뒤처리를 정상대로 할 필요가 없었다. 엎어놓는다거나 더러는 물 속에다 넣는 동업자도 있다는 소리까지 소문으로 들은 바 있지만, 그렇게까진 안 하더라도 방치하면 곧 사망할 수밖에 없는 게 미숙아의 이슬 같은 운명이다. 그런데 소녀의 미숙아는 아직도 살아 있었다. 내가 나도 모르게 미숙아에게 베푼 건 완벽하고 따뜻한 신생아 취급이었다. 배꼽처리도 잘돼 있었고 기저귀까지 차고 있었다.

 아아, 이제부터 나는 아무것도 숨길 필요가 없겠다. 나는 아기를 갖고 싶었던 것이다. 기르고 사랑할 수 있는 아기를. 마지막으로 한 번 살아 있는 아기를 내 손으로 받아보고 싶단 소망도 실은 아기에 대한 욕심이 쓰고 있는 가면에 불과했다. 나는 나의 정직한 소망이 모든 억압과 가면을 박차고 생명력처럼 억세게 분출하는 걸 느꼈다.

나는 가냘픈 기성을 지르는 아기를 품에다 품고 미친년처럼 계단을 뛰어내려 문을 박찼다. 미스 최가 떨리는 목소리로 뭐라고 악을 쓰는 소리가 등 뒤에서 들렸다. 도시는 어둠을 빗장처럼 잠그고 깊은 잠에 빠져 있었다. 큰 병원, 인큐베이터가 있는 큰 병원…… 나는 아기를 품에 안고 쏜살같이 달음질쳤다. 인큐베이터가 있는 큰 병원은 멀고도 멀었다.

어디선지 야경꾼이 내 덜미를 잡았다. 호루라기 소리가 사방에서 나를 포위했다. 나는 품 안에 것을 조금만 내보이면서 아기, 아기, 내 아기를 살려야 해요, 하면서 서럽게 흐느꼈다. 미친년이군, 내버려둬, 호루라기 소리는 산산이 흩어지고 내 앞길은 다시 열렸다. 그러나 아직도 인큐베이터가 있는 큰 병원은 멀고도 멀었다. 그것보다 더 먼 건 아기를 살릴 수 있는 일루의 희망이었다. 내 의식 속에서 그 희망은 반딧불처럼 너무도 희미하게 명멸했다.

큰 병원은 아직 아직 멀었다. 그러나 나는 벌써 당직 의사의 발밑에 몸을 던지고 아기를 살려달라고 애원하고 있었다. 선생님, 제발 살려주세요. 내 애기예요. 지금 낳았어요. 조산이었어요. 벌 받은 거죠. 전 애기를 원치 않았거든요. 그러나 지금은 아녜요. 살려주세요. 제발…… 안 믿을 거야, 의사는. 난 이렇게 늙어빠진걸. 난 누가 보아도 아기를 낳을 수 있는 여자가 아닌 늙은이일 뿐이야. 그럼 손자라고 해야지. 이왕이면 5대 독자라고 하는 게 좋을 거야. 선생님, 우리 집 5대 독자를 살려주세요.

제발 선생님 은혜는 죽도록 안 잊을 거예요. 살려주세요. 살려주세요……

눈물이 끊임없이 볼을 타고 흘러내리고 목이 뜨겁게 메었다. 그래도 정작 큰 병원에 당도해서 당직 의사한테 품 안의 것을 내밀면서 아무 말도 못했다.

품 안의 것은 죽어 있었다. 나는 당직 의사의 얼굴에 미친년이군, 내버려둬, 하던 야경꾼의 표정과 닮은 연민이 스치는 걸 보았다. 나는 아기를 다시 소중하게 품에 품고 큰 병원을 등졌다. 빨간 불을 켠 택시가 내 옆을 천천히 스쳤다. 통금이 해제된 도시가 여기저기서 몸을 뒤척이고 눈을 비비고 있었다. 아기는 어제 태어나서 오늘 죽었다. 어제는 내가 살아 있는 아기를 받아보고 싶단 소망을 건 마지막 날이었다. 내 소망은 마지막 날에야 이루어졌고, 오늘은 새날이었다. 그게 무효가 되고 나서야 비로소 나는 그게 이루어졌음을 깨닫고 있었다.

나는 아기를 품에 품은 채 나의 새집이 있는 동네를 향해 천천히 그러나 쉬지 않고 걸었다. 오늘은 새집으로 드는 날이다. 나는 나의 아기와 함께 새집으로 들 터였다. 아기를 내 새집 뜨락, 양지 바른 곳에 깊이 잠재울 터였다. 나의 아기가 죽다니. 그러나 한 번도 아기를 못 가져본 여자보다는 아기의 무덤이라도 가진 여자가 훨씬 아름다울 것 같았다. 내년 봄엔 아기가 잠든 땅 위에 채송화씨를 뿌리리라. 내가 죽인 수많은 아기의 한 번도 의식화되지 못한 작은 눈 같은 채송화씨를.

어디만치 왔는지 교회당에서 신도들이 흐느껴 우는 소리가 났다. 그 동네에도 신도들이 울면서 아침 예배 보는 교회가 있는 모양이다. 신도들이 꾸역꾸역 모여들고 있었다. 작은 성경책을 들고, 한 줌의 통곡을 가

습속에 간직한 신도들이 어디선지 끝없이 모여들고 있었다. 어느 틈에 나도 신도들 틈에 섞여서 교회당으로 가고 있었다. 작은 아기와 모든 신도들의 울음 위로 범람할 것 같은 큰 통곡을 품고.

내 속의 통곡은 이제 한 방울의 눈물도 못 짜낼 것같이 굳은 게 아니었다. 다만 크게 터져서 마음대로 범람할 수 있는 장소까지 갈 동안을 주리참듯 참고 있을 뿐이었다.

엄마의 말뚝 2

제5회 이상문학상 수상작

여지껏 우리집에서 일어난 크고 작은 불상사는 하나같이 내가 집을 비운 사이에 일어났다고 나는 믿고 있다.

내 경험에 의하면 집을 비우되 몸과 마음이 함께 떠났을 때, 그러니까 집 걱정은 조금도 안 하고 바깥 재미에 흠뻑 빠졌다가 돌아왔을 때 영락없이 집에선 어떤 사고가 기다리고 있었다.

첫애 젖을 떼고 났을 무렵이었다. 애 기르는 일의 가장 어렵고 손 많이 가는 고비에서 놓여났다는 해방감에서였는지 동창계 모임에서 느긋하게 화투판에 끼어들게 되었다. 층층시하 핑계, 젖먹이 핑계로 어깨 너머로 잠깐잠깐씩 구경이나 하다가 남 먼저 자리를 뜨던 화투판에 처음으로 끼어들고 보니, 선무당이 사람 잡는다고 재미도 재미려니와 손속까지 나는 바람에 그만 날 저무는 것도 몰랐다.

"쟤 좀 봐. 시어머니 모시고 사는 애가 이렇게 늦게 들어가도 무사하려나 몰라."

 누군가의 귀띔으로 나는 퍼뜩 정신이 났다. 그때도 나는 어쩌다 하루쯤 밖에서 친구들하고 어울리는 재미에 시간 가는 줄 몰랐다고 해서 그걸로 시어머니한테 주눅이 들 만큼 순진하진 않았다. 그것보다는 온종일 한 번도 집 걱정을 안 했었다는 데 생각이 미치면서 매우 기묘한 느낌을 맛보았다. 첫애라 더했겠지만 자나깨나 한시반시 마음을 놓지 못하고 골몰했던 엄마 노릇에서 그렇게 완벽하게 놓여나게 한 게 다름 아닌 화투놀이의 매혹이었다는 게 문득 나를 어리둥절하게 했다. 뒤미처 매우 기분 나쁘게 섬뜩한 느낌으로 내가 경험한 매혹 속에 악의(惡意)에 찬 속임수가 숨겨져 있었을지도 모른다는 생각이 들었다. 놀음의 트릭 따위가 아닌 운명의 마수 같은.

 나는 곧 그런 생각의 터무니없음을 스스로 알아차렸지만 섬뜩한 느낌만은 구체적인 물건의 촉감처럼 생생했다. 나는 그 기분 나쁜 것을 떨어버리기 위해 애써 그날의 수입을 계산하려 들었다. 반찬 값은 번 것 같았다. 시간 가는 줄 모르게 즐거웠는 데다가 덤으로 수입까지 잡았으니 어디냐 싶은 치사한 계산으로 기분을 돌이키려 들었다.

 나중에야 알았지만 그 섬뜩한 건 예감이었다. 내가 집을 비운 동안에 아장아장 걸음마를 하던 첫애가 끓는 물주전자를 들어엎어 다리에 심한 화상을 입고 병원에서 응급조치를 받고 있었다. 차마 못 들어줄 소리로 신음하고 있는 그 애 옆에서 같이 울고 있던 시어머님은 나를 보자 온종일 어디 갔다 이제 오느냐고 나무라기보다는 우선 당신이 애 잘못 본 변명부터 하시려고 했다.

 "글쎄 눈 깜빡할 사이에 이런 일이 일어났구나. 저녁나절 출출하길래

저 하나 나 하나 먹으려고 달걀을 두 개 삶아서 주전자째 들여놓고 소금을 가지러 돌아서려는데…….”

시어머님은 말끝을 못 맺고 어린애처럼 입술을 비죽대더니 아이고, 아이고, 숫제 통곡을 하시는 것이었다.

“제 탓이에요.”

나는 떨리는 소리로 겨우 그렇게 한마디 했다.

“애 본 공은 없다더니…….”

“제 탓이라니까요.”

“선생님이 그러는데 덧나지만 않으면 흠은 안 난다더라. 야안 살성이 나 닮았으니까 덧나진 않을 게야. 나도 어려서 꼭 야아처럼 왼발로 국그릇을 들어엎어서 어찌나 몹시 데었던지 버선을 벗기니까 살가죽이 홀라당 묻어나더란다. 그때야 덴 데 바르는 약이라면 간장밖에 더 있었냐. 참 옛날 고렷적 얘기지. 간장 몇 번 발라준 것밖에 없다는데도 감쪽같이 아물었으니까 살성 하난 본받을 만하지. 요새야 약이 좀 좋으냐. 참 주사꺼정 맞았다.”

시어머님은 그런 얘기를 내 눈치 봐가며 띄엄띄엄 했기 때문에 끝없는 수다처럼 견디기 어려웠다. 그런 소리가 내 아이가 지금 혼자서 겪고 있는 고통과 무슨 상관이 있단 말인가. 나는 나로 말미암아 이 세상에 있게 된 내 아이가 이 세상에서 처음으로 당면한 엄청난 고통 중 털끝만 한 부피도 덜어 가질 수 없다는 게 부당해서 곧 환장을 할 지경이었다. 사람들은 서로 남남끼리요, 사람도 결국은 외톨이라는 걸 받아들이기엔 그 아이는 너무 작고 어렸다. 그래서 더욱 나는 그 아이에 대한 온종일의 방심 끝에 내가 체험한 그 기묘한 섬뜩함에 어떤 의미를 붙이려 했는지도 모른다. 나는 그 섬뜩함을 내 아이와 나 사이에만 있는 눈에 보이지 않되 분명히 있긴 있는, 신비한 끈을 통한 계고(戒告)였다고 생각했다. 그것이 계고라는 걸 진작만 깨달았어도 일을 안 당할 수도 있었으련만…… 나는 내 미련함을 깊이 뉘우치고 다시는 미련하지 않을 것을 별렀다.

그때 내 아이의 화상은 시어머님의 살성을 닮았던지 약이 좋았던지 간에 조금도 흠집을 안 남기고 곱게 아물었다. 그 후 두 살 터울로 아이를 넷이나 더 낳아서 도합 5남매를 기르려니 어찌 화상뿐이었으랴. 골절상, 낙상, 교통사고, 약물중독 등 가슴이 내려앉고 하늘이 노래지는 사고를 수없이 겪게 됐고 처음 사고가 그랬던 것처럼 번번이 내가 집에 없는 사이에만 일어났다. 집안일에 대한 철저한 방심 끝에 오는 섬뜩한 느낌도 여전했으나 모든 일이 그렇듯이 그것도 타성이 붙으니까 조금씩 미심쩍어지기 시작했다. 그게 정녕 예감이나 계고라면 사고보다 미리 와야 마땅하련만 시간적으로 거슬러 올라가보면 거의가 다 나중에 왔음을 알 수 있었고 사고마다 영락없이 내가 집을 비운 사이에 일어났다고 치더라도 내 핏줄과 관계 없는 사고—시어머님의 낙상, 보일러 폭발 사고, 도난 사고 등도 역시 나 없는 사이에만 일어날 건 또 뭔가. 신기할 건 아무것도 없었다. 집 안의 안전을 다스리는 사람이 없는 사이를 틈타는 게 사고의 속성일 뿐이었다.

그 섬뜩한 핏줄 사이에만 있는 신비한 끈과 관계가 있다기보다는 내 철저한 방심(放心)과 더 깊은 관계가 있음직했다. 집안일에 대한 일시적인 방심은 나 자신만의 일이나 재미에 대한 몰두를 뜻하기도 했고, 그런 모처럼의 이기(利己)에서 헤어났을 때, 한 집안의 안주인 노릇만을 숭상했던 평소의 의식이 느낄 수 있는 가책과 당황이 그런 섬뜩한 이물감으로 와 닿았다고 생각하는 게 훨씬 지당하고도 속 편했다. 내적인 심리 상태와 외부의 현상 사이에 있다고 가정한 어떤 초월적인 힘의 작용에 대해 이런 온당하고 상식적인 해석을 붙이고 나니 섬뜩한 느낌의 경험도 차츰 무디어지기 시작했다.

  실상 이미 타성화된 섬뜩한 느낌은 허탕 치는 일이 더 많았다. 그도 그럴 것이 애들은 이제 다 자랐고 시어머님은 돌아가셨고 집도 마치 비우는 것을 목적으로 지은 것 같은 아파트로 옮겼으니 집을 비우는 일은 나에게 다반사가 되었고 그 사이에 무슨 일이 일어날 만한 건덕지가 집 안에 남아 있을 리도 없었다. 식구들이 사고를 저지를 수 있는 무대는 이제 집 안이 아니라 집 밖이었다.

  이상하게도 그 섬뜩한 느낌이 경험을 상실한 후에도 나는 계속해서 그것을 경험할 수 있기를 바랐다. 그것은 집을 비울 때마다 번번이 오는 헤픈 느낌이 결코 아니었다. 집을 비우되 반드시 몸과 마음을 함께 비울 것을 전제로 했다. 몸을 비우는 일은 임의로 할 수 있지만 마음을 비우는 일은 그렇지가 않았다. 집 밖에서도 늘 집안일과 집안 걱정에 쫓기는 게 여편네 팔자였다. 또 집안일에 대한 철저한 방심이 사고의 원인이라는 내 나름의 미신이 밖에서 일부러라도 자주 집안일을 생각하거나 걱정하게 했고 때로는 전화질 같은 행동으로 그걸 나타내기도 했다. 그렇건만도 어쩌다가 바깥 재미에 빠져 집생각을 한 번도 안 하는 수가 있고 그럴 때마다 섬뜩한 느낌과 함께 제정신이 들었다. 나는 그 섬뜩함 자체를 사랑했다. 그 섬뜩함은 일순 무의미한 진구렁의 퇴적에 불과한 나의 일상, 내가 주인인 나의 살림의 해묵은 먼지를 깜짝 놀라도록 아름답고 생기 있게 비춰주기 때문이다. 그 요술 같은 조명 효과 때문에 나는 마치 첫

무대에 서는 배우처럼 가슴 울렁거리며 새롭고도 서툴게 나의 일상으로 되돌아갈 수가 있었다. 비록 일순의 착각에 불과한 것이더라도 권태가 행복처럼 먼지가 금가루처럼 빛나는 게 어찌 즐겁지 않으랴. 뜻밖의 삶의 축복이었다.

그뿐 아니라 불길한 것의 감지 능력이 거의 백발백중이었을 소싯적의 그 기분 나쁜 섬뜩한 느낌 또한 나는 얼마나 사랑하고 있는지. 지금의 나의 안주인으로서의 당당한 권세—일종의 터줏대감 의식도 실은 그 시절 그 느낌에 근거하고 있을 것이다.

나만 없어봐라, 이 집 안 꼴이 뭐가 되나? 기껏 3박4일쯤의 여행에서 돌아와 신나게 총채를 휘두르며 이런 푸념을 하는 것도 실은 그 시절의 영광의 헛된 반추에 지나지 않을지도 모르겠다. 그럴 땐 나 없는 동안에 잘못된 건 장식장 선반의 부우연 먼지와 방구석에 쑤셔 박아놓은 양말짝이 고작이라는 게 오히려 섭섭할 지경이었다. 그래서도 더더욱 나만 없어봐라는 상투적인 공갈을 되풀이했다. 이런 나를 아이들은 하여튼 우리 엄마는 못 말린다는 눈초리로 바라보며 저희끼리 킬킬거리곤 했다. 물론 언제나 이 구질구질한 살림 걱정 안 하고 살아보냐는 푸념을 나라고 안 하는 바는 아니다. 나만 없어봐라? 보다 더 자주 써먹는 소리인지도 모른다. 그러나 그건 입술 끝에 달린 엄살일 뿐 내 속셈은 어디까지나 내 살림의 종신 집권(?)이다.

그날은 오래간만에 즐거웠다. 친구의 농장에 닿기 전부터 내리기 시작한 눈은 오후부터 폭설로 변했다. 동구 밖 거목들이 동양화 속의 원경처럼 꼭 필요한 고결한 몇 가닥의 선으로 단순화되면서 아득하고도 부드럽게 흐려 보였다. 어린 과수(果樹)들은 눈의 무게를 이기지 못해 간간이

잔가지가 부러지는 소리가 뚝뚝 비명처럼 들렸다. 벽난로 속에서 청솔가지가 싱그러운 냄새를 풍기며 활활 타올라 방안을 훈훈하게도 정겨웁게도 했다. 바로 유리문 밖 뜨락 앵두나무엔 눈꽃이 탐스럽게 만개해서 황홀했다. 선경(仙境)이었다. 비록 제 차가 있다고는 하지만 친구 남편이 아침저녁 서울 한복판에 있는 그의 사무실까지 출퇴근하기에 불편이 없을 만큼 가까운 거리에 그런 선경이 있을 줄이야. 지난 봄 뜨락에 앵두꽃이 만개했을 때도 나는 친구의 농장에 초대된 적이 있었다. 그때는 딴 친구들도 여럿 함께여서 뜨락과 과수원 길엔 그들이 타고 온 승용차가 즐비했고 만발한 복사꽃 사이론 따라온 아이들의 즐거운 웃음소리가 가득했었다. 그때 이 농장은 이 같은 도시의 여파(餘波)와 잘 어울려 마치 근교의 관광 농장처럼 들뜬 모습을 하고 있었다. 나는 그때의 농장과 지금의 농장을 마치 별개의 두 개의 농장처럼 각각 다른 느낌으로 좋아하고 있었다. 나에겐 그 둘이 별개의 것이기 때문에 거리감도 물론 달랐다. 나는 마치 난리를 피해 천신만고 계룡산을 찾아든 《정감록》의 신도처럼 평화롭고 달콤하게 피곤했다.

    청솔가지가 활기 있게 타면서 내는 소리를 들으며 나는 나무도 환성(歡聲)을 지를 줄 안다고 생각했다. 창밖에선 여전히 눈이 내리고 있어 레이스 커튼이 움직이고 있는 것처럼 보였다. 그런 느낌은 우리가 앉은 방 안이 전체적으로 어디론지 한없이 떠오르는 것 같은 환각으로 이어졌다. 방이 움직여 어디로 가고 있다면 그건 공간적인 이동이 아니라 시간적인 이동일 거라는 생각이 나를 그 이동에 고분고분 순종케 했다. 푸짐한 눈은 인간의 발자국은 물론 인간의 업적까지를 말끔히 말살해서 온 세상을 태곳적으로 돌려놓고 있었다.

친구가 달덩이같이 생긴 유리병에 든 빨간 액체를 크리스탈 잔에 따랐다.

"맛봐. 앵두주야."

앵두주는 루비처럼 고운 빛으로 투명했다.

"얘. 지어보니 농사처럼 좋은 것은 없더라. 저 앵두나무도 뜰에 그냥 화초 삼아 있는 줄 알았더니 그게 아니더라구. 어떻게 다부지게 열매가 여는지 글쎄 몇 그루 안 되는 나무에서 앵두를 서 말이나 땄지 뭐니, 일 봐주는 집 아이들이 들며 나며 실컷 따 먹고, 나도 친척들이랑 그이 친구들이랑 구경 오는 손님마다 자랑삼아 따 보내고 했는데도 말야. 서울 집에서 포도주 담그던 병 갖고는 어림도 없어서 숫제 큰 독을 묻고 술을 담갔으니까 실컷 마셔."

"얘는 누굴 모주 취급하고 있어."

그러면서도 나는 그 달콤하고도 아름다운 술을 홀짝홀짝 겁 없이 들이켜고 있었다.

봄에서 겨울, 앵두꽃에서 눈꽃 사이 이 아름다운 술을 빚을 수 있는 새빨간 열매를 서 말, 아니지 다섯 말쯤을 그 작은 키에 다닥다닥 매달고 서 있었을 앵두나무의 고달픈 시기를 생각하며 나는 찬탄을 주체 못하고 있었다.

"글쎄 그 농사라는 게 말이지."

친구가 또 농사 자랑을 할 기세였다. 나는 앵두꽃 필 무렵의 친구 초대가 이 집의 집들이 잔치를 겸한 거였다는 게 생각나서 슬며시 비꼬고 넘어가려 했다.

"너 농사 몇 해나 지어봤다고 자랑부터 하니? 남 샘나게. 좀 더 두고 쓴맛 단맛 다 보고 나서 얘기하자. 한탄도 좀 들어야 생전 콘크리트 닭장 못 면하는 나 같은 사람도 좀 위안이 될 게 아니니?"

"아직 1년도 안 됐지만, 앞으로 몇 년을 여기서 산대도 내가 쓴맛 볼 게 뭐 있니?"

하긴 그랬다. 과수원도 농토도 친구와 남편의 소유일 뿐이지 농사는 남을 줘서 시키고 있었다. 그렇다고 소작을 준 것하고도 다른 게 거기서 조금도 수입을 기대하지 않았다. 다만 먹고 싶은 만큼은 따먹고, 바라보고, 저게 다 내 거로구나, 만족하는 게 그들이 그들의 농장에서 거두길 바라는 소출의 전부였다. 생계는 도시의 업체에서 벌어들이는 걸로 충분했고 다만 친구의 건강이 구체적인 병명을 집어낼 수 없는 상태인 채 수년간 좋지 않아 전지요양 삼아 마련한 농장이었다. 그러니까 친구가 농사 농사 하고 으스대는 건 순전히 뜨락의 몇 그루의 앵두나무가 올린 수확을 뜻하는 것이었다.

나는 맥도 빠지고 약간은 기가 죽기도 했다. 신경성인가 뭔가 하는 병 답지도 않은 병을 위한 전지요양치곤 너무 호화판이다 싶어서였다. 그러나 나의 처진 기분은 앵두술 때문에 별로 오래가지 않았다. 나는 술이 들어가기 시작하면 딴사람처럼 기분이 고조되고 말이 많아지고 웃음이 헤퍼지는 버릇이 있었다. 꼭꼭 싸둔 생각, 황당한 불안, 맺힌 마음이 거침없이 술술 말이 되어 넘쳤다. 퍼내어도 퍼내어도 넘치는 맑은 샘물처럼 말이 범람했다. 듣는 상대방에게도 그게 맑은 샘물이 될 것인지 구정물이 될 것인지는 내 아랑곳할 바도 아니었다. 오로지 나는 내 속에 갇힌 것들이 말을 통해 자유로워지는 쾌감에 급급했다. 그건 또한 내가 그것들로부터 자유로워진 느낌이기도 했다. 나는 그런 방법으로 자유를 맛보고 있는지도 몰랐다. 평소 나에게 있어서 자유란 나뭇가지 끝에 걸린 별이나 다름없었다. 당장 딸 수 있을 것 같아 나무를 기어올라가 봤댔자 허사였다. 올라갈수록 별은 멀고 돌아갈 수 있는 땅 역시 멀어져서 얻어 가질 수 있는 것은 위기의식밖에 없었다.

평소의 그런 감정이 술주정 비슷한 품위 없는 방법으로나마 자유를 향유코자 했음직하다. 친구가 몇 번을 자랑해도 과함이 없을 만큼 친구의 농사는 정말 대단한 것이었다. 앵두술은 달콤하고 영롱하고 아름다웠고 주정(酒精)은 향기롭고 순도 높아서 나를 온종일 유쾌하고 황홀하게 했다.

친구의 남편이 돌아왔다. 폭설은 멎었지만 논, 밭, 길, 개울의 구별 없이 망막한 눈밭에 새로운 길을 내면서 돌아온 그의 귀가는 휘황한 헤드라이트를 앞세우고 엔진 소리도 요란하게 돌아왔음에도 불구하고 위험을 무릅쓴 동물의 귀소(歸巢)처럼 야성적으로 보였다. 나는 크게 감동해서 예의 거나한 다변으로 찬사를 퍼부었다. 나의 주정의 또 하나의 미덕은 아무리 마셔도 거나한 것 이상은 취하지 않는 거였다.

나의 찬사에 마냥 수줍어하던 그는 서울 가는 길이 위험하니 자기 차로 데려다주마고 했다. 친구는 남편의 목에 팔을 감고 펄쩍펄쩍 뛰면서 좋아했다.

"정말 그래 주시겠어요? 나도 아까부터 이 귀한 손님을 그 털털거리는 시외버스에 맡기고 어떻게 오늘 밤을 편하게 자나 걱정했었다우."

"털털거리는 시내버스나마 다니는 줄 알아. 지레 겁을 먹고 벌써부터 안 다닌다구. 주무시고 가신다면 모를까 가시려면 내 차가 유일한 교통수단이야. 그러니까……."

그러니까 나를 쫓아 보내려면 별 수 있겠느냐는 그의 다음 말을 취중에도 총기 있게 짐작하고 얼른 자리를 떴다.

"당신 졸면서 운전하면 난 싫어."

그러더니 친구도 따라나섰다. 친구 부부가 나란히 앞자리에 앉았기 때문에 나는 뒷자리에서 안심하고 깊은 잠에 빠졌다. 얼마 동안 걸렸는지 친구 부부가 나를 엘리베이터에 쑤셔 박고 가버린 후에야 겨우 잠에서 깼다. 콤팩트를 꺼내려고 핸드백을 여니까 맨 위에 웬 껌이 한 통 들어 있었다.

"이거 씹어. 냄새 안 나게."

친구가 그러면서 내 핸드백에 쑤셔 넣던 생각이 어렴풋이 났다. 어디쯤에서였더라까지는 생각이 안 났지만 남편과 아이들 앞에 술 냄새 풍기지 않고 귀가하길 바라는 친구의 자상한 마음은 알고도 남았다. 그러고 보니 친구가 내 집 생각을 해줄 때까지, 아니 그 후까지 어쩌면 나는 단 한 번도 집 생각을 안 한 것이다. 집으로부터의 완전한 방심…… 여기에 생각이 미치면서 그 섬뜩한 게 또 등덜미를 지나갔다. 그것은 내가 여지껏 경험한 섬뜩함 중에서도 최악의 것이었다. 마치 나의 맨살 위로 피(血)가 찬 기어다니는 짐승이 기는 것 같은 느낌을 맛보았다. 그 느낌의 생생한 현실감에 비기면 하루의 청유(淸遊)는 꿈처럼 자취 없이 헛된 것이었다. 나는 휘청거렸다. 술기운 때문이 아니었다. 술은 이미 말끔히 깨 있었다. 내 나이를 생각했다. 이제 재난이나 화(禍)를 견딜 수 있을 것 같지가 않았다. 앞으론 내가 식구들의 화가 되는 게 순서, 아니 권리일 것 같았다. 근래에 와선 섬뜩한 느낌이 허탕을 친 경우가 더 많았음에도 불구하고 나는 내 식구 중 하나가 당하고 있을 재난을 조금도 의심하지 않았다. 그만큼 그날의 섬뜩함은 각별하고도 새로웠다. 엘리베이터가 멎고 문이 열렸다. 거기 나의 식구들이 고스란히, 그리고 무사하게 서 있었다. 마치 제막된 동상처럼.

정말 동상으로 고정된 사람처럼 그들은 나를 보고도 꼼짝도 안 했고 꾸민 듯 데면데면한 표정도 고치지 않았다. 숫제 나를 몰라보는 것 같았다. 그런 일이 있을까. 그야말로 재난이었다. 온전한 나만의 재난······ 그러나 역시 견딜 수 있을 것 같지가 않았다.

진저리를 치고 빠져나갔던 생활이라도 돌아와 보니 나를 모른다고 할 때 돌연 그 생활은 얼마나 사랑스러운 게 되어 있는 것일까?

나는 온몸으로 아부하며 만면에 웃음을 띠었다. 생전 처음 웃어보는 것처럼 살갗이 당길 뿐 웃음은 마냥 서툴렀다.

"내가 너무 늦었나보지. 말도 마라 그게 웬 눈인지, 버스가 끊겨 혼났다. 자고 가라는 걸 사정사정해서 그 집 자가용을 얻어 타고 오는 길야. 운전수도 안 두고 사는 집 차를 얻어 타려니 어찌나 황공한지. 귀한 사람들이 목숨 걸고 여기까지 데려다준 거란다. 정말 지독한 눈이었어."

나는 그들의 어깨 너머로 눈과는 무관한 우리 집 골목, 아파트의 복도를 바라보며 말했다.

"엄마, 놀라지 마세요."

"여보, 놀라지 말아요."

"그동안에 일이 좀 생겼어요."

"놀라지 마 엄마."

놀라지 말라는 말처럼 사람을 놀라게 하는 데 효과적인 말이 또 있을까. 그러나 나 역시 후들대는 가슴을 진정하기 위해 생각나는 말도 그 말밖엔 없었다. 놀라지 마. 네 식구는 네 눈앞에 저렇게 건재하지 않니? 사람이 성한 그 나머지 재난 같은 건 나는 하나도 안 무서워. 암 안 무섭고 말고, 설사 그들이 공모를 해서 나를 생전 모른다 하기로 작정을 했다고 하더라도 놀랄 건 없어.

"외할머니가 다치셨대 엄마."

"눈에서 넘어지셨는데……"

"중상인가봐."

"정신을 잃으셨는데 아직 못 깨어나셨대."

"엄마 오시길 얼마나 기다렸다고요."

"기다리다 못해 우리끼리 먼저 지금 병원을 가는 길이오. 당신도 같이 가겠소?"

식구들이 모두 한마디씩 했다. 나를 비난하는 투는 조금도 없었는데도 나는 부끄러워서 그들로부터 숨어버리고 싶었다.

"아, 아니에요. 얼른 먼저들 가세요. 곧 뒤미처 갈게요. 가슴이 떨려서요. 다리도 떨리고요."

나는 울먹이며 화끈대는 얼굴을 두 손으로 감쌌다.

"거봐. 엄마 쇼크 받았잖아. 그렇게 한꺼번에 말해버리는 게 어디 있니?"

"어때? 아무 때 알려도 알려야 할 건데."

"그래그래. 자식이 나쁜 일 당한 걸 부모에게 속이는 건 봤어도 부모한테 일 생긴 거 자식한테 숨기는 건 못 봤다."

아이들 사이에서 작은 말다툼이 생겼다. 남편은 말없이 아이들 중 하나를 쇼크 받은 아내를 위해 떼어놓고 먼저 병원으로 갔다. 나는 그 아이마저 떼어놓고 내 방을 걸어 잠그고 방바닥에 쓰러졌다. 충격 때문이 아니라 부끄러움과 졸음 때문이었다. 나 없는 동안에 일어난 재난의 당사자가 내 식구가 아니라 친정어머니라는 걸 알아 들으면서 속으로 나는 얼마나 안도하고 기뻐했던가. 그 사실이 나를 심히 민망하고 부끄럽게 했지만 그런 죄책감조차 별로 절실하지도 못해 들입다 잠이 쏟아져서 견딜 수가 없었다. 나는 나에게 힘이 되어주려고 집에 남아서 어쩔 줄을 모르고 있는 아이에겐 끝내 슬픔을 가장한 채 허겁지겁 잠 속으로 빠져들었다. 마치 불륜의 쾌락처럼 단 잠이었다.

짧고 깊은 잠에서 깨어났을 때 찬물을 끼얹듯이 제일 먼저 떠오른 생각은 내 아이들이 나에게 가장 가까운 육친이듯이 어머니 역시 가장 가까운 육친이라는 거였다. 소위 말하는 일촌(一寸) 사이가 서로 동등하거늘 나는 내 아이들 대신 어머니가 당한 재난을 마치 타인에게 그것을 떠맡긴 양 다행스러워했던 것이다.

더군다나 어머니에게 나는 단지 하나 남은 일촌이었다. 나에겐 다섯씩이나 있어도 얼고 떠는 일촌이 어머니에겐 하나밖에 남아 있지 않았다. 자식 사랑이 결코 그 수효에 따라 수박 쪽 나누듯이 분배되어 줄어드는 게 아니라는 뜻으로 '열 손가락 깨물어 안 아픈 손가락 있느냐'는 속담이 있다. 그렇더라도 하나밖에 안 남은 손가락에 대한 집착과 애정은 도대체 어떤 것일까? 그 생각이 나를 소스라치게 했다.

6·25때 여읜 오빠 생각이 났다. 친척이나 이웃 간에 효자로 널리 알려졌던 오빠였다. 소년 시절의 그의 모습이 선연하게 떠올랐다. 엄마와 오빠와 나, 세 식구가 한창 곤궁했을 적, 엄마가 바느질품 판 돈을 졸라 군것질을 일삼다 마침내 구멍가게 유리창까지 깨뜨려 엄마에게 큰 손해

를 입힌 나를 그는 인왕산 성터로 데리고 올라가 눈물로 매질을 했었다. 그때의 매질이 나를 두들겨 일으킨 것처럼 잠은 깨끗이 사라지고 그는 참으로 오래간만에 나에게서 가까이 있었다. 그때의 그의 눈물이 지금도 나를 울게 했다. 그를 가까이 느낄수록 그를 잃었다는 상실감도 그만큼 컸다.

어머니에게 무슨 일이 나든 그것을 제일 먼저 책임져야 할 사람은 나밖에 없다는 걸 더 회피할 수가 없었다. 나는 몸과 마음을 가다듬고 병원으로 향했다.

뜻밖에도 어머니는 의식을 회복해서 나를 보자 희미하게 웃기까지 하셨다. 오빠가 남긴 두 아들이 이젠 오빠보다 훨씬 더 나이를 먹어 의젓하게 처자식을 거느리고 있고, 거기다 우리 집 대식구까지 합해 응급실의 어머니의 병상은 제법 근엄했다. 나는 그때까지 줄창 오빠 생각을 하고 있었기 때문에 죽은 사람은 나이를 먹을 수 없다는 평범한 사실이 새삼스럽게 쓸쓸한 감회가 되었다.

나는 일촌답게 허둥지둥 그들을 헤치고 왈칵 어머니의 손을 잡았다. 시신도 감동시킨다는 일촌의 당도였다. 어머니의 눈에 눈물이 그렁이더니 하염없이 흘러내렸다. 어머니에게 내가 단 하나 남은 자식이란 사실이 서러운 눈물이 되어 모녀 사이를 흘렀다.

"어쩌다가 이 지경을 당하셨어요?"

"석이 애비가 밖에서 눈을 치는 걸 들창으로 내다보다가 마음은 젊어서 좀 거들어줄까 싶어 마당으로 한 발짝을 내딛다가 그만……"

석이 애비란 현재 어머니를 모시고 있는 오빠의 큰아들, 어머니의 장손, 나의 장조카였다.

"거들긴 뭘 거드셔? 잔소리가 하고 싶으셨겠지."
석이 에미가 혼잣말처럼 종알거렸다.
"그럼 느이들이 다 옆에 있으면서 할머니를 이 지경으로 만들었단 말이냐?"
나는 나도 모르게 그만 조카 내외 탓을 하고 있었다.
"할머니가 총찰 안 하시는 게 있는 줄 아세요? 또 총찰하시고 싶어 나오시나보다 할 수밖에요."
조카가 얼른 제 아내 역성을 들고 나섰다. 어머니는 팔십을 훨씬 넘어선 연세였고 조카 내외는 서른 안팎이었다. 시부모 모시기도 꺼리는 세상에 한 세대를 건너뛰어 조손(祖孫)이 한지붕 밑에 사는 게 쉬운 일은 아닐 터였다. 그러나 어머니의 달갑잖은 존재가 이렇게 드러나 보이긴 처음이었다.
응급실이라 여기저기 신음소리, 울음소리, 가족들이 술렁이는 소리가 들렸다.
"다치신 덴 어디에요?"
조카며느리가 홑이불을 젖히고 다리를 가리켰다. 어머니의 왼쪽 다리가 엉치 밑에서 휙 밖으로 돈 채 퉁퉁 부어 있는 게 남의 다리를 얻어다가 어설프게 이어놓은 것처럼 이물스러워 보였다. 한눈에 사태가 심상치 않다는 걸 짐작할 수 있었다. 어머니는 여든여섯이었다.
"빨리 공구리를 해주지 않고……."
어머니가 우리 모두를 위로하듯이 중얼거렸다.
"안 아프세요?"
"안 아프긴, 다시 기절이나 했으면 싶구나."

"아, 어머니!"
 이때 간호원이 우리 가족을 불렀다. 우리는 우르르 담당 의사한테로 몰려갔다. 응급실 담당 레지던트는 너무 젊고 피곤해 보였다. 벽에 붙은 전자시계의 빨간 초침은 소리 없이 자정을 넘고 있었고, X-레이 감광판에서 어머니의 앙상한 엉치와 대퇴골이 심판을 기다리고 있었다.
 "우선 입원시키고 경과 봐서는 수술을 해야겠는데요."
 "무슨 말씀이신지?"
 "경과를 본다는 건 수술을 견딜 수 있나를 체크해본다는 뜻이지 자연치유의 가능성을 말하는 게 아니니까요."
 "그분은 여든여섯이에요. 어떻게 수술을 …… 참 그분은 깁스를 원하시던데, 오래 걸려도 상관없어요. 깁스를 해주세요."
 "고령이기 때문에 수술을 하라는 겁니다. 깁스로 뼈가 붙기엔 너무 늦으셨어요. 그 나이에 깁스는 살아 있는 관(棺)이죠. 이런저런 합병증으로 깁스한 채 돌아가실 게 틀림없으니까요."
 젊은 의사가 냉담하게 말했다.
 "그분은 깁스를 하는 걸로 알고 있는데…… 저어…… 어떻게 깁스로 안 될까요?"
 나는 거의 애원조로 빌붙었다.
 "진단이나 치료는 환자가 하는 게 아닙니다."
 "그러니까 우린 선택의 여지도 없다는 말씀이군요?"
 "그렇죠. 방법은 수술밖에 없으니까요."
 "수술하면 다시 걸으실 수 있을까요?"
 "경과가 좋으면……."

"그러니까 수술 결과도 장담 못하겠단 말씀 아녜요? 말도 안 돼요."

나는 싸울 듯이 언성을 높였다. 그러나 젊은 의사는 좀처럼 덩달아 흥분할 것 같지 않았다. 그의 냉담은 명철한 지성에서 온다기보다는 직업적인 과로에 연유하고 있는 것 같았다.

"내일 주치의 선생님하고 자세한 걸 의논하시죠. 우선 입원 수속이나 밟으시고……."

"선생님이 주치의도 아니면서 어쩌면 그렇게 단정적으로 수술을 권하세요?"

"오늘의 의술이 할 수 있는 거의 유일한 방법이니까요."

"흥, 결과도 보장을 못하면서……."

"유일한 방법이라고 했을 뿐이지 안전한 방법이라곤 안 했습니다. 유일한 방법일수록 위험부담이 더 따른다고도 볼 수 있어요."

마침내 의사가 발끈했다.

"고모 왜 그러세요? 병원에 온 이상 의사 선생님 말씀에 따라야죠."

뒤에서 구경만 하고 있던 두 조카가 나섰다.

"너희들은 모른다. 아무것도 몰라."

나는 무턱대고 치미는 격정에 못 이겨 악을 썼다.

"뭘 모른다고 그러세요?"

"할머니는 여든여섯이셔. 그런 큰 수술을 견디실 수 있을 것 같니?"

"도리가 없잖아요? 우선 입원 수속 밟고 자세한 건 내일 주치의 선생님과 의논합시다. 고모, 여긴 응급실이에요."

조카들이 나를 난동 분자 다루듯이 거칠게 복도로 끌어냈다. 그러나 그때 그런 방법으로 젊은 의사와 나눈 대화가 가장 자세한 의논이 될 줄은 미처 몰랐었다.

큰 대학부속병원 회진 시간이 다 그렇듯이 다음날 아침 한 떼의 레지던트, 인턴, 간호원을 거느리고 나타난 주치의 선생님은 한눈에 믿음직스럽고도 권위 있어 보였다. 권위란 상대방으로 하여금 하고 싶은 말을 참게 하는 어떤 힘이 아닐까?

나는 한편에 다소곳이 비켜서서 무슨 말이 떨어지기만을 기다렸다. 그는 거느린 수련의들한테만 내가 알아들을 수 없는 외국어로 짤막하게 몇 마디 하고 나가버렸다. 나는 허둥지둥 뒤따라 나갔지만 수련의 중에 섞여 있던 어젯밤의 응급실 당직 의사를 붙드는 게 고작이었다. 그는 내가 묻기 전에 수술 날짜는 사흘쯤 후가 될 거라고만 말하고 다른 병실로 사라졌다. 그 사흘 동안에 주치의를 이리저리 쫓아다녀서 알아낸 건 골절된 부위가 과히 예후(豫後)가 좋지 못한 부위라는 것, 저절로 진이 나와서 붙을 걸 기대할 수 없는 연세이기에 금속을 집어넣어서 뼈와 뼈를 잇게 하는 수술은 불가피하다는 것, 간단한 수술은 아니라는 것들이었다. 주치의가 그 많은 말을 한꺼번에 다 한 게 아니라 어렵게 마지못해 한마디씩 한 걸 내 상상력으로 뜯어 맞추면 대강 그런 뜻이 되었다.

그의 권위에 주눅이 들어선지 과묵(寡默)이란 전염성이 있는 건지 나는 아무리 벼르던 말도 그 앞에선 제대로 다 말하지 못했다. 주치의가 가족들을 답답하게 하는 것처럼 가족들 역시 어머니를 답답하게 했다.

"애, 숫제 접골원으로 갈 걸 그랬나보다. 어긋난 뼈 맞추는 덴 아무래도 접골원이 신효하다는데, 괜히 병원으로 끌고 와가지고 너희들 큰돈 없애게 생겼다. 얼른 부러진 다릴 맞춰서 공구리할 생각은 안 하고 이 꺼풀만 남은 늙은이 피는 왜 맨날 빼가고 검사는 무슨 놈의 검사가 그리 많은지 아픈 거 참는 것도 참는 거지만 그게 하나라도 공짜일 리가 있냐. 공구리만 해서 내보내자니 억울해서 잔뜩 돈을 뜯어낼 심산인가 본데 느이들이 가서 궁색한 소릴 좀 해야 한다. 아이구! 다리야. 이게 내 다린가? 내 웬순가? 공구리를 하고도 이렇게 아프려거든 제발 지금 죽여주소. 죽여줘. 자식 앞세우고 남부끄러우리 만큼 오래 살았으면 됐지 무슨 죄가 또 남아 이 몹쓸 고생을 할꼬."

어머니는 이렇게 괴로워하면서도 깁스에 한 가닥 기대를 걸고 있었다. 깁스보다 더 나쁜 일이 자기에게 일어나리라곤 아예 상상도 못했다. 식구들은 노인에게 그걸 알리는 일을 미적미적 미루면서 내 눈치만 봤다. 설득과 위로를 필요로 하는 일을 딸이 맡아서 하는 건 당연했다.

마침내 수술 날짜가 내일로 박두해 침대에 금식(禁食) 팻말이 붙은 날 밤 나는 어머니가 받아야 할 수술에 대해 알릴 수밖에 없었다.

"수술? 누구 맘대로 수술을 해? 안 된다. 안 돼. 누구 맘대로 내 몸에 칼을 대? 내가 남 못 당할 몹쓸 꼴만 골라 당하고도 이날 입때 목숨을 못 끊고 살아남은 건 죽는 게 무서워서가 아냐. 주신 목숨을 내 맘대로 건드렸다가 받을 벌이 무서워서지. 수술 안 하면 죽는대도 내버려둬. 내 나이 구십이 내일모레야. 나 내버려뒀다고 자손들 흉볼 사람 아무도 없어."

어머니는 망설이지도 않고 단호하게 수술을 거절했다. 이미 장손이 수술 동의서에 도장까지 찍은 후였고, 내일 아침 어머니를 수술실로 보내는 일은 어머니의 의사와는 상관없이 자동적으로 되게 되어 있었다. 그러나 나는 어머니의 육신에 그런 모욕을 가하고 싶지 않았다. 퉁퉁 부어오른 한쪽 다리를 뺀 어머니의 나머지 육신은 뭉치면 한 줌도 안 될 꺼풀처럼 가볍고 무력해 보였다. 그 작은 육신에나마 자존심이라는 게 남아 있는 이상 앞으로 당할 일을 알고 있을 권리가 있을 것 같았다. 그것은 어머니 속으로 난 단 하나밖에 없는 자식으로서의 애정이자 미움이기도 했다.

나는 망설이지도 감추지도 않고 내가 아는 한 소상하게 어머니가 받아야 할 수술에 대해 설명을 했다. 대퇴골 골절을 부러진 막대기에 비유할 여유마저 생겼다.

"생각해보세요. 부러진 나무 막대기를 꼭 이어서 써야 할 일이 생겼을 때 아교풀로 잇는 게 더 튼튼하겠어요, 쇠붙이로 끼고 나사로 죄는 게 더 튼튼하겠어요? 더군다나 아교풀이 모자라거나 아주 없을 땐 어떡하겠어요? 두려워하실 거 조금도 없어요. 박사님이 어머니의 부러진 뼈에다 쇠붙이를 끼고 튼튼히 이어놓을 테니까요. 단 며칠을 사셔도 수족을 쓰셔야 그게 사시는 거죠. 안 그래요? 어머니."

뜻밖에 어머니의 얼굴에 밝은 미소가 떠올랐다. 그동안 정기 없이 흐려졌던 눈도 난데없이 꿈꾸는 소녀의 눈빛처럼 은은하게 빛났다.

"그러니까 지금도 뼈 부러진 덴 산골이 제일이란 말이지?"

"네?"

나는 어머니의 말뜻을 전혀 알아들을 수가 없을뿐더러 돌변한 어머니의 태도는 막연히 기분 나쁘기까지 했기 때문에 생급스러운 소리로 악을 썼다.

"의술이 제아무리 발달해도 뼈부러진 덴 산골밖에 없다고? 암 산골이 제일이고말고…… 산골은 영약인걸."

어머니는 마치 잃었던 어린 날의 동요를 주워 올리듯이 그립고 달콤한 목소리로 이렇게 읊조렸다.

"어머니, 무슨 말씀이세요? 정신 차리세요."

나는 어머니의 가냘픈 어깨를 마구 흔들었다.

"잔뼈만 부러졌어도 산골을 먹으면 되는 건데 굵은 뼈가 부러졌으니 수술을 해서라도 끼울 수밖에. 얘들아. 나 수술 받는 거 조금도 안 무섭다. 느이들도 걱정할 거 하나도 없어. 산골로 붙여놓은 뼈는 부러지기 전보다 더 튼튼해진다는 걸 난 잘 알지. 이 손목 좀 보렴."

어머니는 오른손을 높이 쳐들어 보이면서 우리 모두를 감싸고도 남을 듯이 너그럽고 훈훈하게 미소 지었다. 그러나 누가 보기에도 어머니의 오른손 손목은 정상이 아니었다. 뼈가 불거져 나오고 한쪽으로 약간 삐뚤어져서 성한 손목보다 굵어 보이긴 했지만.

나는 그게 그렇게 된 까닭을 알고 있었다. 뒤늦게 산골이 무엇을 뜻하는지도 알아차렸다.

다음날 아침 어머니는 수술실로 들어가기 위해 틀니를 빼고도 시종 그렇게 웃으셨기 때문에 마치 갓난아기 같았다. 여든보다 아흔에 더 가까운 연세에 크나큰 시련을 앞두고 갓난아기처럼 웃을 수 있는 어머니의 비밀이 나를 참을 수 없이 슬프게 했다.

우리 세 식구가 처음으로 서울에 장만한 내 집인 현저동 꼭대기 괴불마당집에서의 첫겨울은 가혹했다. 추위도 예년에 없이 혹독했지만 여름철 장마처럼 눈이 한번 내리기 시작하면 몇날 며칠 계속됐다. 제아무리 충직한 함경도 물장수 김 서방도 그 겨울의 지독한 눈구덩이만은 헤칠 엄두가 안 났던지 자주 물장사를 걸렀다. 그러나 그건 그리 큰 문제가 아니었다. 우리는 안마당, 바깥마당, 장독대, 지붕 위에 지천으로 쌓인 눈을 퍼다가 가마솥에 붓고 장작불만 지피면 됐다. 물보다는 불 걱정이 훨씬 더 심각했다.

우린 가늘게 패서 새끼로 한 아름씩 묶은 단 장작을 매일 한두 단씩 사다 때며 살았었는데 어머니는 그걸 이웃 구멍가게에서 안 사고 꼭 전차 종점께에 있는 나무장까지 가서 사 왔다. 겉보기엔 부피가 비슷해 보이지만 들어보면 판이하게 나무장 것이 올차다는 거였다. 한꺼번에 열 단만 사도 거뜬히 지게로 져다 주건만 당시의 우리에겐 그만한 경제력도 없었던지 어머니가 손수 그 멀리서 단 장작을 한두 단씩 날라다 땠다. 허구한 날 퍼부어 쌓인 눈으로 산동네 비탈길이 위험해지자 오빠는 그 일을 자기가 맡겠다고 나섰다. 그러나 어머니가 오빠에게 그 일을 시킬 리가 없었다.

"에민 너한테 이까짓 장작단 심부름이나 하는 효도 안 바란다. 넌 더 큰 효도를 해야 할 외아들이야. 공부 잘해 출세해서 큰돈 벌거던 우선 청량리 나무장에서 통나무를 한 바리 들여다가 쓱쓱 톱질하고 짝짝 패서 한 광 가득 차곡차곡 쟁여놓고 겨울을 나보자꾸나."

"그때는 그때고 지금은 지금 아녜요. 다 큰 자식 놓아두고 어머니가 그 일 하시면 사람들이 흉봐요. 자식 된 도리도 아니고요."

"장차 큰일 할 자식을 몰라보고 탐탁찮은 일이나 시켜먹는 건 그럼 에미 도리라던?"

이렇게 한마디로 딱 잘라 거절을 하는 데야 제아무리 효성이 지극한 오빠도 어쩔 수가 없었다. 그러던 어느 추위가 그악스럽던 날 어머니는 장작단을 이고 눈에서 미끄러져 만신창이가 돼서 돌아왔다. 여기저기 난 생채기는 보기만 잠깐 흉할 뿐 아무것도 아니었다. 단박 퉁퉁 부어오르면서 심한 동통을 호소하는 손목이 문제였다.

오빠와 나는 엄마의 짓눌린 것처럼 나지막한 신음소리에 귀 기울이느라 밤새도록 제대로 잠을 잘 수 없었다. 기둥이 흔들리는 것처럼 불안했다. 그러나 다음날 아침부터 어머니는 평상시와 다름없이 집안일을 해냈고 억지로 꾸민 티 없이 씩씩하고 명랑했다. 그래도 삯바느질만은 도저히 안 되는 모양이었다. 어머니에게 기생집 삯바느질을 대던 노파를 불러다가 아직 끝맺지 못한 바느질거리를 돌려주면서 미안해했다. 노파는 어머니의 부어오른 손목을 보더니 대경실색을 하면서 당장 장안의 용한 침쟁이들을 줄줄이 엮어댔지만 어머니는 별로 귀담아듣는 것 같지 않았다.

"곧 나을 거예요. 오늘만 해도 벌써 어제보다 손 놀리기가 훨씬 수월한걸요."

나중에 노파는 치자를 몇 개 가지고 와서 말했다.

"치자떡을 해 붙여보우. 부기 내리는 데는 그저 치자떡이 그만이니까."

그리고 혼잣말처럼 덧붙였다.

"부기만 내리면 뭐하누. 정작 부러진 뼈가 붙어야지. 부러진 뼈 붙는 데는 산골이 그만인데. 저 여편넨 돈 드는 거라면 귓등으로도 안 들으니. 제 몸 위하는 게 새끼들 위하는 거라는 걸 왜 모르누. 미련한 사람 같으니라구."

오빠도 그 소리를 들었다. 오빠는 어머니가 못 듣는 데서 노파의 집을 아느냐고 나한테 물었다. 우리는 엄마 몰래 노파의 집을 방문했다. 오빠는 노파에게 산골이란 뭐고 어디서 구할 수 있는 건가를 물었다.

"느이 엄마가 보내던? 아니야? 저런 그러면 그렇지. 아이고 신통한 새끼들. 그럼 그래야지. 이래서 사람은 자식을 낳아 기른다니까. 자식 없는 인생이란 천만금이 있으믄 뭘 해. 말짱 헛거지."

이런 호들갑스러운 수다로 시작해서 노파의 산골 얘기는 황당하기 짝이 없는 거였지만 신화처럼 매혹적이었다. 우리는 이미 신화 속에 한 발을 들여놓고 있었다. 사람이 바늘구멍만 한 구원의 여지도 없는 곤경에 빠졌을 때 신화는 갑자기 우리 앞에 그 신비의 문을 활짝 열고 그곳의 주인이 되라고 유혹한다.

산골이 나는 굴(窟)은 우리나라에 하나밖에 없는데 현저동에서 과히 멀지 않은 무악재 고개 마루턱에 있다고 했다. 생기기는 주사위 모양이지만 크기는 그저 좁쌀보다 클까 말까 한 반짝거리는 쇠붙이인데, 네모 반듯한 주사위 모양이 어느 한 군데라도 이지러진 건 약효가 없기 때문에 미리 골라서 팔지만 사는 사람도 잘 봐서 사야 한다고 했다. 그것이 부러진 뼈를 붙게 하는 효력은 실로 놀라워서 노파가 들은 바론 생전에 산골을 사다 먹고 뼈 부러진 걸 고친 사람의 시신(屍身)을 면례(緬禮)하면서 보니까 반짝거리는 잗다란 쇠붙이가 다닥다닥 한 군데 붙어서 뼈를 이어주고 있는데 산 사람의 기운으로도 떼어놓을 수가 없을 만큼 단단하더라는 것이었다.

약으로 먹은 게 직접 부러진 부위로 가서 붙어놓는 역할을 한다는 걸 우리가 곧이곧대로 믿을 수 있었던 건 우린 이미 신화 속의 주인공이 되어 있었기 때문이다.

"그게 비쌉니까?"

오빠가 얼굴을 붉히며 물었다.

"아냐, 비싸긴. 돈 들게 뭐 있담. 흙이나 모래처럼 저절로 나는걸. 그

굴을 차지한 사람이 자릿세처럼 좀 받기야 받지만서두 얼마 안 될 거야. 병원이이나 침쟁이한테서 못 고친 사람들도 오지만 침 한 대 맞을 형편도 못 되는 사람꺼정두 오니까."

"가자."

우리 남매는 눈구덩이를 뚫고 무악재 고개를 더듬어 올라갔다. 적설강산에 혹한까지 겹쳐 길은 험했지만 집에서 비교적 가깝고 열두 고개 너머도 아니었기 때문에 신화적인 감동을 맛보기 위해선 길이라도 험해야 했다.

묻고 물어서 당도한 산골 굴은 암벽에 반지문이 달린 굴속이었다. 대낮인데도 촛불을 켜놓고 있었다. 한눈에 보통 토굴이나 암굴하곤 다르다는 걸 알 수 있었다. 벽이고 천장이고 온통 반짝이는 쇠붙이로 뒤덮여 있었다. 오톨도톨 모자이크 된 잔다란 쇠붙이들이 촛불이 출렁이는 대로 물결처럼 흔들려 신비한 몽환의 세계를 이루고 있었다. 산골 굴의 주인은 흰 무명 두루마기를 입은 젊은 남자였다. 만약 그가 나이 들고 흰 수염이라도 기르고 있었더라면 우리 남매는 다짜고짜 그의 발밑에 몸을 던지고 어머니를 위한 영약을 주십시사 간절히 빌었을지도 모른다. 그러나 그 젊은 남자도 우리 마음으로 신격화시키기에 충분했다. 세상 사람들하곤 다르게 빼빼 마르고 멍한 게 영적(靈的)으로 보였다. 그 남자와 비교해보니 오빠가 다 자란 건강한 청년이라는 것도 새삼스럽게 나를 감격케 했다. 나는 그 남자를 우러러보면서 오빠에게 찰싹 매달렸다.

오빠는 그 남자에게 공손히 인사를 하고 나서 용건을 말했다. 남자는 두 자루의 촛불이 켜진 소반으로 가서 산골을 고르기 시작했다. 노파의 말대로 그 굴에선 무진장 나지만 산골이라고 다 약이 되는 게 아니라 어느 한 군데도 이지러지거나 삐뚤어진 데 없이 정확한 여섯 모 꼴이어야만 비로소 신효한 약효가 나타난다는 거였다. 그래도 그 남자는 산골이 직접 부러진 뼈에 가서 다닥다닥 붙어서 뼈를 이어놓는다고까지 말하진 않았다.

그 남자가 산골을 고르는 모습은 특이했다. 소반 앞에 단정히 꿇어 앉아 조는 듯 미미하게 고개를 끄덕이며 한 되나 되게 쌓인 산골 중에서 몇 알씩을 집어내어 흰 종이에 쌌다. 깡마르고 창백한 얼굴이 더욱 영적으로 돋보이고 육안으로 고르는 게 아니라 심안으로 고른다 싶게 그 일에 힘 안 들이고 몰입해 있었다.

오빠를 쳐다보니 숙연한 얼굴로 두 손을 마주 잡고 허리를 굽히고 읍하고 있기에 나도 얼른 그대로 했다.

"우선 열흘치를 줄 테니까……."

남자가 흰 종이에 나누어 놓은 걸 싸면서 말했다. 메마르고 허한 목소리였다.

"신령님께 정성 들이면 약효가 더 있을 것이니까, 이리 와 봐."

소반 말고 굴속의 가장 후미진 곳에도 두 자루의 촛불이 켜져 있었고 산골로 된 자연의 단 위에 신령님의 영정이 모셔져 있었다. 단에는 정화수를 떠놓은 불기가 있고 10전짜리, 50전짜리 동전도 흩어져 있었다.

"자아 신령님께 절하고, 약값 가져온 것 있으면 신령님께 바쳐. 그리고 이 정성 받으시고 영험을 내려주십사 빌어, 이렇게."

오빠는 그대로 했다. 꾸벅꾸벅 절을 하고 또 했다. 내가 평소 오빠를 속으로 깊이 사랑하면서도 어려워해서 깍듯이 예절로 대했던 것은 10년이나 되는 연령 차도 있었지만 함부로 할 수 없는 오빠의 특이한 사람됨 때문이었다. 어떤 깜깜한 무지도 꾀 많은 미신도 현혹시킬 수 없을 것 같은 명석함과 떳떳함은 오빠의 사람됨의 가장 뚜렷한 특징이었다. 나는 가난한 동네의 미천한 사람 속에서 오빠의 그런 인품이 저절로 돋보이는 걸 마치 자신의 때때옷처럼 자연스럽게 여겨왔다.

그런 오빠가 어린 눈에도 서투른 솜씨임이 빤히 드러나는 속악한 신령님의 영정에 수없이 머리를 조아리고 있었다. 이상하게도 오빠의 이런 미신적인 의식은 그의 떳떳함을 한층 돋보이게 할지언정 조금도 모순되어 보이지 않았다. 정성이 그 극치에 이르면 서로 반대되는 방법까지도 화합하게 하는 것인지. 나는 누가 시키지 않았건만 공손하게 읍하고 오빠가 올리는 의식을 지켜보았다.

오빠가 신령님 앞에 바친 돈이 산골 값으로 넉넉한 것이었는지 모자라는 것이었는지 모르지만 오빠의 정성은 그 산골 장수까지도 흡족하게 한 것 같았다.

"아까는 우선 열흘만 잡숴보라고 했는데 보아하니 더 잡술 것도 없이 열흘 안에 거뜬해지실 거구먼. 내 말 틀림없으니 두고 보소. 이 산골이라는 게 약 기운보다는 신(神) 기운을 더 타는 영물인데 젊은이 효성이면 어떤 신령님인들 안 동하고 배기겠수? 더구나 우리 신령님 영검이 어떻다구."

오빠의 산골이 어머니를 감동시킨 건 말할 것도 없다. 어머니는 안 다쳤을 때보다 훨씬 더 행복해졌고, 매일매일 모래시계처럼 정확하게 손목의 부기와 아픔을 덜어가다가 더도 아니고 덜도 아닌 열흘 만에 완쾌를 선언했다.

우리 보기엔 아직도 손목의 모양이 정상이 아니었지만 어머니의 설명에 의하면 그곳에 산골이 모여서 뼈를 붙여주고 있기 때문이라는 거였다. 어머니는 완쾌가 틀림없는 사실이라는 걸 증명하기 위해 열흘 되던 날부터 다시 삯바느질을 시작하셨고 그 솜씨는 전과 다름없이 빼어났다. 어머니는 또 산골 먹고 붙은 뼈가 얼마나 튼튼하다는 걸 과시하기 위해 우리 앞에서 무거운 걸 번쩍번쩍 들어 보이길 즐기셨다. 영천 시장에서 장작을 날마다 한두 단씩 사다 때는 버릇도 여전했다. 해동할 때까진 오빠가 그 일을 하겠다고 해도 어머니는 막무가내였다.

"걱정 마라. 야아. 또 넘어지게 되면 이 오른손으로 콱 짚으면 되니까. 내 오른 손목은 이제 예전과 달라 무쇠보다 더 튼튼한걸."

이렇게 뽐내면서 보기 싫게 삐뚤어진 손목을 휘둘러 보였다.

텔레비전 연속극이나 영화 같은 데서 보면 수술실로 들어가기 직전의 집도의와 환자 가족 사이가 사뭇 감동스럽다. 초조해하는 가족 앞에서 의사는 잠깐 권위의 갑주(甲胄)를 벗고 인간적인 온정과 성의를 내비친다. 실수할 확률을 전혀 배제할 수 없다손 치더라도 인간을 인간에게 맡겼다는 게 인간을 백발백중의 기계에게 맡긴 것보다 훨씬 마음 놓이게 한다. 그런 마음이 의사에게 당치 않은 응석도 부리게 하고 때로는 추태에 가까운 애걸이나 부탁, 다짐까지 하게 되고 의사는 가족들의 그런 인간적인 약점에 잠깐이나마 그 어느 때보다도 너그러워지는 아량을 보인다. 어쩌면 그건 아량이라기보다는 동정이나 감상인지도 모르지만.

나 역시 어머니의 주치의인 홍 박사와 수술실 밖에서 잠깐이나마 그런 따뜻한 인간적인 교감이 있길 바랐다. 진과 기름이 다 빠진 앙상한 노구, 그러나 아직도 여체인 어머니의 몸이 의식을 박탈당한 채 그에게 맡겨지는 광경은 상상만으로 충분히 참혹했다. 나는 내가 위로받고 싶어서도 그가 필요했다.

그러나 큰 병원 수술실은 수술실이 아닌 수술장이었다. 그 수술장에서 수술을 받은 환자는 하루에 2, 30명을 헤아렸다. 마치 컨베이어 시스템에 의해 제품이 완성되며 운반되듯 종합병원이란 거대한 메커니즘이 환자에게 필요한 조치를 베풀어가며 제시간에 수술실로 보내고 일정한 시간이 경과되면 저절로 수술실에서 내보냈다. 수술실로 들어가기까지 수많은 사람의 손길이 닿았지만 그 누구도 내가 진심으로 부탁하고 매달리고 싶은 책임자는 아니었다.

더군다나 수술장은 저만큼서부터 가족들에게 금단의 구역이었고 그 속에서 일어나는 일을 볼 수 없는 것과 마찬가지로 그 속에서의 일을 책임질 사람도 만날 길이 없었다. 집도의는 수술장에 상주하는 것인지 그들만의 전용 출입문이 따로 있는 것인지, 환자를 들여보내고 아무리 그 앞에서 서성대도 홍 박사뿐 아니라 어떤 의사도 만나볼 수 없었.

딴것도 아닌 사람들의 목숨을 맡고 맡기는 관계에 있어서 사전에 잠시라도 그런 인사치레 내지는 교감이 없다는 게 나는 몹시 허전했다. 수술 동의서에 도장 찍는 일보다는 그게 더 필요한 일일 것 같았다. 그런 중에도 수술장에 들어가기까지의 어머니의 밝고 천진한 태도는 많은 위안이 되었다. 팔십 노구에 가해질 대수술에 대해서 어쩌면 그렇게 불안 없이 마냥 편안할 수가 있는지 어머니는 산골 요법과 수술을 동일시함으로써 그런 편안함에 도달한 것이다. 어머니에게 아직도 오빠는 종교였다.

수술장은 커다란 ㄱ자 꼴로 되어 있어서 그 양 끝이 입구와 출구로 나누어져 있었다. 출구에서 그 안에서 일어나는 일을 엿볼 수 없기는 입구나 마찬가지였다. 수많은 수술 환자 가족들이 출구 쪽 복도에서 초조하게 서성대고 있었다. 아이를 수술실에 홀로 들여보낸 젊은 엄마가 남편 어깨에 얼굴을 묻고 흐느끼고 있는가 하면 장정 아들을 수술실로 들여보낸 노모가 염주를 세며 염불을 외고 있기도 했다. 가족들의 그런 초조한 심정을 위한 배려로 가끔 간호원이 나와서 벽에 붙은 환자 명단에다 숫자를 기입하고 들어갔다. 회복실로 옮겨진 지 한 시간 가량이 되면 대개 환자가 실려 나왔다. 환자가 실려 나올 때마다 가족들은 덮어놓고 몰려가서 확인하려 들었다.

수술실 문이 열리고, 아직 수술복인 채인 의사가 눈만 반짝거리는 커다란 마스크의 한쪽 끝을 천천히 귀에서 벗기면 입가엔 어려운 일을 성공적으로 끝낸 사람 특유의 만족스러운 피곤이 감돌고, 마침내 입을 열어 "안심하십시오. 수술은 성공적이었습니다" 하면 가족들이 혹은 우러러보기도 하고, 혹은 머리를 조아리기도 하면서 감격과 감사의 눈물을 흘리는 광경은 출구 쪽에서도 일어나지 않았다. 입구는 환자를 받아들이고 출구는 환자를 토해내고 가족은 전송하고 마중할 뿐이었다.

나붙은 명단엔 성별과 연령도 기입돼 있었다. 86세. 어머니가 최고령이었다. 그 다음 고령이 57세란 걸로 86세의 수술이 심히 무모한 모험으로 여겨졌다. 아홉 시에 수술실로 들어간 어머니는 한 시가 지나서야 회복실로 옮겨졌다는 고지가 나붙고, 그 다음은 감감무소식이었다. 출구가 열리고 환자가 실려 나올 때마다 나는 경박하게 놀라면서 달려가서 얼굴을 확인하곤 했다. 방정맞은 생각과 피곤과 공복으로 눈이 침침해져서 나는 아무 환자나 따라다니면서 오래 들여다보았다.

"고모도 참, 할머니가 뭐 주름살 성형수술이라도 하고 나올 줄 아슈?"

이렇게 이죽댈 수 있는 조카들의 여유가 밉살스러웠지만 그 어느 때보다도 조카들이 믿음직스러운 것도 어쩔 수 없었다.
마침내 어머니가 실려 나왔다. 어머니도 우리를 알아보고 뭐라고 중얼거렸다. 틀니를 빼버린 어머니의 발음은 가냘프고 불확실했다. 병원 마크가 붙은 홑이불이 어머니의 벌거벗은 어깨를 미처 다 못 가리고 반쯤 드러내주고 있었다. 나는 그런 무례를 참을 수 없어 홑이불을 끌어 올려 목만 내놓고 꼭꼭 여몄다. 링거 줄이랑 피 받아내는 줄 때문에 홑이불이 여기저기 떠들썩한 건 어쩔 수 없었다. 벌거벗은 어머니는 홑이불 속에서 덜덜 떨고 있었다.
"추우세요?"
"아냐 그냥 저절로 떨린다."
그 소리를 알아들을 수 있는 게 신기해서 식구들이 우루루 모여들어 차례차례 어머니를 시험하려 들었다.
"할머니 제가 누군지 아시겠어요?"
"석이 애비지 누군 누구야?"
"할머니, 할머니, 저는요?"
"석이 에미."
"저는 누구게요?"
"경아 애비."
시험을 무사히 통과한 어머니는 자랑스럽게 웃으시면서 나를 쳐다보았다. 방금 수술실에서 나온 어머니의 이런 웃음은 나를 또다시 섬뜩하게 했다.
장정 둘이서 미는 바퀴 달린 침대는 긴 복도를 신속하게 통과해서 엘리베이터 앞에 멎었다. 그러니까 우린 경망스럽게도 이런 시험을 바퀴 달린 침대를 겅정겅정 따라가면서 치른 것이다. 더 경망스러운 것은 그런 간단한 시험으로 우린 어머니의 수술이 성공적이었다고 믿어버린 것이다. 엘리베이터 속에서 우린 벌써 어머니에 대해 무관심했다.

"아아, 피곤하다. 오늘 저녁엔 다리 뻗고 자야지."

"점심을 얼렁뚱땅 걸렀더니 속이 쓰린데, 병원 식당 설렁탕 먹을 만합디까, 형?"

"오늘 저녁은 누가 병원에서 잘 차례지?"

"야아, 차례 따질 거 없다. 아무리 저러셔도 마취 깨면 오늘 밤 지내시기 안 힘들겠니? 내가 모시고 샐 테니 느이들은 집에 가서 푹 쉬렴."

"그래요, 그러는 게 좋겠어요. 고모. 그럼 오늘 저녁은 고모가 수고 좀 해주세요. 내일 일찌거니 석이 엄마 보내서 교대해드릴게요."

"우리 할머니 강단 센 건 하여튼 알아줘야 돼. 구십 고령에 그런 대수술을 치르시고도 정신이 저렇게 말짱하실 수가 있으니……."

"못된 것들 그럼 할머니가 못 깨어나셨으면 느이들 속이 시원했겠구나. 회복실에서 얼마나 오래 걸렸게 그러니? 난 꼭 뭔 일 당하는 줄 알고 얼마나 마음을 조였게 그러니? 사람마다 나이는 못 속여. 남들은 회복실에서 한 시간도 안 걸리는데 할머니는 세 시간을 넘어 걸렸잖니?"

"아니다. 야아, 나도 금세 깨어났어. 깨어나서 아이들 있는 데로 데려다달라고 아무리 악을 써도 누가 거들떠나 봐야지. 떨리긴 또 왜 그렇게 떨리는지 추워 죽겠다고 애걸을 해도 소용이 없고 정신은 났는데도 목소리는 속에서 끌어 잡아당기는 것처럼 잘 안 나오긴 하더라만 거기 사람들도 너무 무심한 것 같더라."

우리끼리 수군대는 소리에 어머니는 이렇게 긴소리로 참견까지 하셨다. 우린 서로 눈짓만 했다. 우리의 눈짓에는 구십 노인의 수술의 성공을 재확인하고 경탄하는 뜻에다 노인의 지나친 강단을 비웃는 뜻까지 포함돼 있었다.

병실에 돌아오자 우린 더욱 말이 많아지고 어머니는 말끝마다 참견을 하려 드셨다. 나도 어머니의 강단이 지겨운 생각이 나서 간간이 핀잔까지 주기 시작했다. 틀니를 빼놓았기 때문에 발음이 헛소리처럼 불확실한 걸 알아듣기도 피곤했지만 무엇보다도 조카들이나 조카며느리들 보기가 면구스러웠다. 엄살로라도 대수술 후의 빈사 상태를 가장했으면 좀 좋으랴 싶었다. 참다 못해 나는 조카들을 일찌거니 집으로 쫓아 보냈다.

"얘들아 어서 가보렴. 할머니보다 느이들이 더 피곤해 뵌다. 뭣 좀 배불리 먹고 일찌거니 자거라. 할머니도 느이들이 가야 잠을 좀 주무시지 않겠니? 다 나으신 줄 알고 저러시지만 노인네 일인데 무슨 변사를 부릴지 아니? 조심조심 아무쪼록 어려운 고비를 잘 넘겨야지."

조카들을 보낸 후에도 어머니는 쉬지 않고 무슨 소리든지 하려 들었다. 귀담아 듣지 않으면 소의 되새김질 같은 입놀림으로만 보였다. 나는 점점 더 어머니의 지칠 줄 모르는 근력이 짜증스러워지기 시작했다.

밤에 홍 박사가 수련의들을 거느리고 병실에 들었다. 회진 시간이 아닌데 들른 걸 보면 그날 수술한 환자만을 특별히 한 번씩 돌아보는 모양이었다. 그러나 회진 때와 마찬가지로 일진의 질풍처럼 순식간에 몰려왔다가 순식간에 몰려갔다. 회진은 늘 질풍이었고 복도에서 마주치는 의사 개개인의 걸음걸이나 행동도 마찬가지였다. 그들은 어디에고 머물기를 꺼리는 바람처럼 신속하고 정 없이 스쳐 갔다.

나는 홍 박사에게 최고의 치사(致謝)의 말을 준비하고 있었지만 이루지 못했다. 그건 정중하고 은밀하고 약간 더듬거리는 것이어야 하거늘 그러기엔 너무 기회가 빨리 지나가고 말았다. 나는 허둥지둥 복도까지 쫓아가서 수고했다는 상투적이고도 경박한 인사말을 중얼거리고 수술 경과에 대해 물었다.

"잘됐어요. 크게 염려 안 해도 될 겁니다. 워낙 고령이니까 간병에 신경은 좀 쓰셔야죠."

그에게서 처음으로 긴 말을 들은 게 황송해서 더 묻진 못했지만 미진했다.

어머니는 여전히 중얼거렸다. 수련의들과 간호원이 자주 드나들며 환자의 상태를 체크하고 몸에 매달린 여러 개의 줄을 점검했다. 내가 밤 동안 보살피고 기록해놓을 것에 대해서도 지시를 받았다. 내가 할 일은 자주 기침을 시켜 가래를 뱉게 할 것, 링거가 다 되기 전에 알릴 것, 소변량의 체크, 수술 자리에서 흐르는 피를 흡입하는 비닐 팩이 다 차면 알릴 것 등이었다.

나는 홍 박사에게 속 시원히 못 물어본 걸 그들에게 꼬치꼬치 물으려 들었지만 그들은 한결같이 대체로 정상이라는 소견에다 워낙 고령이시니까라는 주를 달기를 잊지 않았다. 하긴 고령이라는 건 이상도 병도 아닌 주(註)일 뿐이었다.

어머니는 기운이 없다는 핑계로 기침을 하지 않으려 했다. 그러다가도 가래가 괴면 목에 경련을 일으키며 괴로워해서 나를 깜짝깜짝 놀라게 했다. 가래를 삼키면 폐렴을 일으킬 수도 있다고 아무리 일러도 소용이 없었다. 그러면서도 쉬지 않고 무슨 말인지 웅얼거렸다. 기력이 쇠진해서 사람의 육성 같지가 않고 미풍이 가랑잎 흔드는 소리가 났다.
"제발 좀 눈 감고 잠을 청하세요."
나는 짜증을 내면서 어머니를 구박했다. 어머니가 원망스러운 듯이 눈을 크게 뜨고 나를 쳐다보았다. 오싹하도록 푸른 기가 도는 눈이었다.
"불을 끌까요?"
나는 떨리는 소리로 말했다.
"싫어, 싫어."
어머니가 도리질을 했다.
"그럼 제가 눈을 감겨드릴게요. 마음을 편안히 가지시고 잠을 청해보세요."
나는 한 손으로 어머니의 손을 잡고 한 손으로 어머니의 눈꺼풀을 지그시 눌러 감겼다. 어머니는 잠시를 못 견디고 나를 뿌리쳤다.
"수술 자리가 아프셔서 그렇죠? 오늘 밤만 잘 넘기면 내일부턴 한결 수월해질 거예요. 정 몹시 아프시면 말씀하세요. 진통제를 놓아달라고 그래 볼 테니까요."
"아니, 하나도 안 아파. 잠이 안 와서 그래."
"그럼 수면제를 달래볼게요."
간호원실에 가서 그런 얘기를 했더니 알았으니 가 있으라고 했다. 잠시 후에 인턴이 작은 알약을 한 알 갖다 주면서 될 수 있으면 실내를 어둡게 해드리는 게 좋을 것 같다고 했다. 알약을 들게 한 후 보조침대 옆에 붙은 희미한 벽등 하나만 남기고 불을 껐다. 이번에는 어머니도 저항하지 않았다. 약효가 곧 나타나려니 안심하는 마음은 간사스럽게도 당장 참을 수 없는 잠을 몰고 왔다. 나는 잠깐만 눈을 붙일 양으로 반나마 남아 있는 링거병과 아직은 반도 차지 않은 소변통과 피 받는 통을 확인하고 나서 침대에 쓰러졌다.

얼마나 잤는지 몹시 술렁이는 기미에 퍼뜩 깨어났다. 병실은 소리없이 술렁이고 있었다. 어머니가 두 손으로 허공을 휘젓고 있었던 것이다. 그러나 무작정 휘젓는 헛손질하곤 달라 보였다. 열심히 무슨 일인가를 하고 있는 것처럼 신중하고도 규칙적이었다. 나는 찬물을 뒤집어쓴 것처럼 잠이 달아나버린 것을 느끼며 화들짝 몸을 솟구쳐 우선 불 먼저 켰다. 어머니는 얼굴을 잠깐 찌푸렸지만 두 손으로 하던 일만은 멈추지 않았다.

"엄마 뭐 해?"

나도 모르게 어릴 때의 말투로 물었다.

"보면 모르냐? 빨래를 했으면 웃도리는 웃도리. 빤쓰는 빤쓰, 양말은 양말끼리 개켜놔야지 한데 쑤셔 박아놓으면 쓰냐?"

어머니의 목소리는 힘차고 또렷했다.

"빨래라뇨? 좀 주무시지 않고······."

"이걸 이 모양으로 늘어놓고 잠이 와? 못된 것들."

어머니가 쨍 하는 쇳소리를 내면서 나를 쳐다보았다. 눈의 푸른 기가 한층 깊어져서 귀기(鬼氣)가 감돌았다. 나는 불현듯 도망가 구원을 청하고 싶은 충동을 느꼈다. 어머니의 손놀림은 허공에서 분주하게 빨래를 분류하고 개키고 있었고, 전체적으로 기세가 등등했다. 하루 전부터의 금식, 관장, 마취, 대수술 끝에 느닷없이 그런 기운이 솟다니. 나는 놀랍다기보다는 다리가 후들댈 만큼 겁부터 났다. 이때 간호원이 들어왔다.

"어머니가 좀 이상하세요. 들입다 헛손질을 하시고 헛것도 보이시는 모양이에요."

"마취 끝에 더러 그런 환자들도 있어요. 차차 나아지겠죠."

간호원은 심드렁하게 말하고 체온과 맥박을 체크하고 나가버렸다. 나는 따라나가서 어머니가 주무시게 해달라고 졸랐다.

"아까도 그러셔서 약을 드렸잖아요?"

"그 약이 안 듣잖아요. 참 그 약 잡숫고 더하신 것 같아요. 맞았어요. 그 약을 드시기 전엔 잠은 못 주무셔도 헛것을 보시진 않았어요. 어떡하면 좋죠?"

"그럴 리는 없지만, 혹 그 약의 부작용이라고 해도 별일은 없을 테니까 안심하세요. 임상 시험 결과 가장 부작용이 없는 걸로 알려진 신경안정제를 투약했을 뿐이니까요."

"이것보다 더 큰 별일이 어디 있어요. 우리 어머닌 지금 제정신이 아니라니까요."

"차차 나아지실 거예요."

"그까짓 신경안정제 말고 수면제를 주든지 주사를 놓아주든지 하세요."

"그럴 순 없어요."

"아니, 이 큰 병원에서, 별의별 수술을 다 하는 대종합병원에서 그래 잠 못 자 고생하는 환자 잠도 못 재워준대서야 말이 돼요."

"환자를 위하는 일은 우리가 더 잘 알아서 하고 있으니 가족들은 협조를 해주셔야지 덮어놓고 이렇게 떼를 쓰시면 어떡해요?"

간호원이 획 돌아서면서 쏘아붙였다. 나는 무안하고 노여워서 다시는 네 따위한테 애걸을 하나 봐라, 중얼중얼 뇌까리며 돌아왔다.

아직도 빨래를 덜 개켰는지 허공에서 규칙적인 손놀림을 계속하고 있던 어머니의 손이 별안간 나를 향해 두 손바닥을 보이며 방어의 자세를 취했다. 푸른 귀기가 돌던 두 눈이 극단적인 공포로 튀어나올 듯이 확대됐다.

"왜 그래 엄마!"

나는 덩달아 무서움에 떨며 어머니한테로 달려갔다. 어머니의 팔이 내 목을 감으며 용을 쓰는 바람에 나는 숨이 칵 막혔다. 굉장한 힘이었다. 숨이 막혀 허덕이는 나의 귓전에 어머니는 지옥의 목소리처럼 공포에 질린 소리로 속삭였다.

"그놈이 또 왔다. 하느님 맙소사 그놈이 또 왔어."

어머니는 아직도 한 손으론 방어의 태세를 취한 채 문 쪽을 보고 있었다. 나는 혹시 내 뒤에 누가 따라 들어왔는가 해서 돌아다보았지만 아무도 없었다. 순간 머리 끝이 쭈뼛했다.

"엄마!"

무서움증이 큰 힘이 되어 나는 어머니의 팔에서 벗어났다. 어머니는 악귀처럼 무서운 형상을 하고 와들와들 떨면서 문 쪽을 보고 있었다. 문 쪽엔 아무도 없었지만 어머니는 혼신의 힘으로 누군가와 대결을 하고 있었다. 순간 나는 저승의 사자가 어머니를 데리러 와 거기 버티고 서 있는 게 어머니에게만 보일지도 모른다는 생각이 들었다. 그러니 누구한테 구원을 요청할 가망도 없었다. 여든여섯의 노인의 병실을 저승의 사자가 넘보는 건 당연했다. 오늘의 수술 환자 중에서뿐 아니라 이 거대한 종합병원에 입원한 모든 환자 중에서도 어머니는 최고령일지도 모른다. 그만큼 분별이 있는 저승의 사자라면 앙탈을 해봤댔자일 것 같았다. 나는 이미 저승의 사자한테 어머니를 내줄 각오를 하고 있었다. 여든여섯이면 누가 감히 천수를 못 누렸다 하랴. 다만 몸에 큰 칼자국을 내고 거기서 나는 선혈이 아직 마르기도 전에 끌고 가려는 게 괘씸하지만 세상의 죽음치고 그 정도의 여한도 자식에게 안 남기는 죽음이 어디 있으랴. 각오는 하고 있으니 제발 네 모습을 어머니에게 보이지만 말게 해다오. 백 살을 살다 죽어도 죽기는 싫은 게 인간의 상정이라면 생의 마지막 순간까지도 네 모습만은 드러내지 않는 게 저승의 사자 된 도리요, 유일한 자비가 아니더냐. 사라져라. 제발. 훠이 훠이.

나는 어머니의 참혹한 공포를 차마 눈 뜨고 볼 수 없어 이렇게 속으로 부르짖었다. 그놈이 내 눈에까지 보이는 일이 일어날까봐 더더욱 겁이 났다. 그러나 그는 사라지기는커녕 다가오고 있음이 분명했다. 어머니의 부릅뜬 눈동자의 초점거리가 그걸 말해주고 있었다. 맙소사 나 혼자 어머니의 임종을 지키게 되다니.

"그놈 또 왔다. 뭘 하고 있냐? 느이 오래빌 숨겨야지, 어서."

"엄마, 제발 이러시지 좀 마세요. 오빠가 어디 있다고 숨겨요?"

"그럼 느이 오래빌 벌써 잡아갔냐."

"엄마 제발."

어머니의 손이 사방을 더듬었다. 그러다가 붕대 감긴 자기의 다리에 손이 닿자 날카롭게 속삭였다.

"가엾은 내 새끼 여기 있었구나. 꼼짝 마라. 다 내가 당할 테니."

어머니의 떨리는 손이 다리를 감싸는 시늉을 했다. 그때부터 어머니의 다리는 어머니의 아들이었다. 어머니는 온몸으로 그 다리를 엄호하면서 어머니의 적을 노려보았다. 어머니의 적은 저승의 사자가 아니었다.

"군관 동무, 군관 선생님, 우리 집엔 여자들만 산다니까요."

어머니의 눈의 푸른 기가 애처롭게 흔들리면서 입가에 비굴한 웃음이 감돌았다. 나는 어머니가 환각으로 보고 있는 게 무엇이라는 걸 알아차렸다. 가엾은 어머니, 차라리 저승의 사자를 보시는 게 나았을 것을…….

어머니는 그 다리를 어디다 숨기려는지 몸부림쳤다. 그러나 어머니의 다리는 요지부동이었다.

"군관 나으리, 우리 집엔 여자들만 산다니까요. 찾아보실 것도 없다니까요. 군관 나으리."

그러나 절체절명의 위기가 어머니에게 육박해오고 있음을 난들 어쩌랴. 공포와 아직도 한 가닥 기대를 건 비굴이 어머니의 얼굴을 뒤죽박죽으로 일그러뜨리고 이마에선 구슬 같은 땀이 송글송글 솟아오르고 다리를 감싼 손과 앙상한 어깨는 사시나무 떨듯 떨고 있었다.

가엾은 어머니, 하늘도 무심하시지, 차라리 죽게 하시지, 그 몹쓸 일을 두 번 겪게 하시다니…….

"어머니, 어머니 이러시지 말고 제발 정신 차리세요."

나는 어머니의 어깨를 흔들면서 울부짖었다. 어머니는 어디서 그런 힘이 솟는지 나를 검부러기처럼 가볍게 털어내면서 격렬하게 몸부림쳤다.

"안 된다. 안 돼. 이노옴. 안 돼. 너도 사람이냐? 이노옴, 이노옴."

나는 벽까지 떠다밀린 채 와들와들 떨면서 점점 심해가는 어머니의 광란을 지켜볼 수밖에 없었다. 어머니의 몸에서 수술한 다리만 빼고는 온몸이 노한 파도처럼 출렁거렸다. 그래서 더욱 그 다리는 어머니의 몸이 아닌 이물질처럼 괴기스러워 보였다. 어머니의 그 다리와 아들과의 동일시가 나한테까지 옮아 붙은 것처럼 나는 그 다리가 무서웠다.

"안 된다 이노옴"이라는 호통과 "군관 나으리, 군관 선생님, 군관 동무"라는 아부를 번갈아 하며 몸부림치는 서슬에 마침내 링거 줄이 주삿바늘에서 빠져버렸다. 혈관에 꽂힌 채인 주삿바늘을 통해 피가 역류(逆流)해 환자복과 시트를 점점 물들였다. 피를 보자 어머니의 광란은 극에 달했다.

"이노옴, 게 섯거라. 이노옴, 나도 죽이고 가거라 이노옴."

어머니는 눈물이 범벅된 얼굴로 이를 갈았다. 틀니를 빼놓아 잇몸만으로 이를 가는 시늉을 하는 게 얼마나 처참한 것인지 나 말고 누가 또 본 사람이 있을까. 이게 꿈이었으면, 꿈이었으면, 어머니는 이 세상 소리가 아닌 기성을 지르며 머리카락을 부득부득 쥐어뜯다가 오줌을 받아내는 호스도 다 뜯어버렸다. 피비린내가 내 정신을 혼미케 했다. 퍼뜩 정신이 나서 구원을 청하러 나가려는데 어머니의 기성이 바깥까지 들렸던지 간호원이 뛰어왔다. 뒤미처 나이 지긋한 수간호원도 달려왔다. 어머니의 몸에 부착시켰던 의료 기구들을 원상복귀시키기 위해선 여러 사람의 힘이 필요했다. 어머니는 힘이 장사였다. 내가 수간호원과 다른 간호원과 함께 어머니를 힘껏 찍어 누르는 동안 담당 간호원이 어머니가 뽑아낸 것들을 다시 삽입했다. 링거는 숫제 발등으로 옮겨 꽂았다.

"세상에 이런 일도 있습니까?"

나는 수간호원에게 원망스럽게 말했다.

"너무 심려 마세요. 흔하진 않지만 이런 특이체질이 아주 드문 것도 아니니까요. 곧 나아지실 겁니다."

수간호원이 이렇게 나를 위로했다. 어머니의 악몽이 특이체질 탓이라구? 하긴 타인의 꿈에 대해 누가 감히 안다고 할 수 있으랴?

이제 "너 죽고 나 죽자"는 발악으로 변한 어머니의 몸부림은 지칠 줄 몰랐다. 수간호원이 간호원에게 지시해서 침대 양쪽 난간을 올리고 끈을 가져다가 어머니의 사지를 꽁꽁 묶게 했다.

"따님 된 마음에 좀 안됐다 싶으셔도 참으세요. 이런 경우는 이 수밖에 없으니까요. 이제 안심하고 눈 좀 붙이세요. 지레 병나시겠어요. 곧 정상으로 돌아오실 테니 염려 마시고……."

그들은 어머니를 묶어놓고 나를 위로하고 병실을 나갔다. 나는 지칠 대로 지쳐서 신 신은 채 보조 침대에 상반신을 꺾었다. 그러나 웬걸. 원한 맺힌 맹수처럼 으르렁대던 어머니가 에잇 하고 한번 기합을 넣자 사지를 묶은 끈은 우지직 끊어지기도 하고 혹은 풀리기도 했다. 어머니는 다시 길길이 뛰기 시작했다. 참으로 불가사의한 괴력이었다. 목소리도 뜻이 통하는 말이 아니라 원한의 울부짖음과 독한 악담이 섞인 소름 끼치는 기성이었다. 조금도 과장 없이 간장을 도려내는 아픔과 함께 내 속에서도 불가사의한 괴력이 솟았다. 나는 이를 악물고 어머니에게로 돌진했다. 다시는 아무의 도움도 청하지 않고 어머니와 맞서리라 마음먹었다. 이건 아무의 도움도 간섭도 필요 없는 우리 모녀만의 것이다.

나는 어머니를 힘껏 찍어 눌렀다. 온몸으로 타고 앉다시피 했다. 어머니의 경련처럼 괴로운 출렁임이 고스란히 전해왔다. 조금이라도 마음이 움직이거나 약해져선 안 된다고 생각했다. 그렇게 되면 어머니가 나를 타고 앉게 될지도 모른다. 내가 아무리 전심전력으로 대결해도 어머니의 힘과는 막상막하여서 내 힘이 위태로워질 때마다 나는 어머니의 뺨을 쳤다.

"엄마, 정신 차려요. 엄마, 정신 차려요."

처음으로 엄마의 뺨을 치고 나는 내 손이 저지른 패륜에 경악해서 두 번째는 더욱 세차게 때렸고, 어머니의 뺨에 솟아오른 내 손자국을 보고 이것은 악몽 속 아니면 지옥일 거라는 일종의 비현실감이 패륜에 패륜을 서슴없이 보태게 했다. 어머니의 힘도 무서웠지만 더 무서운 건 어머니의 얼굴이었다. 그건 내 어머니의 얼굴이 아니었다. 이제 나는 어머니와 싸우고 있는 게 아니라 내 나름의 공포와 싸우고 있었다.

나는 어머니를 사랑했고 내가 사랑한 것 중엔 물론 어머니의 얼굴도 포함돼 있었다. 어머니는 늙어갈수록 아름다운 분이었다. 그건 드물고도 귀한 일이 아닐 수 없었다. 그런 아름다움은 어머니가 말년에 믿게 된 부처님과도 깊은 관계가 있을 것 같았다. 어머니는 부처님을 믿는 걸로 어머니가 당한 남다른 참척의 원한을 거의 극복한 것처럼 보였다. 뿐만 아니라 부처님을 닮은 곱고 자비롭고 천진한 얼굴로 늙어가셨다. 비록 아들은 잃었으나 거기서 난 손자들을, 그의 짝들을, 거기서 난 증손자들을, 딸과 외손자들을 사랑하며, 그러나 결코 집착하진 않으시며 행복하게 늙어가셨다. 누구보다도 화평하게 누구보다도 아름답게 거의 황홀하리만큼 아름답게 늙으신 어머니를 볼 때마다 나는 저분이야말로 참으로 보살(菩薩)이라고 숙연해지곤 했었다.

사람 속의 오지(奧地)는 아무 끝도 없고 한도 없는 거라지만 그런 어머니에게 그런 격정이 숨겨져 있었을 줄이야. 내 어머니의 오지에 감춰진 게 선(善)과 평화와 사랑이 아니라 원한과 저주와 미움이었다는 건 정말 너무했다. 설사 인간이 속속들이 죄의 덩어리라고 하더라도 그건 너무했다.

악과 악의 대결처럼 살벌하고 무자비한 모녀의 힘의 대결에서 어머니가 패색을 보이기 시작했다. 나는 나의 손바닥 자국대로 선명하게 부풀어 오른 어머니의 뺨에 비로소 내 뺨을 비비며 소리 내어 통곡했다.

　어머니가 그때 왜 현저동 꼭대기를 우리의 은신처로 생각했는지 모를 일이다. 그때 우린 그 동네의 가난으로부터 벗어나서 남부럽지 않게 산 지 오래되었지만 그때 우리가 처한 곤경은 참으로 억울하고 난처한 것이었다. 죽을 수도 살 수도 없는 곤경이었다. 그런 막다른 곤경이 엄마가 서울 와서 처음 말뚝 박은 동네를 고향 다음 가는 신뢰감으로 의지하게 했는지도 모른다. 또 우리의 곤경의 특수성과도 관계가 있음직하다. 그때의 우리 곤경은 6·25라는 커다란 민족적 비극 속의 한 작은 단위에 불과했지만 중산층이 모여 사는 점잖은 동네의 인심의 간사함, 표리부동성과도 불가분의 관계가 있었다. 오빠가 의용군에 지원한 일만 해도 그랬다. 오빠는 해방 후 한때 좌익 운동에 가담했다가 전향한 적이 있는데 그것 때문에 남하를 못하고 적 치하의 서울에 남은 걸 극도로 불안해했다. 이런 불안과 공포를 혼자 견디기에 벅찼던지 비슷한 처지의 전향자들의 동태에 대해 몹시 알고 싶어 했다. 그가 어설프게 알아낸 바로는 어떡하든 남하를 하지 않았으면 다시 변신해 있는 것도 오빠를 새로운 불안에 빠뜨렸다.

　그 요란한 포성보다 서울을 사수할 것이라는 방송만 믿고 피란의 기회를 놓친 자신의 고지식함과 국민을 그렇게 기만하고 저희끼리만 달아나 버린 정부의 엄청난 무책임을 홀로 저주하고 분노했다. 그렇다고 새로운 변신을 꾀할 만큼 비루하지도 못했다. 그는 그가 기왕에 한 전향이, 잘못을 뒤늦게 깨닫고 신념과 용기를 가지고 한 것이었음에도 불구하고 전향이란 말 자체엔 늘 도덕적인 불쾌감을 가지고 있었다. 만약 그의 최초의 선택이 웬만큼만 잘못된 것이었더라도 그는 전향을 해서 잘못을 시정하느니 차라리 최초의 신념에 일관함으로써 자신과의 신의를 지키고자 했을 것이다.

그만큼 그는 지조를 최고의 이상으로 삼는 선비 기질을 간직하고 있었고, 그런 선비 기질이 목적을 위해 수단을 안 가리는 좌익 사상의 본심(本心)을 참을 수 없는 데서 그의 갈등은 불가피했다.

동란 전의 한때 좌익 사상이 청소년들을 선동하는 마력이 대단했을 적에도 내가 그 방면에 무관할 수 있었던 것은 오직 오빠 같은 사람이 여북해야 전향을 했을까 하는 오빠의 고통스러운 경험에 대한 믿음 때문이었다.

살기 위한 방편으로서의 변신이란 생각조차 하기 싫은 그의 인품이기에 더욱더 국민을 듣기 좋은 말로 달래 적 치하에 팽개치고 저희끼리 뺑소니친 꼴이 된 정부에 대한 원망도 컸다. 원망과 불신, 불안, 그리고 고독으로 그는 날로 정신이 망가져 갔다. 이런 그가 이웃의 고발로 기습을 당해서 끌려가는 걸 가족들은 발을 동동 구르며 지켜볼 수밖에 없었는데 그 후 들려온 소식은 전혀 예상을 빗나간 것이었다. 인민재판에 회부돼서 당장 목숨을 잃었거나 모진 벌을 받고 있을 줄 알았는데 인민총궐기대회에서 제일 먼저 의용군을 지원해서 많은 젊은이들로 하여금 감격해서 동조케 했다는 소식이었다. 남은 식구들은 그저 그렇다니 그렇게 알밖에 보이지 않는 곳에서 어떤 농간이 그의 운명을 희롱하고 있는지 알아볼 도리는 없었다.

실상 운명의 희롱은 가족도 당하고 있었다. 전향자라고 지목해서 따돌리고 고발까지 한 이웃은 적 치하에서 대단한 세력을 누리고 있었는데 돌변해서 우리 식구들의 보호자 노릇을 해주었다. 초기엔 그렇지도 않았지만 나중판으로 접어들수록 청장년이 있는 집치고 의용군으로 빼앗기지 않은 집 없다고 할 만큼 사람 수탈이 극심해져서 의용군에 나갔다는 게 하등 특별 대우 받을 만한 일이 못 되었음에도 불구하고 식량 배급이다 뭐다 해서 우리는 특별한 혜택을 받고 있었다. 받고 보니 그 세력 부리는 이웃의 귀띔이 동인민위원회까지 작용했기 때문이었다. 우리는 이런 혜택을 받을 것인가를 망설이거나 취사선택할 경황도 기력도 없었다. 망연자실 목숨을 부지하는 게 고작이었는데, 목숨을 부지하기 위해 먹어야 한다는 건 선택의 여지가 없는 절대적인 조건이었다.

 남은 죽도 못 먹는데 보리밥이라도 아귀아귀 먹다가 문득 깜짝 놀라곤 했지만 그건 한 식구를 판 대가라는 생각 때문이었지 그게 옳지 못한 밥이라고 생각해선 아니었다.

 "세상에 아무리 목구멍이 포도청이라지만, 그 아들이 어떤 아들이라고 그 아들 목숨하고 바꾼 밥뎅이가 걸리지도 않고 이리 술술 넘어가노……."

 어머니도 느닷없이 수저를 놓으며 이런 탄식을 하면 했지 그 후유증을 우려하진 않았다.

 만 석 달 만에 세상이 바뀌자 우리는 이웃 인심의 극심한 박해를 받지 않으면 안 되었다. 빨갱이 집이라고 고발을 해서 청년 당원들이 몽둥이와 총을 들고 달려들어 온 집 안을 들들 뒤지고 쓸 만한 기물을 파괴하고 만삭의 올케의 배를 몽둥이 끝으로 쿡쿡 찔러보는 행패를 동네 사람들은 굿 구경하듯 신명까지 내면서 즐겼다. 우리는 그들이 겪은 석 달 동안의 고초를 위한 복수의 표적이 되어 어떤 재앙이 쏟아지든 다만 순종할밖에 없었다.

"여보슈 백성들을 불구덩이에 버리고 도망간 사람은 누구유? 거기서 살아남은 죄로 죽여줘도 난 원망 안 할 테니 그 사람 얼굴 좀 보고 그 죄나 한번 묻고 죽읍시다."

가끔 어머니가 통곡하며 이렇게 푸념을 해봤댔자였다. 독종이니, 빨갱이 족속치고 말 못하는 빨갱이 없더라느니 하는 욕이나 먹는 게 고작이었다.

그 정도는 그래도 약과였다. 우리를 이용하고 비호해주던 고위층 빨갱이를 우리가 감춰두고 있다는 고발까지 당해 어머니와 올케, 나 세 식구가 따로따로 붙들려 가서 며칠씩 심문을 받고 나오기까지 했다. 그동안 어린 조카가 친척집에서 받은 구박은 먼 훗날까지 우리 식구에게 깊은 상처로 남았다. 빨갱이라면 젖먹이 어린것까지도 덮어놓고 징그러워하고 꺼리던 때였다.

그런 중에 다시 전세가 기울어 후퇴가 시작되자 어머니는 우선 만삭의 며느리와 손자를 친정으로 보냈다. 어머니가 끝까지 남아 있으려는 건 오빠가 혹시 돌아올까 해서였던 건 말할 것도 없다. 의용군 갔다가 도망쳐 오는 젊은이도 꽤 있어서 기대를 걸어볼 만했고 만약 도망을 못 치면 인민군이 돼서라도 돌아올 것만 어머니는 믿었다. 어머니에겐 아들이 살았느냐 죽었느냐가 문제지 빨갱이냐 흰둥이냐는 문제가 아니었다.

어느 날, 기적처럼 아니 흉몽처럼 오빠가 돌아왔다. 그렇게 믿고 기다리던 어머니까지도 감히 오빠를 반기지 못했다. 헐벗고 굶주려 몰골이 흉한 것까지는 예상한 대로였지만 그때 오빠는 이미 속속들이 망가져 있었다. 눈은 잠시도 한군데 머무르지 못하고 희번덕댔고, 심한 불면증으로 몸은 수척했고 피해망상으로 하루에도 몇 번씩 깜짝깜짝 놀라고 사람을 두려워해 가족들한테도 전혀 친밀감을 나타낼 줄 몰랐고 집에 없는 처자식을 궁금해하거나 보고 싶어 할 줄도 몰랐다. 그동안 무슨 일이 그를 그토록 망가뜨렸는지 알아낼 수는 없었다. 그는 문을 꼭 잠그고 그 안에서 두려움에 떠는 심약한 집 보는 어린이처럼 자기를 단단히 폐쇄하고 외부의 모든 것을 배척하려 하고 있었다.

설상가상으로 전세는 더욱 불리해져서 서울을 비우고 모든 사람들이 남쪽으로 남쪽으로 내려가야만 했다. 여름의 실수를 되풀이하지 않기 위해 정부는 미리미리부터 서울의 위기를 예고하고 피란의 편의를 봐주었고 시민 역시 다시 적 치하를 겪느니 죽는 게 낫다 싶은 비장한 각오로 남부여대 엄동설한에 집을 나섰다.

오빠의 다 망가진 정신도 피란에만은 적극적이었다. 어서 가자고 조바심이 대단했다. 오빠의 정신력 중에서 마지막까지 남아 있는 건 오로지 빨갱이를 피해야겠다는 생각 하나뿐이었다. 그 몸과 그 몰골로 탈출을 하고 격전지를 돌파할 수 있었던 것도 그 힘에 의하지 않고는 불가능했을 것이다.

그러나 오빠에겐 시민증이 없었다. 젊은 남자가 시민증 없인 피란은커녕 잠깐의 외출도 어려울 만큼 그 단속은 날로 심해졌다. 피란민 중에 패잔병이나 간첩이 섞여 있을 가능성 때문이었다. 시민증을 내기 위해선 우선 신청서에 이웃에 사는 두 사람의 보증을 받아야 하는데 아무도 오빠의 보증을 서주려 들지 않았다. 어머니가 아무리 애걸해도 이웃 인심은 냉담했다. 경찰서에 가서 직접 심사를 받고 시민증을 내는 절차를 밟으라는 거였다. 빨갱이가 아니면 그 절차를 겁낼 까닭이 없지 않겠느냐는 말은 지당했다. 오빠가 돌아오기 전 우리 세 식구가 시민증을 낼 때도 물론 이웃 사람들은 도장을 안 찍어줘서 경찰서에 몇 번씩 불려 다니고 나서 맨 나중에 그걸 교부받을 수 있었으니까.

그러나 오빠의 경우는 그게 난처했다. 경찰서 소리만 해도 그는 안색이 단박 바래면서 덜덜 떨었다. 피란도 못 가고 생전 집 밖에 못 나가도 좋으니 경찰서에 제 발로 걸어 들어갈 순 없다는 거였다. 그러다가도 피란 갑시다, 앉아서 또 당할 순 없어요, 피란 갑시다, 이렇게 잠꼬대처럼 얼픈 소리로 중얼대면서 안절부절을 못했다. 그럼 이판사판이니 시민증 없이 그냥 피란길에 나서 보자고 하면 스파이로 몰려 누구 총살당하는 걸 보고 싶으냐고 그 초점 없는 눈을 희번덕댔다.

식구들을 이럴 수도 저럴 수도 없이 만들면서 오빠가 바라는 건 자기는 가만히 앉았고, 식구들이 무슨 수를 써서든지 그걸 입수해다 주는 거였다.

"어머니 다 팔아요. 집이고 세간이고 다 팔면 그까짓 시민증 하나 못 살라구요. 그까짓 거 애꼈다 뭐 하려고 안 팔아요."

이런 터무니없는 응석으로 어머니의 피눈물을 흘리게 하는가 하면 나한테까지 못할 소리를 마구 해댔다.

"야아, 너 빽 있는 놈 하나 물어서 이 오빠 좀 살려주면 안 되니? 누이 좋다는 게 뭐냐?"

이런 창피스러운 억지가 실은 오빠의 망가진 정신의 마지막 경련이었다. 서울을 포기하겠으니 남은 시민들은 질서 있게 피란을 하라는 마지막 후퇴령이 내린 날, 우리 세 식구도 피란짐을 이고 지고 덮어놓고 집을 나섰다. 그래도 혹시나 하고 끝까지 남아 있다가 그제서야 떠나는 이웃도 있어 그들에게나마 우리도 피란을 가는 것을 보여주지 않으면 훗날 또다시 빨갱이로 몰릴까봐 겁도 났지만 그 집에서 또다시 빨갱이 세상을 맞기는 더 무서웠다. 의용군에서 도망친 건 보통 전향하곤 달라서 극형까지도 각오해야 될 것 같았다. 그때 우리 식구의 사고나 행동은 오로지 빨갱이냐 아니냐 하는 문제에 의해 지배당하고 있었다.

노도처럼 남으로 밀리는 피란 행렬에 끼었으면서도 검문을 피하느라 도심을 몇 바퀴 배회한 데 지나지 않았고, 오빠는 검문이 있을 만한 곳을 더듬이처럼 예민한 감촉으로 예감하고 재빠르게 피하는 능력 빼고는 아무런 생각도 의지도 없는 폐인처럼 돼 있었다. 나는 이런 오빠가 짐스러운 나머지 혼자 도망칠 기회만 엿보고 있었다. 그때 어머니가 말했다.

"얘들아, 우리 현저동으로 가자꾸나."

어머니로부터 현저동 소리를 듣자, 나는 마치 오랜 방탕 끝에 고향으로 돌아가기로 결심한 탕아처럼 겸손하고 유순해졌다. 번들거리는 불안한 빛을 빼면 텅 빈 오빠의 눈에도 일순 기쁨 같은 게 어렸다.

"그 처녑 속처럼 구질구질한 동네는 우리가 숨어 지내기 알맞을 거다."

어머니는 이제 마음이 놓이는지 편안한 목소리로 이렇게 덧붙였다. 처녑 속처럼 구질구질하다는 어머니의 표현이 경멸보다는 그리움으로 다가오고 있었다.

"그 동네도 텅 비었겠지. 아무 집에서나 숨어 지내다가 우리 국군이 돌아오거든 우리 집으로 가자꾸나. 내 생전에 이렇게 사람이 무서워보기도 처음인가 보다. 내 마음이 고약한지 세상 인심이 고약한지. 그렇지만 그 동네 사람은 한두 사람 만난대도 덜 무서울 것 같다. 워낙 진국들이니까."

 내로라고 뽐내는 사람들의 인심에 초개처럼 농락당하고 상처받은 우리는 처음 서울 와서 가장 고난의 시절을 보냈던 빈촌에 아직도 남아 있는 고전적인 가난과 진국스러운 인심을 생각하고 마치 구원의 실마리를 찾아낸 것처럼 마음이 밝아지고 있었다. 오빠의 망가진 정신이 어쩌면 치유될지 모른다는 희망까지 생겼다. 우리는 마치 귀향처럼 아니, 크고 너그러운 품으로의 귀의(歸依)처럼 조용한 희열에 넘쳐 허위단심 현저동 꼭대기를 기어올랐다. 골목마다 낯익고 정다워서 우리를 감싸 안는 듯했다. 작전상 후퇴의 마지막 날 저녁나절이라 동네는 움직이는 거라곤 개미 새끼 한 마리 못 만나게 완전히 비어 있었다. 내려다본 시가지도 불빛 하나 없이 황혼에 잠긴 게 갯벌처럼 공허해 보였다. 어머니가 나직하게 한숨을 쉬며 속삭였다.

 "빨갱이란 사람들도 참 딱한 사람들이지. 여기 사는 가난뱅이들 인심도 못 얻고 무슨 명분으로 빨갱이 정치를 할 셈인고."

 어머니가 그때까지 알고 지낸 몇 집을 찾아갔으나 물론 다 비어 있었다. 우리는 그중에 우물이 있는 집을 골라 문을 따고 들어갔다. 집이 허술하니까 문도 수월하게 딸 수가 있었다. 모든 집이 비어 있어서 어차피 무단 침입할 바엔 좀 더 나은 집을 차지할 수도 있었지만 어머니는 어디까지나 나중에 사과하고 신세를 갚는 걸 전제로 하려 했기 때문에 아는 집 중에서 골라잡을 수밖에 없었다.

 그 후 며칠 동안 우린 사람이라곤 못 만났고 세상이 바뀐 건지 안 바뀐 건지 알아낼 수도 없었다. 우린 한 달 가량의 양식을 가지고 있었고 그 집엔 잡곡과 김장김치와 장작과 우물이 있었다. 우린 그 생활에 만족했다. 오빠가 먼 길을 도망쳐 오며 꿈꾸던 것도 바로 그런 만족한 생활이 아니었을까? 나는 문득 생각하곤 했다. 무엇보다도 자기가 어떠어떠한 사람이라는 걸 나타내보이려고 말씨나 행동을 꾸밀 필요가 없다는 게 오빠의 치유에 도움이 되리라는 희망이 생겼다. 벌써 조금씩이나마 그런 조짐이 보이고 있었다. 오빠는 남쪽 친정에 가서 몸을 푼 아내와 아들에 대해 비록 불확실하게나마 염려하고 궁금해하는 눈치를 보일 때가 가끔 있었다. 여지껏 없던 일이었다. 우선 가장 가까운 사람을 향한 마음으로부터 열릴 가능성이 뵈는 것 같아 반가웠다.

우린 우리의 완벽한 은신을 감지덕지할 줄만 알았지 그 허점을 모르고 있었다. 어느 날 우리는 흰 홑이불을 망토처럼 뒤집어쓴 일단의 인민군에 의해 발각되었다. 그들은 서대문 형무소에 주둔하고 있는데 거기서 산동네를 쳐다보면 매일 아침저녁 굴뚝으로 연기가 오르는 집이 몇 집 있더라는 것이었다. 연기 나는 집을 하나하나 다 뒤져봐도 재수 없게 다 죽게 된 늙은이 아니면 병자가 고작이더니 이 집엔 웬 젊은 여자가 다 있냐고 마침 문을 열어준 나를 호시탐탐 노려보았다.

"네 그러문요. 이 집엔 여자들만 산다니까요. 찾아보실 것도 없다니까요."

어머니가 급히 뒤따라 나오면서 안 해도 될 소리를 두서없이 지껄였다. 그들이 어머니를 밀치고 안으로 들어갔다.

"동무도 여자요?"

앞장선 군관이 싸늘하게 웃으면서 오빠에게 물었다. 인민군을 본 오빠가 갑자기 실어증에 걸렸는지 으, 으, 으, 하고 신음할 뿐 뜻이 통하는 소리는 한마디도 못했다.

"갸안 여자는 아니지만서두 병신이에요. 사람값에 못 가는 병신이니까 여자만도 못하죠. 웬수죠. 병신자식은 평생 웬수죠."

어머니의 얼굴에 공포와 비굴이 처참하게 엇갈렸다. 어머니가 그렇게까지 강조할 것도 없이 오빠는 누가 보기에도 성한 사람은 아니었다. 우락부락 거친 그들과 비교되어 더욱 그랬다. 몸은 파리하게 여위고 눈은 공허하고 입에선 알아들을 수 없는 외마디 소리가 새어 나올 뿐이었다. 어머니가 병신자식이라는 걸 너무 강조하지 말았으면 좋았을 것을.

그 후 그들은 겨끔내기로 자주 우리 집에 드나들었다. 그중엔 보위부 군관도 있었는데 오빠에 대해 뭔가를 눈치 채고 있는 것 같았다. 우리들하고 천연덕스럽게 고향 얘기나 처자식 얘기를 하다가도 갑자기 오빠를 노려보면서 딴사람같이 카랑카랑한 목소리로 동무 혹시 인민군대에서 도주하지 않았소? 한다든가 동무, 혹시 국방군에서 낙오한 게 아니오? 하면 간이 콩알만큼 오그라들었다. 그러나 오빠는 그들만 나타나면 사색이 되어 떠는 중이 그런 소리로 더해지거나 덜해지지 않았고, 인민군복을 보자마자 새로 생긴 실어증도 끝내 그대로여서 병신노릇에 빈틈이 없었다. 문제는 우리였는데 우리도 오빠가 병신이 된 걸 연기로서가 아니라 실제로 받아들이고 있었다. 슬프고 원통한 일이었지만 오빠가 치유될 가망성은 없어 보였다.

그러나 그 보위부 군관은 남달리 집요한 데가 있었다. 위협도 하고 회유도 하고 때론 애원까지 하면서 진상을 알고 싶어했다.

"어머니, 어머니를 보면 딱해 죽갔어. 아들 하나가 어쩌다 저 꼴이 됐을까? 그렇지만 배 안의 병신은 아니지? 그치? 배 안의 병신만 아니면 고칠 수 있어. 우리 북반부 의술은 세계적이거든. 그러고도 가난한 사람

우선이야. 내가 얼마든지 좋은 의사 보내줄 수 있으니까 바른대로만 말해. 언제부터 왜 저렇게 됐나?"

자주 드나들면서 언제부터인지 우리 어머니를 어머니라고 부르면서 이렇게 응석 섞인 반말지거리까지 했다. 차고 모질게 굴 때보다도 그럴 때의 보위 군관이 우리 모녀는 가장 싫고 무서웠다. 그럴 때는 어머니도 벌벌 떨면서 횡설수설하기가 일쑤여서 곁에서 지켜보는 나를 불안하게 했다. 그러나 그가 돌아가면 어머니는 눈을 찡긋하면서 일부러 그랬다고 말해서 나를 어이없게 했다.

사람이 살기 위해선 못 익숙해질 게 없었다. 독사와 더불어 춤을 추는 것 같은 섬뜩하고 아슬아슬한 곡예로 하루하루를 넘겼다.

다시 포성이 가까워지고 그들의 눈에 핏발이 서기 시작했다. 어머니는 앉으나 서나 그들이 곱게 물러가기만을 축수했다.

"그저 내 자식 해코저만 마소서. 불쌍한 내 자식 해코저만 마소서."

마침내 보위 군관이 작별하러 왔다. 그의 작별 방법은 특이했다.

"내가 동무들같이 간사한 무리들한테 끝까지 속을 것 같소. 지금이라도 바른대로 대시오. 이래도 바른 소리를 못하겠소?"

그가 허리에 찬 권총을 빼 오빠에게 겨누며 말했다.

"안 된다. 안 돼. 이노옴 너도 사람이냐? 이노옴."

어머니가 외마디 소리를 지르며 그의 팔에 매달렸다. 오빠는 으, 으, 으, 으, 짐승 같은 소리로 신음하는 게 고작이었다. 그가 어머니를 획 뿌리쳤다.

"이래도 이래도 바른 말을 안 할 테냐? 이래도."

총성이 울렸다. 다리였다. 오빠는 으, 으, 으, 으, 같은 소리밖에 못 냈다.
"좋다. 이래도 바른 말을 안 할 테냐? 이래도."
또 총성이 울렸다 같은 말과 총성이 서너 번이나 되풀이됐다. 잔혹하게도 그 당장 목숨이 끊어지지 않게 하체만 겨냥하고 쏴댔다.
오빠는 유혈이 낭자한 가운데 기절해 꼬꾸라지고 어머니도 그가 뿌리쳐 나동그라진 자리에서 처절한 외마디 소리만 지르다가 까무라쳤다.
"죽기 전에 바른 말 할 기회를 주기 위해 당장 죽이진 않겠다."
그 후 군관은 다시 나타나지 않았다. 며칠 만에 세상은 또 바뀌었다.
오빠의 총상은 다 치명상이 아니었는데도 며칠 만에 운명했다. 출혈이 심한 데다 적절한 치료를 받을 수가 없었기 때문이다. 그 며칠 동안에도 오빠의 실어증은 회복되지 않았다. 그 며칠 동안의 낭자한 유혈과 하늘에 맺힌 원한을 어찌 잊으랴. 그러나 덮어둘 순 있었다. 나는 남자를 만나 사랑을 하고 자식을 낳아 또 사랑하는 걸로, 어머니는 손자를 거두어 기르며 부처님께 귀의하는 걸로.
마취가 깨어날 때 부린 난동으로 어머니는 어찌나 많은 힘을 소모하였는지 그 후 오랫동안 탈진 상태가 계속됐다. 부피도 무게도 호흡도 없이 불면 날아갈 듯 한 장의 백지장이 되어 누워 있었다. 간혹 문병을 와주는 친척이나 친구 보기에도 도저히 회복될 가망이 없어 보였던지 모두 심각하게 고개를 저었다. 그들 중에는 어머니가 아예 의식이 없는 줄 알고 서슴지 않고 장례 절차 얘기를 하는 이가 있는가 하면 상갓집에 온 줄 착각을 하는지 천수를 누리셨으니 너무 서러워 말라고 우리를 위로하는 이도 있었다. 우리 역시 그런 그들을 말리거나 언짢게 생각하지 않았다. 한두 순갈 유동식을 받아 넘긴다든가 주삿바늘을 찌를 때 찡그리는 것 외엔 어머니에게 의식이 남아 있다는 표시는 참으로 미미했다.
　어느 날, 문병을 와준 내 친구도 이런 어머니를 일별하더니 대뜸 이렇게 말했다.
　"수의는 장만해놨니?"
　"아니, 뭐 그런 끔쩍한 걸 미리 장만을 하니?"
　"얘 좀 봐, 그럼 묘지는?"
　"묘지? 그런 것도 미리 장만하는 거니?"
　"얘 좀 봐, 그것도 안 해놨구나. 넌 하여튼 알아줘야 해."
　"뭘?"
　"너 나이롱 딸인 거 말야."
　"나이롱 딸?"
　"그래 나이롱 딸, 이런 엉터리. 아들도 없는데 딸까지 이런 순 엉터리니……."
　나는 내가 나일론에다 엉터리인 건 상관없었지만 어머니를 위해선 좀 안된 것 같아 변명할 마음이 생겼다.
　"우린 고향에 선영이 있지 않니?"
　"느이 고향이 어딘데?"
　"몰라서 묻니? 개성 쪽, 개풍군이야."
　"거기 있는 선영이 무슨 소용이 있어?"
　"그래도."
　"그래도라니? 변명치곤 너무 구차스럽다 얘. 이북에 두고 온 논밭 저당 잡고 돈도 꿔달랠라."
　입이 험한 친구는 사정없이 나를 몰아세웠다.

"그게 아니라 일종의 묵계 같은 거지. 어머니는 비록 살아생전에 못 가셨더라도 돌아가신 후에만은 선영에 아버님 곁에 누우시길 바라실 거 아니니? 말씀은 안 하셔도 속으로 간절히 바라시는 걸 빤히 알면서 어떻게 딴 데다 묘지를 사놓니? 그야 막상 돌아가시면 문제가 달라지겠지? 그때 가서 묘지를 사도 늦을 거 없잖아. 묘지란 어차피 사후의 집이니까."

이때 어머니가 눈을 떴다. 백지장 같은 모습과는 딴판으로 또렷하고 생기 있는 눈이어서 친구는 앉은자리에서 에그머니나 비명을 지르며 내 옷소매에 매달렸다.

"효숙 에미 나 좀 보자."

어머니가 정정한 목소리로 나를 곁으로 불렀다.

"네 어머니."

나는 어머니에게로 조심스럽게 다가갔다. 어머니의 손이 내 손을 잡았다. 알맞은 온기와 악력(握力)이 나를 놀라게도 서럽게도 했다.

"나 죽거든 행여 묘지 쓰지 말거라."

어머니의 목소리는 평상시처럼 잔잔하고 만만치 않았다.

"네? 다 들으셨군요?"

"그래 마침 듣기 잘했다. 그러잖아도 언제고 꼭 일러두려 했는데. 유언 삼아 일러주는 게니 잘 들어뒀다 어김없이 시행토록 해라. 나 죽거든 내가 느이 오래비한테 해준 것처럼 해다오. 누가 뭐래도 그렇게 해다오. 누가 뭐라든 상관하지 않고 그럴 수 있는 건 너밖에 없기에 부탁하는 거다."

"오빠처럼요?"

"그래, 꼭 그대로, 그걸 설마 잊고 있진 않겠지?"

"잊다니요. 그걸 어떻게 잊을 수가······."

어머니의 손의 악력은 정정했을 때처럼 아니, 나를 끌고 농바위 고개를 넘을 때처럼 강한 줏대와 고집을 느끼게 했다.

오빠의 시신은 처음엔 무악재 고개 너머 벌판의 밭머리에 가매장했다. 행려병사자 취급하듯이 형식과 절차 없는 매장이었지만 무정부 상태의 텅 빈 도시에서 우리 모녀의 가냘픈 힘만으로 그것 이상은 가능한 일이 아니었다.

서울이 수복되고 화장장이 정상화되자마자 어머니는 오빠를 화장할 것을 의논해 왔다. 그때 우리와 합하게 된 올케는 아비 없는 아들들에게 무덤이라도 남겨줘야 한다고 공동묘지로라도 이장할 것을 주장했다. 어머니는 오빠를 죽게 한 것이 자기 죄처럼, 젊어 과부 된 며느리한테 기가 죽어 지냈었는데 그때만은 조금도 양보할 기세가 아니었다. 남편의 임종도 못 보고 과부가 된 것도 억울한데 그 무덤까지 말살하려는 시어머니의 모진 마음이 야속하고 정 떨어졌으련만 그런 기세 속엔 거역할 수 없는 위엄과 비통한 의지가 담겨 있어 종당엔 올케도 순종을 하고 말았다.

오빠의 살은 연기가 되고 뼈는 한 줌의 가루가 되었다. 어머니는 앞장서서 강화로 가는 시외버스 정류장으로 갔다. 우린 묵묵히 뒤따랐다. 강화도에서 내린 어머니는 사람들에게 묻고 물어서 멀리 개풍군 땅이 보이는 바닷가에 섰다. 그리고 지척으로 보이되 갈 수 없는 땅을 향해 그 한 줌의 먼지를 훨훨 날렸다. 개풍군 땅은 우리 가족의 선영이 있는 땅이었지만 선영에 못 묻히는 한(恨)을 그런 방법으로 풀고 있다곤 생각되지 않았다. 어머니의 모습엔 운명에 순종하고 한을 지그시 품고 삭이는 약하고 다소곳한 여자 티는 조금도 없었다. 방금 출전하려는 용사처럼 씩씩하고 도전적이었다.

어머니는 한 줌의 먼지와 바람으로써 너무도 엄청난 것과의 싸움을 시도하고 있었다. 어머니에게 그 한 줌의 먼지와 바람은 결코 미약한 게 아니었다. 그야말로 어머니를 짓밟고 모든 것을 빼앗아 간, 어머니가 도저히 이해할 수 없는 분단(分斷)이란 괴물을 홀로 거역할 수 있는 유일한 수단이었다.

어머니는 나더러 그때 그 자리에서 또 그 짓을 하란다. 이젠 자기가 몸소 그 먼지와 바람이 될 테니 나더러 그 짓을 하란다. 그 후 삼십 년이란 세월이 흘렀건만 그 괴물을 무화(無化)시키는 길은 정녕 그 짓밖에 없는가?

"너한테 미안하구나, 그렇지만 부탁한다."

어머니도 그 짓밖에 물려줄 수 없는 게 진정으로 미안한 양 표정이 애달프게 이지러졌다.

아아, 나는 그 짓을 또 한 번 할 수밖에 없을 것 같다.

어머니는 아직도 투병중이시다.

꿈꾸는 인큐베이터

제38회 현대문학상 수상작

동생의 전화 목소리는 속사포처럼 빨랐다. 충분히 상냥했고 응석이 깔려 있었음에도 불구하고 대답할 틈을 전혀 주지 않았기 때문인지 명령조로 들렸다.
　"그럼 언니 부탁해, 어머머 큰일났다. 오늘 직원조횐데 또 교장 눈총 맞으면서 들어가게 생겼네. 언니 지금 통탄통탄하고 있지? 날 옆으로 끌어들인 거 말야. 그렇지만 때는 이미 늦었수. 우리 언니의 요 꿀맛을 안 이상 악착같이 붙어다닐 테니까. 약올르지롱."
　제 할 소리 다하고 농지거리까지 하고 나서 가타부타 이쪽의 사정 따위는 들을 척도 안 하고 전화는 찰카닥 끊겼다. 동생의 용건은 제 자식 슬기 유치원에서 재롱잔치가 오늘 오후에 있는데 학기말 성적 처리 때문에 도저히 그 시간에 빠져나올 수가 없으니 나더러 대신 가달라는 거였다.

동생은 여자고등학교 가정선생이었다. 가정이 살림솜씨를 가르치는 과목은 아니라고 해도 동생이 가정선생이라는 건 웃기는 일이었다. 살림에는 솜씨도 뜻도 없이 다만 최소한으로 하는 거 하나가 주특기였다. 잘 기르기 위해 하나만 낳겠다고 공언하고 외아들 슬기를 놓은 후에도 학교를 안 그만두었다. 산전 산후 휴가 동안에 비로소 전업주부가 되는 일에 대해 진지하게 생각해보았는데 도저히 그럴 수가 없다는 걸 알고 깜짝 놀랐다고 했다. 그때부터 내가 동생의 가정선생 노릇을 하지 않을 수가 없었다. 파출부를 고용할 때 면접하는 일로부터 임금 협상, 길들이기 등을 뒤에서 코치했고, 우리 장볼 때 동생네 것도 같이 봐가지고 가 파출부에게 요리실습까지 해보였고, 아기 옷이나 기저귀 빨래에 비누기가 남아 있지 않나 의혹의 눈초리를 번득이기도 했다. 같은 강남이긴 해도 그닥 가깝다고는 할 수 없는 두 집 사이를 오가며 일주일에 적어도 한두 번씩은 그 짓을 할 수 있었던 것은 순수 운전할 수 있는 내 차 덕도 컸다. 그러나 파출부한테 아무리 공을 들여봤댔자 직업의식을 기대하기는 어려워서 예고없이 안 올 적이 종종 있었다. 그런 날은 비가 오든 눈이 오든 어린 것을 포대기에 싸갖고 달려들어 짐 부리듯이 현관에다 동댕이를 치고 총총히 출근을 했다. 동생도 동생의 남편도 각각 제 차를 가지고 있어서 기동성은 그만이었고, 동생의 남편이 혼자서 어린 것을 싣고 올 적도 있었다. 그럴 때는 내 쪽에서 되레 동생 남편의 눈치가 보여 싫은 내색은 커녕 보물단지처럼 반색을 하며 안아들어야 했다. 더욱 난처한 것은 워낙 칠칠치 못한 동생인지라 젖먹이가 이동하려면 반드시 안동해야 할 잡다한 물품 중 한두 가지는 으레 빠져 있는 거였다. 그럴 때는 참을 수 없도록 울화가 치밀어 다시는 받지를 안 할 것처럼 푸념을 하다가도 짐짝처럼 끌려다니는 어린 것이 안쓰러워 마음을 풀곤 했다. 잔손 갈 나이는 지났다고 해도 내 자식도 셋이나 되었다. 남편이나 아이들이 나의 이런 동생네 치다꺼리를, 유별나게 아기를 좋아해서 사서 하는 고생쯤으로 밉지 않게 봐주는 게 그나마 다행이었다. 동생은 우리 식구들한테 얌체라는 별명으로 통할 만큼 나한테 신세진 것에 대해 미안해하는 기색이 조금도 없었다. 온종일 뼛골 빠지게 애를 봐주고 나서도 좋은 소리 듣기를 기대하긴 어려웠다. 맡겼던 보물단지를 찾아가기 전에 혹시라도 없어진 거나 달라진 게 없나 점검하듯이 아이를 이리저리 살펴보고 안아보고, 냄새까지 맡아보고 나서 하루 동안에 홀쭉하고 꾀죄죄했겠다는 소리나 하기 십상이었다. 어쩜 저럴 수가 있을까? 나는 기가 막혔지만 드러내놓고 탄한 적은 없었다. 세대차에서 오는 이질감이 흔히 그렇듯이 단지 내가 그렇게 할 수 없다는 이유 하나만으로 동생이 하는 짓을 미워해지지가 않았다. 숫제 우리 아파트 단지로 이사를 오면 어떻겠느냐는 말을 먼저 꺼낸 것도 나였다. 그렇게 되면 동생이 나한테 더 기대게 될 건 뻔했지만 이사가 그렇게 쉬울 줄은 몰랐기 때문에 그냥 해본 소리일 수도 있었다. 그러나 동생은 내 쪽에서 먼저 그런 말이 나온 걸 기화로 마치 나를 위해서 이사를 하는 것처럼 생색까지 내가며 제까닥 제 집을 팔아버렸고, 우리 동네에 새 집을 구하는 건 나만 믿고 걱정도 안 했다. 집값이 뛸 때라 어물어물하다가 동생네 집 날리는 꼴 보게 될까봐 나 혼자 후끈 달아서 옆동에 마땅한 집이 나는 즉시 계약을 했다. 동생은 잔신경 쓰는 일은 질색인 반면 되레 이사처럼 큰일은 힘 안 들이고 휘딱 잘도 해치웠다. 한 단지 내에 붙어 살게 되고 동생네가 편해진 건 말할 것도 없지만, 나는 더 자주 불려가거나 아이를 떠맡게 되어, 내가 자초한 일에 비명을 올린 적도 부지기수였다.

첫돌을 바라볼 때 이사온 녀석이 내년이면 학교 갈 나이가 되었으니 다 기른 셈이었다. 동생은 얌체답게 그동안 나한테 진 태산 같은 신세를 고작 우리 언니 맛이 꿀맛 따위 식의 경박한 표현밖에 못했지만 그 정도라도 생각해주는 건 그래도 양호한 편이었다. 언니 곁으로 이사오고 나서 팔자가 늘어지다 보니 허리 치수가 해마다 일인치씩 늘어난다는 투정을 더 자주 들었다. 내가 단지 어린애를 좋아해서 그 낯 안 나는 치다꺼리를 하고 있다고 여기는 우리 식구들의 생각은 실은 맞지 않았다. 한 치 건너 두 치라고 조카보다는 얌체짓까지도 감싸주고 싶은 동생에 대한 애정 때문일 것이다. 아니다. 그것도 아니다. 애정 따위하곤 다르다. 동생이 때때로 내 생활을 훼방놓아주기를 나는 바라고 있는 것이다. 그것도 사뭇 열정적으로.

그런 생각 때문에 유치원 문턱까지 와서야 중요한 걸 빠뜨리고 온 생각이 났다. 동생은 슬기가 출연하는 연극을 포함해서 중요한 장면들을 비디오로 찍어달라고 했다. 엄마가 안 와서 섭섭했을 아이에게 엄마하고 다시 한 번 재롱잔치를 볼 수 있다는 건 크나큰 위로가 될 터였다. 비디오카메라는 우리 집밖에 없었지만 그것을 요긴하게 쓰는 건 주로 동생네였다. 일본 갔다올 때 그걸 사온 남편도 남이 가진 것은 일단은 다 갖추고 봐야 한다는 소유욕 때문이지 그 방면에 취미가 있어서 장만한 건 아니었다. 놀러도 잘 다니고 아이 하는 짓도 한창 예쁠 때라 그렇겠지만, 그걸 쓸 일은 우리보다 동생네한테 더 자주 생겼다. 그러나 툭하면 빌려다가 뭘 그렇게 찍어대는지는 알 바가 아니었다. 찍은 걸 동생도 보여주려들지 않았고 나도 보고 싶어하지 않았다. 그렇게 제 뒷바라지를 시켜

먹고도 동생은 이런 내 성격을 차갑다고 비난했지만 옆에서 신물이 나게 보는 사람의 일상적인 행동을 화면에서 다시 보는 일이 뭐 그리 재미있을까. 자기자신이나 가족의 모습이라 해도 크게 다를 바가 없었다. 나 보기엔 그걸 재미있어 하는 사람이 되레 이상했다. 영화나 텔레비전 연속극 따위를 좋아하는 건 나도 보통사람과 다를 바 없지만 그건 하늘의 별처럼 아득하게 빛나는 사람들이 내가 이룰 수 없는 세계를 펼쳐 보여주기 때문이다. 즉 현실이 아니기 때문이다.

서둘러 집으로 돌쳐와서 아무리 찾아도 비디오카메라는 온데간데가 없었다. 동생의 신신당부가 아니더라도 이번만은 나도 비디오로 찍는 일을 대수롭지 않게 여길 수가 없었다. 슬기는 연극의 주연이라지 않나. 주연이 아니더라도 연극에 출연한다는 것은 자기가 자기 아닌 남이 돼보는 일이다. 빨리 찾아야 한다는 조바심은 이상하게도 절대로 못 찾을 거 같은 절망감하고 붙어다녔다. 종종 있는 일이었다. 뭘 찾다찾다 안 나오면 어느 순간 뭘 찾고 있었는지조차 생각나지 않게 되면서 모든 생각이 정지되는 일종의 치매현상이 올 적도 있었다. 남편은 나의 그런 상태를 갱년기 현상이라고 별명짓고 즐거워하는 것 같았다. 나는 군더더기 없는 갓 마흔이었다. 동갑내기 동창 중엔 늦둥이를 임신 중이어서 우리 모두를 기대에 부풀게 하는 친구도 있는데 갱년기 현상이라니 말도 안 되는 소리였다. 그러나 지금도 그 증상이 올까봐 미리 두려워하는 마음 때문에 손끝을 가늘게 떨고 있었다. 비디오카메라를 귀중품 취급해서가 아니었다. 외출하려는데 열쇠가 없다든가, 한참 바쁜 등교시간에 빨아서 챙겨놓은 중학생 딸의 덧신이 안 보일 때도 그런 증상이 왔다. 마치 이 세상이 끝장나버릴 것처럼 눈앞의 사물뿐 아니라 머릿속의 생각까지 가물

가물 무화(無化)돼가는 느낌은 아주 고약했다. 이 세상 마지막 느낌이 고작 공포와 절망이라니. 이렇게 내가 뭘 못 찾아 우두망찰을 하고 있는 걸 남편한테 들키면 사정은 더 나빠졌다. 그는 매우 부드럽고 침착하게 굴었다.

"여봐 그렇게 덮어놓고 서둘지만 말고 차근차근 생각을 정리하라고. 자아 차근차근. 그래 그렇게 심호흡을 하고 나서 지금 현재 그게 어디 있을까 하는 생각은 일단 잊어버려요. 그까짓 건 당신 털끝 하나만도 못한 거니까. 그리고 나서 편안한 마음으로 그 물건을 마지막 보았을 때나 마지막 사용했을 때 상황을 떠올리는 거야. 옳지 옳지 그렇게."

남편의 친절한 인도로 나는 어제 딸의 덧신을 누가 빨았나부터 생각하기 시작한다. 어제는 파출부 아줌마가 오는 날이니까, 그녀가 빨았겠구나. 그녀는 베란다 장독 언저리에다 신발 빤 걸 너는 버릇이 있지. 아 참, 저녁때 화초에 물을 주다가 덧신이 덜 마른 걸 보고 욕실 스팀 위로 옮겨 놓았었지, 하는 데까지 더듬어 올라가면 현관 신장과 딸의 방 책상 언저리만 뱅뱅 돌던 행동반경을 비로소 벗어난다. 물론 바삭하게 마른 덧신은 스팀 위에 가지런히 놓여 있다. 이렇게 남편의 도움으로 곤경에서 벗어날 수 있었음에도 불구하고 나는 남편이 사정을 더욱 악화시켰다고 생각하는 버릇이 있었다. 그럴 때의 남편은 꼭 즈이 어머니한테 하듯이 나에게 대했다. 그가 어머니를 대할 때 가면처럼 뒤집어쓰는, 과장되고 위선적인 친절과 공손을 나한테까지 써먹으려 드는데 내가 어떻게 구역질이 안 나겠는가. 그래도 결국은 남편한테 배운 방법으로 카메라의 행방을 소급해 올라가 동생네가 빌려간 걸 아직 돌려받지 못했다는 데까지 생각이 미치게 되었다. 동생네로 뛰어가서 좀 모자라는 듯하여 붙박이로 오래 붙어 있는 아줌마하고 한동안 온 집안을 들쑤셩거려 그놈의 카메라를 찾아낼 수가 있었다.

그럭저럭 반시간은 넘어 지체를 한 모양이다. 재롱잔치가 시작된 지도 아마 그쯤은 되었으리라. 슬기가 다니는 유치원은 이 동네뿐 아니라 강남 일대에서도 시설 좋고 잘 가르치기로 소문난 데였다. 원아를 끌려고 전단을 돌리고 가정방문까지 하는 군소 유치원하곤 달라서 선착순으로 뽑는 정원 안에 들기 위해 새벽부터 줄을 서야 하는 게 그 유치원의 자랑스러운 전통이었다. 무얼 어떻게 잘 가르친다는 건지 그 실속보다는 줄을 서야 한다는 소문 때문에 자꾸만 더 유명해져서, 내년에는 필경 그 전날 밤부터 유치원 문간에서 오리털 이불을 뒤집어쓰고 새지 않으면 뽑히기 어려울 거라고들 했다. 이 년 전 슬기가 들어갈 때만 해도 새벽 네시가 다섯신가에 지금 있는 아줌마를 대신 내보내 줄을 서게 함으로써 겨우 선착순에 들 수가 있었는데 이 년 전이 옛날이지 뭐유, 하며 동생이 다행스러워하는 소리를 몇 번인가 들은 적이 있다. 시간에도 가속이 붙는 걸까. 스쳐 지나간 시간들이 너무 빨리 옛날이 된다.

이름난 유치원답게 마당의 정원수 중 추위를 타는 나무들이 벌써 짚으로 맵시있게 월동 준비를 하고 칙칙한 상록수와 늠름한 낙엽수 사이에 서 있는 게 밍크코트를 입은 귀부인처럼 품위가 있다. 양지 바른 곳을 차지한 놀이터의 놀이기구들도 목제로 돼 있어서 친밀감을 주면서도 어느 한 군데 허술한 데 없이 견고해 보였다. 나는 서울대학 학부모라도 된 것처럼 한껏 으스대는 마음으로 거만하게 마당을 가로질러 아담한 단층건물로 다가갔다. 투명한 유리창을 가린 커튼의 동화적인 무늬가 문득 병원 신생아실을 연상시켜 나는 가슴이 울렁거렸다. 그러나 어물어물하진 않았다. 학교로 치면 대강당에 해당하는 넓은 홀엔 학부모들이 발 디딜 틈 없이 꽉 들어차 있었고, 무대에선 여자아이하고 남자아이가 짝을 지어 포크댄스를 추고 있었다. 무대 옆 벽엔 재롱잔치 순서가 붙어 있었다. 슬기가 주인공으로 출연한다는 동극이 그 다음 차례인 걸 확인하고 나는 안도의 숨을 쉬었다. 비디오카메라 때문에 늦으면서도 그걸 가져오는 게 유난스러워 보일까봐 쭈뼛쭈뼛하는 마음이었는데 적어도 이런 유치원에 자식 보내는 집치고 그거 안 가진 집은 없는 것 같았다. 무대 앞은 포크댄스를 찍으려는 엄마들이 출연하는 아이들 수효보다 더 여럿이 붐비고 있었다. 손잡고 춤추던 아이들 중 한 쌍이 별안간 싸우기 시작했다. 누가 먼저랄 것도 없이 멱살을 잡더니 엎치락뒤치락 레슬링으로 변했다. 음악은 그대로 이어졌지만 춤판은 그냥 추는 아이와 레슬링을 구경하는 아이들로 갈라졌다. 그냥 춤을 추는 아이들도 마음은 싸움구경에 가 있다는 게 눈에 보였다. 순식간의 일이었다. 선생님이 무대로 뛰어오르고, 싸우는 애의 가족인 듯싶은 사람들로 가세해서 아이들을 뜯어말렸다. 관람석이 시끌시끌한 웃음판이 되었다. 안 되겠다 싶었는지 음악이 멎고 아이들도 깔깔대며 무대 뒤로 사라졌다.

"사내녀석끼리 짝을 지어놓으면 저렇다니까."

"그럼 어떡해요? 여자애가 모자라는 걸."

"하필 포크댄스를 할 게 뭐람. 짝이 안 맞는 걸 번연히 알면서."

이런 수군댐으로 미루어 남자끼리 짝이 된 아이들이 춤을 추다 말고 싸움이 붙은 모양이었다. 선생님들이 무대 뒤에서 뭘 어떻게 수습했는지 포크댄스는 다시 계속됐다. 싸움이 붙은 쌍만 아니라 남자끼리 짝지어진 쌍은 다 제외시킨 듯했다. 아이들이 허룩하게 줄었다는 걸 알 수가 있었다. 포크댄스보다는 싸움구경이 훨씬 재미있었기 때문에 무대나 관람석이나 다같이 시큰둥 열없어졌다. 다음이 슬기가 출연하는 연극 차례였다. 일곱 마리의 새끼 염소와 늑대 이야기였다. 동생이 주연이라고 뽐낸 슬기의 배역은 늑대였다. 올해 졸업하는 세 반 중 한 반이 총출연하는지라 억지로 만든 배역도 많았다. 토끼나 황새로 분장하고 염소 일가가 겪는 수난을 구경만 하는 배역도 여럿 되었으니까 늑대쯤 되면 중요한 배역이었다. 슬기가 몸이 큰 것도 늑대 역할에 맞았다. 털이 북실북실한 천을 두르고 갈고리처럼 험악하게 생긴 발톱이 달린 커다란 신을 신은 슬기는 다른 아이들보다 곱절은 더 큰 것 같았다. 험악하게 꾸몄는데도 내 조카라 그런지 엉성하고 우스꽝스러워 보였다. 나는 얼른 케이스에서 비디오카메라를 꺼내면서 찍기 좋은 자리를 찾으려고 이리저리 사람들 사이를 비집고 앞으로 나갔다. 그러나 막상 카메라를 들이대고 보니 눈앞이 깜깜했다. 렌즈가 닫혀 있다는 건 알겠는데 어디를 어떻게 돌려야 되는지 눌러야 되는지 도무지 생각이 나지 않았다. 처음 찍어보는 건 아니라 해도 동생네하고 한자리에 있거나 어디 놀러 갔을 때 동생이 찍다 말고 저도 찍히고 싶으면 나한테 넘겨주었고 그럴 때 잠깐잠깐씩 찍어본 게 고작이었다. 마치 관광지에서 지나가는 사람에게 셔터 좀 눌러주세요, 하고 카메라를 넘겨줄 때 위치나 거리뿐 아니라 어떤 것이 셔터라는 것까지 가르쳐주어, 카메라에 대한 지식이 전혀 없는 사람도 찍을 수 있듯이, 주인의식 없이 시키는 대로 만져보았을 뿐이었다.

염소 엄마가 새끼들을 돌아다보고 또 돌아다보면서 무대 뒤로 사라져갔다. 바위 뒤에서 웅크리고 망을 보던 늑대가 나타날 차례였다. 나는 초조하게 요기조기 돌리고 눌러보면서 다시 들여다봤지만 역시 아무것도 안 보였다. 급하게 뭘 찾다가 안 찾아질 때나 다름없이 정신이 지리멸렬해지면서 손끝이 떨려왔다. 여러 사람 앞에 나의 쓸모없음을 드러내 보이고 있다는 마음의 떨림을 보는 것 같았다.

"도와드릴까요."

아주 듣기 좋은 저음이었다. 키가 훌쩍 큰 남자였다. 남자는 웃고 있었지만 비웃는 웃음은 아니었다. 그는 엉거주춤 허리를 굽혀 나하고 같은 눈높이가 되면서 빨간 단추를 살짝 만지고 나서 카메라를 내 눈에다 대주었다.

"이제 보이지요?"

그러나 나는 뭐가 보이나를 확인하기 전에 그를 다시 한번 쳐다보았다. 선량하고 친절한 인상이 마음에 들었다. 바위 뒤에 숨어 있던 늑대가 사방을 휘둘러 보면서 걸어나왔다. 나는 카메라로 늑대를 쫓다 말고 키 큰 남자를 돌아다보면서 물었다.

"그냥 이러고 있으면 찍힙니까?"

남자가 다시 허리를 굽혀 들여다보더니 또 한 군데를 만졌다. 화면의 영문 글자가 스탠바이에서 카메라로 바뀌었다. 바뀌는 걸 보기 전에는 거기 자막이 있다는 것도 모르고 있었다.

"그럼 여지껏 건성으로 들고 있었단 말예요?"

나는 그에게 따지듯 물었다. 그러나 곧 그의 위로하는 듯한 웃음을 따라 웃고 말았다. 그는 나하고 카메라를 번갈아 들여다보면서 이것저것 설명을 하려고 했다. 나는 듣는 척하다가 알아들을 자신이 없다는 표시로 한숨을 쉬면서 어깨를 한번 으쓱했다가 축 늘어뜨려 보였다.

"제가 찍어드려도 되겠습니까?"

그는 내 손에서 스르르 카메라를 넘겨받으면서 물었다. 나는 고개를 끄덕였고, 그는 나에게 들고 있던 서류봉투를 넘겨주었다.
"잘 찍으세요. 늑대가 우리 아이예요. 조카지요."
그가 남의 아이들까지 골고루 찍을까봐 나는 이렇게 영악한 소리로 못을 박았다. 그는 엄마들이 붐비는 앞자리에서 되레 뒤쪽으로 물러나 적당한 자리를 잡았다. 그렇게 하는 게 그의 큰 키에 어울렸지만 나는 혹시나 그가 카메라를 노리는 좀도둑일지도 모른다고 의심하는 마음이 생겨 자꾸 고개를 비틀고 돌아다봐야만 했다. 또한 아이들의 연기가 웃음을 자아낼 때도 저런 장면을 잘 찍어야 된다는 뜻으로 그를 돌아다보았다. 그럴 땐 그도 나를 흘긋 보았다. 그렇게 눈길이 마주칠 때마다 기분이 좋았다. 공감 때문이었다. 아이들의 재롱을 같이 귀여워하고 있다는 단순한 공감의 즐거움이 군중 속에서 고개를 뒤로 튼다는, 다분히 피곤한 일을 조금도 힘 안 들게 했다. 재롱잔치가 끝난 후 그와 나는 자연스럽게 같이 나왔다. 아니, 그건 자연스럽지 않았다. 대부분의 엄마들은 아이하고 같이 가기 위해 또는 선생님의 노고도 치하하며 제 자식 똑똑하단 자랑도 늘어놓기 위해 남아 있었다. 동생도 내가 마땅히 그런 뒤풀이까지 해주려니 하고 있을 터였다. 끝나자마자 나오는 학부모는 거의 없어서 그와 나는 어깨를 나란히 하고 겨울해가 아쉽게 엷어지는 마당을 거닐 듯이 천천히 걸어나왔다. 유치원 정문에서 길 건너가 바로 우리 아파트 단지 후문이었다. 그가 같은 단지에 살지 않는 한 헤어지게 돼 있었다. 그가 어디로 가나 해서 흘긋 쳐다봤을때 그가 황급히 말했다.
"추위 보이시는군요. 어디 가서 차 한 잔 할까요?"
뜻밖의 제안이기도 했지만, 놀란 것처럼 붕 뜬 목소리 때문에 나는 나의 순간적인 눈빛이 갈고리가 되어 그를 낚아챈 것처럼 느꼈다. 내가 내 눈빛에 그렇게 자신이 있었다기보다는 그와 헤어지는 걸 아쉬워하는 마음을 나도 모르게 진하게 드러낸 생각이 나서였다. 짐짓 못 이기는 체 그가 가는 대로 상가 쪽으로 따라갔다. 그러나 꽤 분위기 있는 찻집으로 안내한 건 나였다. 조명과 음향을 은은하게 줄인 찻집에 마주앉자 비로소 이건 내가 안 하던 짓일 뿐 아니라 나에게 너무도 안 어울리는 짓이라는 떨떠름한 낭패감이 왔다. 나는 교활하게도 이렇게 된 건 전적으로 네 책임이라는 듯이, 그러나 네가 어떤 개뼉다귀이든 관심없다는 듯이, 쌀쌀하고 고상한 표정을 꾸몄다.

"조카라고 그러셨던가요? 그 늑대가."

나의 지어먹은 마음에 개의치 않고 그가 소탈하게 말했다.

"예, 동생의 아들이죠. 이웃에 살기도 하지만 동생이 선생이라 제가 가끔 엄마 노릇을 대신할 적이 있답니다."

"우리하고 사정이 비슷하군요. 아직 맞벌이를 하다보니 아이들한테 오늘 같은 일이 생길 때는 장모님이 학부모 노릇을 해주시곤 했는데 요새 마침 효도관광을 떠나신 후라서. 집사람은 내가 유치원에 들른 거 모를 겁니다. 오늘 아침에 즈이 엄마 몰래 아이하고 손가락 걸고 약속을 했거든요. 아빠가 꼭 가봐줄 테니 열심히 하라구요. 아주머니 조카만 주연을 한 줄 아세요? 우리 아이도 주연이었답니다. 딸내미가 여주인공으로 나오는데 아비가 어떻게 안 가보냐고 회사에다가도 큰소리치고 나온걸요."

"직장 가진 엄마들보다 낫네요. 같은 직장 내에서도 확실히 남자가 여자보다 융통성이 있는 것 같아요."

"직장 나름이죠. 잡지사니까 밖에 나올 구실을 만들기가 비교적 쉽다 뿐이죠. 어떻게 맨으로 땡땡이를 칩니까."
 나는 아까 잠시 맡아가지고 있던 서류봉투에서 눈여겨본 꽤 괜찮은 종합지 이름이 생각나 신분이 불확실한 사람을 따라온 건 아니로구나 하는 생각을 했다.
 "주연이면 엄마 염소였겠군요?"
 "아니죠. 그 극의 주연이 어떻게 엄마 염숩니까? 시계 속에 숨어서 혼자 살아남았다가 해피엔드를 만들어내는 막내염소죠."
 "아아, 고 꼬마. 참 예쁘고 당차던데요."
 "뭘요. 역할이 역할이니까 그래 보였던 거죠."
 칭찬 한마디에 제 딸이 주연이라고 핏대를 올릴 때와는 딴판으로 겸손해지는 그가 보기 좋았다.
 "그건 그래요. 제 조카도 덩치만 컸지 계집애한테 맞기만 하는 허풍선이랍니다. 그런 주제에 그 역할을 그렇게 좋아하고 으스댄대요. 나중에야 어찌 됐건 당장 여자애들한테 위협적인 존재가 되는 게 신나나 봐요. 사내 코빼기가 뭔지. 참 몇 남매나 두셨습니까?"
 "남매가 아니라 자매를 두었습니다. 국민학교 일학년짜리하고 오늘 꼬마 염소 노릇 한 녀석하고 딸만 둘입니다."
 "어머, 그럼 또 낳으셔야겠네요."
 "아뇨. 둘이면 족합니다. 아이들도 건강하고 우리 능력도 그렇고, 지구환경한테도 미안하고."
 "말씀은 그렇게 하셔도 속마음은 아니실걸요. 남 다 있는 아들 자기만 없어보세요. 얼마나 비참하고 섭섭한가. 물건이면 당장 훔치고 싶다는 옛말이 조금도 그르지 않죠. 하긴 요새처럼 편리한 세상에서야 훔칠 것까지야 있나요, 뭐. 수단방법 안 가리게 되는 거죠, 그까짓 거."

나는 걷잡을 수 없이 수다스러워지다가 무엇에 놀란 것처럼 입을 다물었다. 수다가 걷잡을 수 없었던 것보다 더 지독하게 수치심을 걷잡을 수가 없었다. 마치 실수로 중인환시리에 속바지를 까내렸다가 치켜올린 것처럼 황당하고 망신스러웠다. 다행히 그가 내 치부를 본 것 같진 않았다. 그래도 나는 속으로 그럴 리가 없어, 저자식은 시방 능청을 떨고 있는 거야, 라고 은근히 겁을 먹고 있었다.

"섭섭하지 않다고는 안 했습니다. 아내가 둘째애를 뱄을 때는 아들이길 바란 것도 사실이고요. 이왕이면 아들 딸 섞어서 색색가지로 갖고 싶은 게 인지상정 아닙니까?"

"그거하곤 다르지요. 첫아들 낳은 사람이 둘째는 딸이었으면 하는 건 괜히 그래보는 배부른 수작이라구요. 그 사람들 조금도 절실하지 않아요. 두 번째도 아들이면 즈네는 특별한 기술이라도 있는 사람처럼 으스대면 으스댔지 손톱만큼도 섭섭해할 줄 아세요. 아시겠어요?"

나는 다시 열오른 목소리가 되었다. 그제서야 남자는 고개를 갸우뚱하더니 바보 같은 목소리로 말했다.

"모르겠는데요. 왜 내가 그걸 알아야 하는지는 더욱 모르겠구요."

"지금 행복하지 않으시죠? 내 말이 맞죠? 아들이 없다는 건 결혼생활의 행복의 중대한 결격사유라는 걸 인정하셔야 돼요."

"왜 그걸 강요하십니까? 본인이 조금도 그렇게 안 느끼는 걸 가지고."

그는 여간 곤혹스러워 보이지 않았다. 암만 그래도 나보다는 덜 곤혹스러우리라. 나는 이 세상에 아들이 있고 없고 하고 인생의 행·불행하

꿈꾸는 인큐베이터 145

고를 연관지어서 생각해본 적이 한번도 없는 것 같은 남자를 만난 게 대단히 곤혹스럽고도 기분이 나빴다. 뭐 저런 족속이 다 있나 재수 옴붙었다 싶으면서도 그 남자를 행복한 채로 놓아주기가 싫었다. 그것은 분명히 거짓 행복이고, 거짓은 깨부숴야 한다는 사명감이 대단한 정의감처럼 치뻗쳤다.

"야구구경 좋아하지 않으세요?"

나는 화제를 바꾼 것처럼 전혀 딴소리를 했지만 어림없었다. 속으로는 점점 더 집요해지고 있었다.

"어떻게 아셨어요? 운동은 다 좋아하지만 야구엔 특히 광이죠."

떨떠름하던 그의 표정이 반짝 환해졌다. 나도 속으로 옳지 너 잘 걸렸다 싶었지만 애써 무표정을 꾸미고 말했다.

"야구장에도 가끔 가시겠네요?"

"그럼요. 고교야구 시즌에는 못 참죠. 지금은 그렇지도 않지만 나 다닐 때만 해도 우리 모교가 야구 명문이었거든요. 선수는 아니었지만 그때 버릇이 남아서 그런지 일 년에 한두 차례라도 구장에서 직접 목이 터져라 열광을 해야 살맛이 난달까, 스트레스가 풀린답니다."

"혼자서만 즐기세요?"

"어디가요, 나갈 땐 혼자라도 자연히 동문들과 만나게 되니까, 끝나면 이겼다고 한잔, 졌다고 한잔, 오래간만에 만났다고 한잔 하다보면 돌아올 땐 엉망으로 취해서 꼬리까지 달고 들어와 마누라 머리에 뿔을 돋게 하는걸요."

"아들하고 야구구경 다니고 싶단 생각 없으세요?"

나는 너 약 좀 올라봐라 하는 듯이 눈을 가느스름히 뜨고 조롱하는 투로 말했다.

"또 아들타령입니까. 내 참, 솔직히 말해서 아들하고 같이 와서 부전자전으로 열광하는 친구를 보면 부럽지 않은 것도 아니라니까요. 여북해야 큰딸을 길들이려고 했겠어요. 실패했어요. 커갈수록 야구장 따라가는 걸 고역스러워하길래 놓아주었어요. 그렇지만 작은애가 또 있으니까 희망이 아주 없는 건 아니지요. 남자보다 비율이 낮다뿐이지 여자라고 야구를 즐기지 말라는 법은 없으니까요."

"구차스럽게 그럴 것 없이, 부인한테 솔직히 아들 데리고 야구장 다니는 친구가 부러워서 죽겠다는 시늉을 자꾸만 하세요."

"부부간에 뭣 하러 그런 상처를 줍니까? 그 사람이 무슨 죄가 있다고."

"상처뿐이겠어요. 모욕이고 모독이죠. 그래야 부인도 별수없이 아들 낳을 방도를 강구하게 될 거라, 이거죠."

나는 앞에 있는 그를 의식하지 않고도 괜히 자신감이 넘쳤다. 그러나 그게 얼마나 허망한 자신감이라는 걸 알기 때문에 곧 꺼지게 될 게 두려웠다.

"글쎄요. 만일 나에게 아들만 있는데 아내가 옆에서 콩나물 다듬어줄 딸 하나 없다고 아무리 구시렁거려도 단지 콩나물을 다듬게 할 목적으로 내가 딸을 만들고 싶어할 것 같진 않네요. 혹시 내가 그 정도로 싹수머리 없는 인간이라 해도 아들 딸이 마음대로 되지 않는 마지막 장치가 남아 있으니 얼마나 다행입니까? 음양의 조화만은 아직도 신의 영역인 게 감사할 따름이죠."

그러면서 그는 팔운동을 하듯이 큰 동작으로 손목시계를 보았다. 나하고 상대하기 싫다는 걸 적나라하게 드러내 보이기 위한 몸짓이리라. 그 마지막 장치인지, 음양의 조화인지가 신의 영역을 벗어난 지 오래라는 것도 모르는 주제에 잘난 척하긴. 순진한 탓일 거야. 몇 살이나 되었을까. 나하고 동갑 아니면 기껏해야 서너 살 아래일 것이다. 저런 남자하고 자는 것은 어떤 기분일까. 나는 내가 무슨 말을 하다 말았는지 생각나지 않을 정도로 나른한 기분으로 그런 생각을 했다. 그는 내가 무슨 생각을 하고 있는지 모르고 아마 말문이 막힌 줄 알고 이때다 싶었나 보다.

"그럼 이만 실례하겠습니다. 실은 인터뷰 약속을 해놓고 그 사이에 잠깐 틈을 낸 거라서."

"요령이 좋으신가봐요."

"요령은요. 남 보기엔 시간의 구애를 덜 받는 직장처럼 보이지만 남들이 잠자는 시간에도 일해야 하는 게 이놈의 팔자랍니다. 찻값은 제가 계산하겠습니다. 그럼."

그는 필요 이상 서둘고 있었다. 누가 잡아먹나. 순진하긴. 그가 그럴수록 나는 그를 놓치고 싶지가 않았다. 구체적으로 어째보겠다는 건 아니었다. 마음속으로 갖고 놀고 싶었다. 조금만 더. 나는 따라 일어서서 그를 뒤따랐다. 그러나 찻값을 내가 내겠다고 날치진 않았다. 나는 남들이 그런 일로 투사처럼 열렬하게 다투는 걸 보는 것조차 질색이었다. 그 대신 나는 그가 돈을 내고 거스름돈을 받는 걸 지켜보는 동안 기막힌 생각을 해낼 수가 있었다.

"명함 있으면 한 장 주세요."

"왜요? 참 명함이 어디 있더라."

그는 양복 주머니엔 손도 넣지 않고, 겉으로만 위아래를 양 손바닥으로 탁탁 쳐 보이면서 찾는 시늉만 했다. 명함을 줄까말까 결정할 시간을 벌려는 그의 이런 어색한 동작을 나는 속이 근질근질 하도록 귀엽게 바라보았다.

"아까 찍으신 필름 잘 됐으면 하나 복사해서 드릴려구요. 남자 주인공 찍는데 여주인공을 빼놓았을 리 없잖아요."

나는 짐짓 사무적으로 말했다. 예상대로 그가 반색을 했다.

"아, 그러문요, 그러문요. 보시면 아시겠지만 초점을 우리 애한테 맞췄을지도 모르겠습니다. 팔이 안으로 굽는다고 무의식적인 행동이었으니까 용서하세요."

그의 얼굴이 바보스러울 정도로 헤벌어졌고 손엔 이미 명함을 꺼내들고 있었다. 나는 관심없다는 듯이 명함을 자세히 보지도 않고 핸드백 속에 집어넣으면서 고개만 약간 까딱해 보이고는 먼저 획 등을 돌렸다.

"그림이 잘 안 나왔어도 보내주셔야 돼요. 연락 기다리겠습니다."

그가 내 등뒤에서 소리치는 걸 들으며 나는 회심의 미소를 지었다. 그리고 저음이지만 멀리 퍼지는 기분 좋은 목소리를 천천히 음미했다.

저녁 먹고 나서 텔레비전을 보고 있는데 동생한테서 전화가 왔다. 두 딸은 과외공부 가고 아들은 숙제를 하고 있는 호젓한 시간이었다. 남편은 중국으로 출장 중이었다.

"언니, 우리 집에 차 마시러 오지 않을래. 언니 언제 그렇게 기술이 늘었수? 너무너무 잘 찍었어. 슬기 재롱잔치 찍은 거 말야. 근사해. 볼 만해."

오는 길에 동생네다 카메라를 놓고 왔더니 지금 식구가 모여 그걸 보고 있는 모양이다.

"그까짓 거 찍는데 기술이고 뭐고가 어딨냐? 제 새끼 재롱이니까 근사해 보이는 거지."

"아냐, 언니. 전에 언니한테 잠깐잠깐씩 찍어달랜 거 얼마나 못 찍었는지 알아? 나도 잘은 못 찍어도 그냥 눈에 거슬릴 정도는 찍는데 언니 찍은 건 한 카트만 끼어들어도 아아 저건 언니 솜씨라는 걸 알 만큼 못 봐주게 튀었다구. 그런 언니가 웬일이유? 오늘 찍은 건 이건 작품이야, 작품. 카메라는 줄창 우리 집에다 내꼰자 놨으면서 언제 그런 장족의 발전을 했을까?"

동생의 목소리는 들떠 있었다. 나는 아들의 방문을 열고 이모네 마실 갔다 오마고 말했다. 아들은 하던 숙제에서 눈도 떼지 않고 알았다고 했다.

"같이 가지 않을래? 엄마가 찍은 비디오 보러 가는데."

나는 현관에서 안 해도 될 소리를 던지고 대답을 기다렸다.

"흥미없어요."

아들의 시큰둥한 대답이 들렸다. 열한 살짜리가 저렇게밖에 말할 수 없는 것일까. 싫어, 라든지 바빠, 라고 했더라면 좋았을걸. 열한 살, 만 십 년하고 일곱 달짜리가 흥미있어하는 건 뭘까. 나는 아들의 멱살을 잡고 내가 널 어떻게 낳아 기른 자식인 줄 아느냐고 한바탕 악다구니를 치고 싶은 욕망을 억제하느라 현관 신장을 잡고 심호흡을 했다. 나는 떨고 있었다. 손끝이나 가슴이 아닌 더 내밀한 곳이 분심으로 떨고 있었다.

동생네는 마침 일가단란의 시간이었다. 오붓한 세 식구 곁에 주책없이 아줌마까지 끼어들어 빨래를 개키면서 시시덕대고 있었다. 나도 기분을 바꾸려고 아줌마 점점 고와진다고 너스레를 떨었다.

"형님은 경기 좋으신가 봐요. 일 년이면 반 이상은 해외에서 보내시니. 이웃에 살면서도 까딱하단 형님 얼굴 잊어버리겠어요."

다탁에 둘러앉아 차를 마시면서 동생의 남편이 말했다.

"해외에 자주 나간다고 경기가 좋겠어요. 중소기업들이 다 어려워하는 것만큼 그이도 어렵겠죠, 뭐."

"언니는 또 죽는 소리, 누가 사업가의 아내 아니랄까봐. 형부가 왜 중소기업이유?"

"얘는 그럼 우리가 재벌이냐?"

"부동산 재벌 아니우? 뒤가 그만큼 든든하면 맨날 윗돌 빼 아랫돌 고였다, 아랫돌 빼 윗돌 고이다 마는 중소기업하곤 다르지. 남은 죽기살기로 하는 사업을 형부는 취미로 하니까 돈이 벌릴 수밖에."

시집이 대대로 살던 서대문 밖 구옥 앞으로 길이 나면서 번화가가 되어 그 자리에 빌딩을 올린 걸, 시아버지가 돌아가신 후는 전적으로 시어머니 관리하에 있지만 장차 남편이 상속하게 되리라는 것 때문에 동생은 툭하면 이렇게 시샘이 섞인 소리를 했다.

"나도 따분한 은행 때려치우고 형님 밑에 들어가서 사업이나 배울까?"

"듣기 싫어요. 누가 붙여주기나 한다구. 난 사장 마누라는 안 바랄 테니 지점장 마누라라도 한번 돼봅시다."

그러면서 동생이 비디오세트의 리와인드를 누르자 동생의 남편은 주섬주섬 담뱃갑을 챙겨가지고 안방으로 들어가고 아줌마도 제방으로 가버렸다.

"이번이 네 번째야, 언니. 다들 질렸나봐. 요녀석은 그래도 지가 나오

꿈꾸는 인큐베이터

니까 또 보고 싶은가보네."

　기대에 부푼 얼굴로 화면이 나오기를 기다리는 슬기를 보며 동생이 눈을 흘겼다. 곧 화면이 나오고 나는 슬기보다 더 열심히 그림 속으로 빨려들어갔다. 내가 낮에 본 어설픈 동극하고는 전혀 다른 것을 보는 것처럼 화면은 아름답고도 생동감이 넘쳤다. 아, 저런 장면도 있었던가 싶은 귀여운 실수, 깜찍한 연기, 지엽적인 데 숨어서 동극을 동극답게 하는 천진난만, 그런 것들을 어쩌면 저렇게 낱낱이 끄집어내어 저다지도 귀엽게 살려놓은 걸까. 그 삼십 분도 채 안 되는 아마추어의 기록 필름이 나에게 걸작품일 수 있는 것은, 그러니까 무엇보다도 우리끼리만 통한 귀여운 것에 대한 공감 때문이었다. 나는 지금 비디오를 보고 있는게 아니라 그 남자와 눈을 맞추고 있는 거였다. 출연한 아이들이 모두 손에 손을 잡고 무대를 한 바퀴 돌고는 손을 흔들면서 퇴장을 했다. 슬기는 소파에서 잠이 들었고 동생도 하품을 했다. 네 번씩이나 보고 나니 시들한 모양이었다. 내 기술에 대한 칭찬도 안 했다. 나도 약간은 지루했던 양 기지개를 켜면서 지나가는 말처럼 덤덤하게 그 테이프 한 통 더 복사해 달라고 말했다. 서로 잘 자라는 간단한 인사를 하고 밖으로 나왔다. 저만치 아파트의 각진 모서리에 반달이 걸려 있었다. 어머, 자연이라는 게 있긴 있었구나. 나는 무료하게 걸려 있는 달을 향해 까닭없는 능멸의 시선을 보내고는 종종걸음을 쳤다.

　아들은 그새 잠들어 있고, 딸들이 과외공부에서 돌아올 시간은 아직 멀었다. 고2짜리와 중3짜리의 과외학원은 꽤 멀었지만 이웃끼리 서로 조를 짜서 돌아가며 데리러 가기 때문에 내 차례가 아닌 달은 문만 열어주면 된다. 그 조에 끼려면 차가 있어야 되기 때문에 나처럼 기계 무서움증이 심한 사람도 운전을 배우지 않을 수가 없었다. 딸애들이 올 때까지 텔레비전이나 볼까 하다가 비디오를 틀었다. 남편이 출장가고 나서 빌려온 〈장미의 전쟁〉이라는 영환데 그동안 서너 번은 본 것 같다. 나는 연속극도 비디오도 영화도 보긴 보지만 결코 즐기는 편은 아니다. 재미로나 감동으로나 푹 빠진 적이 없으니까. 아주 정신차리고 보지 않으면 스토리도 제대로 못 따라갈 적이 많다. 본 것을 연거푸 또 보고 싶어하긴 처음이다. 그런 게 좋은 영화인지 아닌지도 잘 모르겠다. 그 영화를 연거푸 보고 있다는 걸 누가 알고 있는 것도 아니건만, 나는 묘하게 떳떳지 못한 느낌에 사로잡힌다. 그리고 남편이 출장에서 돌아오기 전에 그만 보고 돌려주리라 혼자서 다짐까지 한다. 그까짓 게 무슨 금지된 쾌락이나 되는 것처럼. 실은 별것도 아닌 얘기다. 부부가 싸우는 얘기다. 그러나 예사 부부싸움은 아니다. 어찌나 격렬하게 싸우는지 제목 그대로 전쟁이다. 정력적이고도 지능적으로, 잔혹하고도 줄기차게, 물불 안 가리고도 교활하게, 상대방을 해치고 골탕먹인다. 나치하고 유태인하고 전쟁이 붙었대도, 왕년의 우리 국군이 인민군과 싸울 때도 이 부부의 전쟁보다는 그래도 감미(甘味)나 감상이 끼어들 여지가 있었으리라. 참 기막힌 증오였다. 더욱 기막힌 것은 그들이 왜 그렇게 싸우고 미워하게 됐는지를 도무지 모르겠는 거였다. 제대로 된 영화라면 그걸 안 밝혔을 리가 없다. 내가 같은 필름을 반복해 보는 것은 혹시 내 영화 보는 법의 미숙 때문에 그걸 못 읽어낸 게 아닌가 하는 조바심 때문도 있었다. 그러나 일단 보기 시작하면 그 까닭이야 아무래도 좋다는 식으로 놓쳐버리고는 격렬한 증오만이 고스란히 옮아붙는다. 그야말로 남 부러울 거 없는 부부였다. 지성과 미모와 건강을 겸비한 남녀가 첫눈에 반해 열렬하게 사랑하고 결혼하고 아들 딸 낳고 출세하고 고급 주택 고급 가구 미술품을 모으며 살아간다. 너무 아쉬울 게 없으니 권태로울 수도 있으리라. 아니다. 이건 권태 따위 나른한 것하곤 다르다. 아내가 먼저 이혼하자고 한다. 그 전에 남편이 아내가 하는 일을 경멸하는 태도를 한두 번 취한 것 같긴 하다. 그것이 빌미가 됐든 어쨌든 아내는 부부생활의 의미 상실을 선언한다. 그러나 집이나 소유물에 대해선 서로 한치도 양보를 안 한다. 상대방을 내쫓고 자기 소유로 하기 위해 지혜와 체력을 다해 가열한 투쟁을 벌인다. 병적일 정도로 무서운 집착과 증오가 화면을 폭풍처럼 휘몰아친다. 아내의 고양이를 남편이 실수로 치어 죽이자 아내는 남편이 사랑하는 개를 일부러 치어 죽여 그걸로 요리를 만들어 남편에게 먹이는 식으로 구원의 여지가 바늘구멍만큼도 없는 증오는 클라이맥스를 향해 일사불란하게 치닫는다. 증오의 클라이맥스는 죽음밖에 더 있겠는가. 용서니 화해니 하는 거짓된 정서는 양념으로 쓰려 해도 찾아지지 않는다. 나는 마치 자웅을 붙은 짐승이 이유도 체면도 없이 다만 어쩔 수 없이 클라이맥스로 치닫듯이 참담하게 헐떡이며 그들의 파국을 쫓는다. 쫓고 쫓기던 부부가 마침내 천장의 휘황한 샹들리에에 같이 매달렸다가 밑으로 떨어지면서 박살이 나서 죽는 장면까지 봐야만 비로소 열병처럼 옮아붙은 증오로부터 놓여나게 된다. 다시는 꾸고 싶지 않은 악몽 같은 영화를 나는 왜 또 보고 또 보는 걸까. 더 기분 나쁜 것은, 증오 때문인지 소유의 공평한 분배 때문인지 남자가 핏발선 눈을 하고 아내의 구두 나부랭이를 톱으로 자르는 장면이 나오는데, 나는 그때마다 그 구두가 내 아들의 몸뚱이가 되는 엉뚱한 환상 때문에 진땀을 흘린다는 사실이다.

초인종소리가 나고 앞서거니뒤서거니 두 딸이 돌아왔다. 엄마 어디 아프냐고 물었다. 마치 골속에 공기돌이 잔뜩 든 것처럼 무거운 통증이 데굴데굴 굴러다니는 것 같았다.

"너희들 기다리다가 잠깐 졸았나 보다. 그새 무서운 꿈을 꿨더니 골치가 좀 아프구나."

나는 이렇게 둘러대고는 남편이 돌아올 날을 달력으로 짚어보았다. 사흘 남았다. 어른도 무서운 꿈을 꾸냐고 작은딸이 물었다. 그 아이에게 어른이 된다는 것은 두려움이 없어진다는 것하고 같은 뜻일지도 모른다고 생각하며 대답 대신 등을 토닥거려주었다. 남편이 돌아올 때까지 더는 〈장미의 전쟁〉을 보지 않았다. 꼭 해달라는 투로 말한 것은 아니었는데도 동생은 재롱잔치 테이프를 복사해 왔다. 형부 보여주라, 좋아할 거야. 동생은 모든 사람이 저처럼 제 아들을 예뻐하길 바란다. 남편도 슬기를 좋아하긴 하지만 제 자식 사진도 찍을 때는 신나게 찍다가도 현상해온 사진을 관심있게 본 적이 없는 사람이었다. 그래도 나는 식구가 다 모인 자리에서 그걸 한번 틀어 보여주었다. 길지 않으니까 다들 의무적으로 봐주었고, 아무도 누가 찍었나 따위는 묻지도 않았다. 내 속셈도 그 필름으로 식구들의 관심을 끌 생각이 아니라, 복사를 부탁하면서 품었던 야릇한 조바심이 안심할 정도로 희석되었다는 걸 확인하고 싶은 거였다. 그러나 외간남자에 대한 매혹과 거기 따른 죄책감이 충분히 사그라진 후까지도 찌꺼기처럼 남아 있는 게 문제였다. 실상 나처럼 심심한 여자에게 그런 유의 감정적인 외도는 번번이 처음 같으면서 처음이 아닌, 차라리 진부한 거였고, 지나놓고 보면 무엇에 씌었던 것처럼 황당한 거기 마련이었다. 그러나 그 남자에겐 그렇게 가볍게 흘려보낼 수만은 없는 무엇인가가 있었다. 아들이 없이도 불행하기는커녕 쓸쓸하지도 허전하지도 않은 인간이 이 한국땅에 있다는 게 참을 수 없이 께름칙했다. 만약 그 께름칙한 걸 떨쳐버리지 않고는 생전 아무 재미도 못 느끼고 살아야 할 것 같은 예감마저 들었다. 그걸 떨쳐버리기는 간단할 수 있으리라. 그 남자의 그런 생각이 진심이 아니라는 것만 알아내면 된다. 아마도, 아니 틀림없이 그것은 거짓일 것이다. 나는 그의 잡지사로 전화를 걸어 비디오테이프를 복사해놓았는데 만나서 전해주고 싶다고 했다. 나를 반가워하는 그의 기분 좋은 저음을 듣자 나는 갑자기 새처럼 지저귀고 싶었다.

"솜씨가 여간 아니시던데요. 잘 나왔어요. 슬기편에 댁의 따님한테 전할까 하다가 그냥 내주긴 아까운 필름이더라구요. 차라도 한 잔 더 얻어먹고 싶어서요."

"허허, 그렇습니까, 그렇게 잘 나왔어요? 그럼 제가 솜씨 턱을 받아야 하는 거 아닙니까? 이치가."

"그렇게 되나요? 좋아요. 이번 차는 제가 사고, 테이프 턱은 그 다음에 받을게요."

나는 무턱대고 즐거워서 들뜬 목소리를 냈다. 사춘기로 퇴화한 것처럼 필름이나 솜씨 따위 사소한 걸 핑계삼아 낯간지러운 즐거움을 줄줄이 창출할 작정이었다. 날짜와 시간과 장소를 약속하고 난 후였다. 저녁때 집으로 참기름을 꾸러 온 동생이 나를 자꾸만 쳐다보는 것 같았다.

"왜 그러니? 내 얼굴에 뭐가 묻었냐?"

"아냐. 언니가 달라진 것 같아서. 더 젊어진 것 같기도 하고 더 예뻐진 것 같기도 하고, 뭐랄까 생기가 넘쳐 보여. 늘 늘적지근하더니만. 혹시 연애하는 거 아뉴?"

"망할 거, 참기름 갚으란 소리 안 할 테니 객쩍은 소리 작작하고 어서

가봐라. 콩나물 무치다 왔다면서."

"내가 언제 갚는 것 봤수? 하긴 집구석에서 누굴 만날 기회가 있어야 연애도 하지."

동생을 돌려보내고 나서 나는 동생이 말한 걸 확인하기 위해 거울을 찬찬히 들여다보았다. 정말 달라진 것 같았다. 예쁘고 싱싱한 것, 그건 얼마나 좋은 건가. 그 후 나는 거울 앞에서 그런 것들을 나한테서 찾아내려고도 애썼지만 그렇게 꾸미려고 더 많이 노력했다. 아들이 없는 걸 조금도 고민스러워하지 않는 괴짜가 한국땅에도 있다는 사실을 나는 께름칙하게 여기고 있는 걸까, 신나는 일로 여기고 있는 걸까, 그것조차 왔다 갔다 했다. 내 아들을 바라보면서도 그 남자 생각을 하곤 했다. 나는 아들하고 키를 대보는 걸 좋아했다. 나는 키가 백육십이 센티나 되었다. 체중은 이 킬로 정도는 들쭉날쭉했지만 오십 킬로를 넘은 적이 없어 늘씬해 보였다. 그런 내 키를 열한 살밖에 안 된 녀석이 육박하고 있었다. 어려서는 기둥에다 아들의 키가 커가는 걸 눈금으로 표시하는 게 낙이었지만 국민학교 들어가고부터는 어깨동무를 해보는 걸 더 좋아했다. 어깨동무를 하는 척 아들의 볼을 애무하면서 앞으로 끌어당기면 아들은 고분고분 내 가슴에 귀를 대고 엄마 심장소리가 들린다고 했다. 자연스럽게 가슴으로 끌어당길 수 없을 만큼 키가 자라면서 아들은 고개도 뻣뻣해져서 좀처럼 나에게 안겨오지 않았다. 그래도 나는 아들하고 육체적 접촉을 하는 게 좋았다. 그 뿌듯한 느낌을 갈망할 적도 많았다. 아들은 건강한 나무처럼 잘 자랐다. 근육은 유연하고도 단단했다. 긴 바지를 입었을 때도 아들의 정강이가 얼마나 곧고 강하다는 걸 느낄 수가 있었다. 아들이 그냥 집 안을 왔다갔다 하는 것만 봐도 좋았다. 아들을 가슴에 안으면 온

몸이 뿌듯하듯이 아들이 집 안에 있으면 온 집안이 가득해졌다. 그애가 눈에 안 보일 때도 그애가 있다는 것만으로도 나는 떳떳하고 자랑스러울 수가 있었다. 그애가 있다는 것은 나의 최고의 성취감이고 그애를 바라보는 즐거움은 무엇과도 비할 수 없는 행복감이었다. 두 딸도 물론 사랑했다. 큰딸은 첫정이라 애틋하고 둘째는 딸로 막내라 예쁘다. 한번도 사랑으로 딸 아들을 층하지 않았다. 그러나 딸은 둘을 다 합쳐도 아들 하나만큼 나를 충만하게 하지 못한다.

그 남자를 만나러 가기 위해 나는 공들여 화장하고 거울 앞에서 이것저것 많은 옷을 입어보았다. 젊고 싱싱하다는 동생의 말을 다시 음미하며 미소지었다. 동생도 가끔 가다 그런 쓸모있는 말을 할 때가 다 있다니. 시간을 넉넉하게 잡고 나와 세차까지 했다. 그 남자하고 장소를 의논할 때 아무렇게나 정한 것 같아도 실은 분위기는 물론, 운전에 자신있는 지점이라는 것과 주차하기 편한 것까지 계산하고 정한 거였다. 칠전팔기도 더 되게 고전하고 나서 면허를 딴 운전은 좀처럼 늘지 않았다. 밤길에 딸들을 태워다주는 일 외에 다닐 수 있는 코스가 한정돼 있고 그 이상의 발전이 없었다. 그 정해진 코스는 곧 나의 옹색한 사교범위를 의미했다. 남편은 그 정도밖에 차를 이용할 줄 모르는 나를 무시하면서도 다행스러워하는 것 같았다. 남들한테도 나의 차운전을 "우리 집사람의 딸 효도"라고 말하곤 했다. 남편 말대로 딸들을 위해 쓰는 것 외엔 그닥 탐탁한 이용가치를 못 느껴본 차였다. 그러나 오늘은 차도 비싼 옷과 공들인 화장처럼 나를 빛내주길 바랐다. 술이 달린 모자를 쓰고 옆솔기에 진홍색 줄이 쳐진 제복을 입고 공손히 허리를 굽히는 웨이터에게 생긋 웃으면서 차 키를 맡기고 또박또박 걸어가 호텔의 회전문을 미는 맛이 그럴듯했다. 남들이 그러는 걸 볼 때는 아니꼽기도 하고 내가 그렇게 할 수 있을 것 같지가 않더니만 해보니까 썩 잘 어울린다는 생각까지 들었다. 그 남자는 먼저 와 있었다. 강이 보이는 자리를 차지하기가 쉽지 않은데 그가 먼저 잡아놓고 있었다. 나는 젊고 싱싱하다, 이렇게 최면을 걸 듯이 타이르면서 그에게로 걸어갔다. 오래 기다리셨어요? 이렇게 말하면서 남자 앞에 앉았다. 이럴 리가 없는데, 나는 속으로 여간 실망스럽지가 않았다. 그는 지치고 후줄근해 보였다. 잔뜩 기대에 부풀었던 스스로가 무안했다. 아뇨, 방금이오. 그러면서 하품을 늘어지게 하는 그의 턱에서 삐죽대는 수염이 땟국물처럼 꾀죄죄했다. 무안한 정도가 아니라 모욕감을 느꼈다.

"미안합니다. 어젯밤 야근을 했더니."

그는 또 한번 하품을 하려다 우물우물 씹어삼키면서 말했다. 나는 커피를 시키고 나서 시선을 창밖으로 돌렸다. 따뜻한 커피를 음미하며 마시는 사이에 어지러운 망상이 조금씩 가라앉는 것 같았다. 그래도 내가 뭘 원하고 있는지 모르긴 마찬가지였다. 내가 원하고 있는 게 설사 마주앉은 저 남자와 바람을 피우는 게 아니라 해도 내 속에 있는 께름칙한 것이 없어지는 건 아니었다. 나는 차를 마시는 동안도 마시고 나서도 골똘히 바깥만 내다보았다. 창 밖으론 물을 뺀 겨울 수영장과 호텔을 휘감고 동북으로 뻗은 아스팔트길이 보이고 길과 평행으로 겨울강이 고여 있는 것처럼 나른히 누워 있었다. 여름엔 요트가 한유로히 떠 있는 게 평화롭고도 이국적으로 보이던 강이 지금은 텅 비어 있는 것 같았지만 자세히 보니 새떼가 무리지어 떠다니고 있었다. 여름에 못 보던 새니 물오리나 청둥오리 따위 겨울새일 것이다. 강이 얼면 저 오리떼들은 어떻게 될까.

"한 큰 연못이 있었는데, 가을날 많은 오리떼들이 날아왔다. 밤새 추위가 닥쳐 연못이 꽁꽁 얼어붙었다. 오리떼들은 어찌 되었을까? 연못을 물고 날아가 연못은 더 이상 거기 있지 않았다." 그런 이야기가 나오는 영화를 본 생각이 났다. 산다는 것의 덧없음에 가슴이 저리면서 내가 보고 있는 풍경도 실제로 저기 존재하는 게 아니라, 나에게만 있는 것처럼 보이는 환상이 아닐까 하는 생각이 들었다. 문득 뺨에 시선을 느끼고 얼굴을 돌렸다. 그가 나를 바라보고 있었다. 어느 틈에 졸음이 걷힌 부드럽고도 그윽한 시선이었다.

"쓸쓸해 보이십니다."

내가 너무 갑자기 돌아다보았기 때문인지 그가 좀 놀란 듯이 말했다. 이번엔 그가 내 시선을 부신 듯이 피했다. 나는 그가 나에게 매혹당하고 있다고 생각했다. 그렇지 않고서야 쓸쓸한 걸 눈부셔할 까닭이 없다. 내 표정은 아까나 지금이나 변함이 없다. 그렇다면 그가 쓸쓸해 보인다는 건 그의 발견일 터였다. 그가 쓸쓸해 보인다니, 아마도 내가 쓸쓸한 건 맞을 것이다. 그러나 지금 중요한 건 그게 아니다. 중요한 건 내 비싼 옷과 공들인 화장을 뚫고 그가 내 내부를 정확하게 들여다보았다는 사실이다. 그게 매혹된 증거가 아니고 무엇이랴. 나는 마음에 구멍이라도 뚫린 것처럼 헤프게 그에게 경도되는 자신을 걷잡을 수가 없다. 곧 체면이니 예의니 하는 심리적 균형이 깨질 것 같은 예감에 사로잡힌다. 뇌졸중이나 간질의 전조(前兆)가 이런 게 아닐까 싶게 그런 느낌은 막연하면서도 기분 나쁘다. 어서 사무적이고 온당한 대화의 꼬투리를 찾지 않으면 무슨 실수를 저지르고 말 것 같다.

"그림이 괜찮게 나왔다면서요?"

그가 나의 용건을 일깨워주었다. 아 네, 나는 핸드백에서 누런 봉투에 든 테이프를 꺼내 그에게 건넸다. 그리고 슬기네 식구와 우리 식구가 번갈아가며 그걸 보며 얼마나 즐거워했다는 얘기를 과장되게 했다. 나는 말을 한번 부풀리기 시작하면 풍선을 터질 때까지 불어야 직성이 풀리는 사람처럼 조정을 못하는 나쁜 버릇이 있었다. 보통 수다쟁이하곤 달랐다. 말문이 열리려면 시간도 걸리고 말 상대도 가리는 편이었으니까. 그의 앞에서도 말문이 일단 터지자 계속해서 나만 일방적으로 지껄였다. 그 유치원이 홍보전략에 능해서 장사가 잘 된다는 얘기로부터 유아교육의 전반적인 문제점에 이르기까지 한바탕 아는 척을 하고 나서 요즈음 아이들 다루기 힘든 얘기며, 교사의 자질에 대한 의구심과 우려 등 할 얘기는 무궁무진했다. 별안간 봇물처럼 터지는 내 수다를 남편도 병이라고까지 말한 적이 있다. 그가 외국에서 전화를 걸어왔을 적이었는데 식구들 안부에 예, 아뇨라는 말밖에 안 하자 전화값 걱정 말고 뭐라고 말 좀 해보라고 신경질을 냈다. 그때부터 말문이 터져 큰애가 어쩌구저쩌구, 둘째가 이만저만, 셋째가 여차저차 미주알고주알 고해바쳤다. 그가 정말로 전화값이 겁나 끊어버린 것도 모르고 지껄여댔던 것이다. 병이라는 소리까지 들어도 싸다.

"집사람이 좋아할 겁니다. 정말 고맙습니다."

그가 내 수다 사이를 용케 비집고 들어와 인사치레를 하면서 손목시계를 보았다. 우리 동네 다방에서 차를 마신 날처럼 팔운동이라도 하듯이 과장된 동작이었다.

"아직도 딸이 더 좋다고 우기실 작정인가요?"

그렇게 단도직입적으로 본론으로 들어가리라고는 나도 미처 예상 못한 일이었다. 나는 자신의 마음이 어떻게 돌아갈지에 대해 무책임한 편이다.

"또 그 얘기가 하고 싶은가요?"

그래 난 당신처럼 딸만 있는 주제에 천연덕스럽게 행복한 체할 수 있는 남자가 이 땅에 있다는 게 께름칙해. 그 께름칙한 걸 떨쳐버리지 않으면 미치겠단 말야, 이런 눈빛으로 그를 놓아주지 않았다. 그는 뭐 이런 여자가 다 있나 진저리가 난 티를 감추지 않다가 용케 자제하고 냉정한 얼굴이 됐다. 나는 그가 억지로 가다듬은 냉정 뒤에 지친 듯 희미한 연민이 번득이는 걸 본 것처럼 느꼈지만 어쩌볼 수 있는 건 아니었다.

"저는 딸이 더 좋다고 말한 적이 없습니다. 그건 아들이 더 좋다는 것과 같은 척도를 가진 발상이기 때문이죠. 장차는 딸이 더 좋을 거라느니, 딸 가진 부모는 비행기 타고 아들 가진 부모는 고속버스 탄다는 식의 위로나 발상이 제일 싫습니다. 마치 내년엔 무슨 농사를 지으면 수지를 맞을 거라든가, 앞으로 무슨 장사를 하면 떼돈을 벌 거라는 식의 상업적인 전망과 무엇이 다릅니까? 그런 발상은 남녀의 올바른 인간관계를 더욱 해칠 뿐 조금도 도움이 못 될 겁니다. 그야 딸 가진 부모가 경제적 이득을 더 많이 볼 날이 의외로 빨리 올지도 모르죠. 남녀의 성비율이 이런 속도로 허물어져가면 말입니다. 재롱잔칫날도 보셨죠? 춤출 때 여자 짝이 차례가 안 간 사내애들이 싸우는 거 말예요. 어렸을 적이니까 순전히 완력으로 결판내려는 원시적인 싸움을 했지만 어른이 돼보세요. 어른도 역시 힘이 있어야 여자를 차지하게 되리라는 건 틀림없지만 어른의 힘이란 뭐겠습니까. 금력 권력 그런 거 아니겠어요. 의사나 판사 사위 얻는답시고 바리바리 싣고 지참금까지 안동을 시켜 시집보내던 딸을 앞으로는 가만히 앉아서 그 몇 배를 받아내면서 보내게 될지도 모르죠. 아니, 보낼 건 또 뭡니까. 데릴사위로 들어가지 않으려면 결혼 못할 세상이 올지도 모르죠. 그렇다고 달라진 게 뭡니까. 손해나던 장사가 수지맞는 장사로 변했을 뿐 여성을 상품 취급하긴 마찬가지지요. 수지가 맞을수록 상품화는 더 심화될 겁니다. 더욱더 어떡하면 비싸게 팔리나 하는 쪽으로 길러지고 교육될 테니까요. 남자는 또 어떻구요. 물욕과 성욕은 서로 상승작용을 일으켜 예쁜 여자는 재산목록이 되고 권력의 상징이 되겠죠. 여자가 인간이 아니게 된다는 건 곧 남자도 인간이 아니게 된다는 소리나 마찬가지입니다."

그는 내가 첫눈에 이끌렸을 때의 꽤 괜찮은 남자하고도, 아까 실망했을 때의 지치고 꾀죄죄한 인상하고도 달라 보였다. 어느새 지난 시대의 일이 되고 말았지만 자유를 위해 외치던 운동권의 거친 열정의 그루터기 같은 걸 얼핏 본 것처럼 느꼈다.

"그러니까 여자는 수적으로 흔해도 천하고 귀하면 더 천해진다는 전망 아닌가요? 그런 줄 알면서도 딸로 만족한다면 그건 허세부리는 거지 본심은 아닐 겁니다."

그를 설득하는 것보다는 약을 올리는 게 더 재미있을 것 같았다.

"참 집요한 분이군요. 두 번째도 딸이었을 때 섭섭했단 실토를 한 것 같은데 왜 저를 자꾸만 그쪽으로 몰아붙이려고 하십니까. 저는 제 자식의 성이 여자라는 게 그 아이 잘못도 아니고 더구나 인간으로서의 하자도 아니라는 것을 알기 때문에 딸이기 때문에 섭섭해할 수밖에 없었던 악조건을 걷어주고 싶을 뿐입니다. 얼마짜리 성적 대상이 아니라 자신이 주인이 되길 바랄 뿐입니다. 그건 아들 기르는 것보다 훨씬 값진 보람이라고 생각합니다. 지금은 향수로밖에 남아 있지 않지만 대학시절 운동권에 몸담았던 적이 있죠. 덕택에 대학을 칠 년 만에 졸업하고 어머니 애간장도 많이 태워드렸죠. 그 시절의 이상은 비록 좌절됐습니다만 나는 그때의 내가 좋고 자랑스럽습니다. 그때의 나하고 청탁(淸濁) 안 가리고 타협의 타협을 거듭하면서 일용할 양식을 벌어들이는 데 급급한 현재의 나하고 동일인이라는 확신을 주는 것도 딸의 아버지 노릇을 통해서라면 이해가 되겠습니까?"

나는 역시 그랬구나, 나의 혜안에 적이 놀랐지만 그의 말뜻을 다 알아들은 건 아니기 때문에 고개를 저었다.

"못 알아들으셔도 좋습니다. 아무튼 저는 남을 찍어누르고 억울하게 만들고 우뚝 선 자보다는 억울하게 짓눌리고 소외된 자의 편이 될 수밖에 없는, 양심이랄까 정의감을 타고났고, 거기 대해 자부심을 느끼고 있습니다. 여북해야 나보다 출세하고 돈도 더 잘 버는 친구들 사이에서도 기가 죽기는커녕 자신을 군계일학처럼 느낄 적이 있는걸요. 그런 정의감이 사회적으로 좌절됐다고 해서 내 가정 속에서 내 식구 사랑 속에 구현시키려는 노력까지 그만둘 수는 없지 않겠습니까. 운동할 때 가장 큰 고민이 생각과 말과 행동을 일치시키기가 어려운 거였고 동지들의 같은 모습에 실망하고 불화하는 경우도 많았는데, 비록 독불장군으로나마 내 가정 안에서라도 옳다고 생각하는 대로 살고 식구들에게 영향을 끼치면 결국에 가선 이 세상을 변화시킬 수 있는 작은 힘이 되지 않겠습니까?"

"따님에 대한 기대가 너무 커도 부담 줄 텐데요."

"아들 노릇 하도록 키운다는 뜻이 절대로 아니라니까요. 남자와 여자는 혼자서는 부족함으로써 서로 평등한 거 아닙니까. 자연이 완전하게 아름다운 것도 개개의 종의 완전함 때문이 아니라 서로의 조화 때문이듯이. 우리 나라의 남녀 불평등구조가 마침내 자연의 조화 중에도 가장 오묘한 조화인 성비율의 균형을 깨뜨리기 시작했다는 데 대해 저는 거의 공포감을 느끼고 있습니다. 그 실상은 생각하기도 싫습니다만."

나는 무엇에 찔린 것처럼 뜨끔했다. 앉은 자리를 고쳐 앉으면서 잔기침을 했다. 싸고 싼 비밀을 찔린 기분이었다. 나는 내 비밀을 누구한테 들킬까봐 늘 전전긍긍했고 다른 한편으로는 그걸 들키기를 갈망해왔다. 그 두 가지 상반된 갈망은 나를 늘 혼란스럽게 했다. 나는 수습할 수 없이 헝클어지려는 자신에게 위기의식을 느끼며 가냘프게 말했다.

"인간은 짐승과 달리 대를 잇는 문제가 있기 때문에 그런 해결책도 생겨난 거 아니겠어요. 만일 남자와 여자가 생활감정으로나 제도적으로나 완전히 평등한 세상이 온다고 해도 마지막까지 평등해질 수 없는 문제로 남아 있는 게 바로 아들에 의해서만 대가 이어진다는 문제 아닐까요?"

"딸만 있는 집이 주위에서 동정받는 것도 바로 그 점이라는 것쯤 저도 알고 있습니다. 우리 어머님처럼 트인 분도 우리를 딱하게 여기시는걸요. 느이 집에 아들 하나만 있으면 무슨 걱정이겠느냐고요. 그 말씀도 그런 뜻이겠죠. 우리 부부도 그런 고정관념이나 주위의 동정을 저절로 극복한 건 아니랍니다. 대(代)란 무엇인가? 대가 후손이면 족하지 왜 반드시 성(姓)이어야 되나? 그렇게 자문도 하고 자위도 했죠. 거꾸로 생각해서 아버지 성만 잇도록 돼 있는 게 현행 제도고 인류의 거의 공통된 문화라고 해서 그럼 인간을 만드는 데 남자가 더 많이 기여하고 더 많이 자신의 특징을 유전시키냐 하면 그것도 아니거든요. 사람의 최소단위를 만드는 데 있어서의 남녀의 기여도야말로 완전히 평등한 거 아니겠어요.

결국 아들에 의해서나 딸에 의해서나 자기 핏줄은 면면이 이어진다고 봐야죠. 후손을 통해 아주 죽지 않고 자기 생명이 영속되기를 바라는 게 본능이고 실속이라면 성은 껍데기고 문화 아니겠어요."

"성이 완전히 빈 껍데기라고 해도 그렇죠. 처음부터 여자는 제 속으로 낳은 자식에게 제 성을 따르게 하지 않고 남자 성을 따르도록 한 것은 여자가 그만큼 못났다는 증거 아녜요?"

"사람이 이름 외에 성을 갖게 된 역사는 인류의 역사에 비하면 아주 짧은 거니까, 성은 굉장히 문화적인 거고 확실히 여자의 경제적 열등과 관계가 있겠지요. 그렇지만 남자가 잘나서 그 권리를 차지했다기보다는 여자는 처음부터 자식에게 자기 성을 따르게 하고 싶은 욕심을 부릴 필요가 없었다고 생각하는데요. 여자에겐 자기 자식이라는 게 너무도 분명하니까요. 애를 배고 낳는 여자의 수고를 남자는 동정도 하지만 질투하는 마음도 있거든요. 에미는 제 자식이라는 걸 의심할 필요도 없으니 얼마나 좋을까 하고요. 그만큼 아비의 의식의 저 밑바닥엔 과연 내 자식일까 하는 의구심이 도사리고 있다는 얘기가 되겠지요. 그걸 꿰뚫어본 여자는 아이가 아빠 닮은 걸 강조하고 한편 부계의 성으로 네 자식이 틀림없다는 걸 문서화까지 해주고 대신 부양의 의무를 씌운 게 아닐까요."

"그럴듯하군요. 그렇지만 인간이 동물과 다른 게 뭔데 문화적인 걸 무시할 수가 있습니까?"

"무시하자는 게 아니라 더욱 문화적이 돼야죠. 후손의식을 확대시키는 것입니다. 딸도 아들과 마찬가지로 혈통을 이어간다 정도로도 사실은 부족합니다. 딸도 못 가진 사람에게도 후손의식은 있고 제도적으로 자식을 가질 수 없는 성직자라도 제대로 된 성직자라면 반드시 후손의식이 있을 겁니다. 내가 죽은 후에도 세상은 이어져야 한다는 믿음이 오늘을 함부로 살 수 없게 하는 후손의식이고, 민족애 더 나아가서는 인류애가 되는 거 아니겠어요."

나는 한숨을 쉬었다. 그에 대해 말할 수 없는 연민을 느꼈다.

"그렇게까지 치밀하게 딸을 안 섭섭해할 구실을 준비해가지고 있는 걸 보니까, 도대체 얼마나 섭섭했으면 저 정도가 된 걸까 되레 동정이 갑니다."

약을 올리고자 한 것은 아니었다. 솔직한 내 심정이었고 이제 그만 듣고 싶다는 표시이기도 했다.

"어느 정도는 맞는 지적입니다. 그러나 결코 나 개인을 위로하려는 구실은 아니었습니다. 우리 공동체가 너무도 아닌 방향으로 가고 있는 데 대한 위기의식에서 해본 고민의 일단을 피력했을 뿐이죠."

그가 나를 지그시 바라보았다. 그는 가당치 않게도 내가 그에게 보낸 연민을 몇 배로 진하게 되돌려 보내고 있었다. 제가 감히 나를 불쌍히 여기다니, 말도 안 된다고 생각하면서도 당혹스러웠다. 그가 잠시 머뭇거리는 듯하더니만 조용히 말문을 열었다.

"벌써 작년의 일입니다만 우리 잡지사에서 아들을 낳고 싶어하는 부부의 고민을 해결해주는 산부인과 병원 몇 군데를 취재한 적이 있죠."

이 남자가 시방 도대체 무슨 소리를 하려는 걸까? 나는 겁에 질려 무슨 핑계든지 대고 어서 이 자리를 떠야 한다고 생각했지만 아무 말도 할 수가 없었다. 남자의 듣기 좋은, 그러나 우울한 저음은 이어졌다.

"그런 계획안을 처음 낸 건 저였죠. 아주머니 같으면 그것도 아마 딸만 가진 콤플렉스라고 비웃을지도 모르겠습니다만 하여튼 유치원 유아원 등 꼬마들 사회의 남녀비율이 심각할 정도로 정상을 일탈하고 있다면 그 까닭을 한번 심층취재해서 규명해볼 만한 가치가 있다고 여긴 거죠. 남들은 무슨 재주로 아들을 잘 낳을까 하는 호기심도 아마 없지 않아 있었을 겝니다. 옛날서부터 내려오는 아들 낳는 비법이야 좀 많습니까. 그래도 인간의 성비율에 털끝만한 영향도 끼치지를 못한 걸 보면 다 엉터리였던 건 분명한데, 도대체 현대의학은 어느 만큼 와 있길래 이런 현상이 나타나는 걸까? 궁금도 하려니와 그 일이 설사 마음대로 된다고 해도 인류의 미래를 위협한다면 의학의 개가로 봐야 할 게 아니라 지양돼야 마땅하다는 사회적 공감을 끌어내고 싶은 야심도 있었구요. 정말 기막힌 현장을 목격해야 했지요. 아주 확실한, 거의 백 퍼센트의 방법이 있긴 있었습니다. 그게 뭔 줄 아십니까?"

그가 나에게 추궁하듯이 물었다. 나는 그가 날카로운 시선으로 노려본다고 생각했다. 나는 오금이 저려 옴쭉달싹도 할 수가 없었다. 이런 취급을 당할 까닭이 없으므로 뭐라고 말해주고 싶었지만 아무 소리도 나오지 않았다. 그는 나에게서 시선을 떼지 않고 말을 이었다.

"하늘 무서운 일이었습니다. 실패할 리 없는 방법이라는 게 여아(女兒) 살해를 전제로 했으니까요. 치밀하고 계획적이고 과학적이고 감쪽같이 태아가 단지 여아라는 이유만으로 없애버리는 겁니다. 의학은 그게 틀림없이 여아라는 걸 보증할 뿐 아니라 살해까지를 책임지지요. 남자애를 밸 때까지 몇 번이고 그 짓을 하는 겁니다. 그게 소위 과학의 발달이라는 거구요."

"그만, 제발 그만 좀 해두세요. 중절수술이 어제 오늘 비롯된 게 아니잖아요. 우리 어머니 시대만 해도 일곱 번 여덟 번씩이나 애 긁어내는 수술을 경험한 사람도 있다던데요. 뭐. 그때 그렇게라도 하지 않았으면 이 땅이 그 인구를 이루 다 어떻게 먹여 살렸겠어요."

"우리가 다같이 먹고 살기가 어려워서 식구 느는 게 살아 있는 식구들의 생존권까지 위협할 지경이었던 시절에 대해선 저도 압니다. 그때는 피임하는 방법도 불확실했을 테구요. 그러니까 그건 여아를 교묘하게 선택적으로 살해하는 데다 대면 엉겁결에 저지른 정당방위 정도밖에 안 되죠. 그 시절엔 아들 낳고 싶은 사람은 아마 득남한 집 대문 밖의 인줄에서 고추나 훔쳐서 달여 먹었겠죠. 얼마나 귀엽습니까. 인간은 원래 다만 얼마라도 귀여운 점이 있는 법 아닙니까. 그러나 여아 살해범들은 그게 아니었어요. 귀여운 점이 조금도 없는 사람, 숨이 차게 정 떨어지는 사람을 취재한다는 게 얼마나 고통스럽다는 걸 그때처럼 절감한 적도 없었죠. 여북해야 내가 내놓은 계획안을 내가 없었던 걸로 하자고 했겠어요. 기사를 쓸 신명이 안 나서였지만 데스크한테는 딴 핑계를 댔죠. 남아선호사상과 현대의학이 합작을 해서 성비율을 조작하는 게 장차 환경에 미칠 영향을 경고하고자 기획한 건데 역기능이 우려된다고요. 모르고 있던 사람들까지 흉내내게 될까봐 고민이 된 것도 사실이구요. 우리 잡지가 환경문제를 다루는 비교적 점잖은 잡지라 그 정도로 없었던 일이 될 수가 있었죠."

"여자만 너무 미워하지 마세요. 그 여자들도 오죽해야 그 짓을 했겠어요."

"남편 몰래 했다고는 안 했어요. 하나같이 남편이 호흡이 아주 잘 맞는 공범자던데요. 너무 장시간 떠들었습니다."

그가 도망치듯이 먼저 가버렸다. 머릿속에서 공범자란 말이 벌떼처럼 잉잉댄다. 뭔가 이치에 닿는 말을 찾아내려고 안간힘 쓴다. 가까스로 나를 줄창 괴롭혀온 그 께름칙한 느낌, 그걸 떨쳐버리지 않으면 아무것도 못 느끼게 될 것 같은 몸에 철갑을 친 느낌은 바로 공범자와 같이 사는 느낌이었구나, 라고 생각한다. 나른하게 누워 있던 강에 잔물결이 이는 게 보인다. 올 겨울에도 강물이 안 얼려나. 이상난동 때문에 안 얼든 오염 때문에 안 얼든 오리떼가 강물을 물고 날아가는 일도 생기지 않겠구나. 오리떼가 강물을 물어가는 일이 생기지 않는 한 그를 다시 만나는 일도 없으리라, 이렇게 철저히 단념을 하니 그렇게 허전할 수가 없다. 그가 그 일을 취재한 건 작년이라고 했던가. 내가 아랫배에서 양수를 빼내기 위해 이를 악물고 누워 있던 침대머리엔 친절하게도 시어머니와 시누이가 지키고 있었다. 그리고 벌써 십여 년 전 일이다. 그 남자가 보았을 리가 없다. 그러나 나는 그 남자한테 내 가장 추하고 비참한 모습을 들켜버린 것처럼 느꼈다. 미안하지만 합석을 좀 해달라고 웨이터가 정중하게 양해를 구해왔다. 그걸 기화로 나도 자리를 떴다. 밖으로 나오니 춥고 정처없는 기분이 들었다. 그러나 제복 입은 청년이 차를 내 앞까지 가져다주었을 때 나는 가볍고 우아하게 미소지으며 천원짜리를 쥐어주는 걸 잊지 않았다. 그리고 눈여겨봐둔 대로 썩 잘했다고 생각했다. 내리막길로 빠져나와 곧장 가면 집 방향인데 나는 굳이 좌회전을 해서 시내와는 반대방향으로 차를 몰았다. 내 차로 교외에 나가보긴 처음이다. 마땅히 가고 싶은 데가 있는 것도 아니었다. 그냥 집과 멀어지고 싶었다. 그래도 한강 줄기를 놓쳐서는 안 될 것 같다. 나는 길눈이 어둡다. 사실은 기계 무서움증보다는 그게 더 운전에 결격사유다. 되돌아오기 위해 긴 끄나풀을 풀며 미로에 들 듯이 악착같이 한강 줄기만은 안 놓친다. 왕복 사차

선은 그러나 가끔 강을 버리고 능청스레 산모롱이로 접어들다가 다시 강을 옆구리에 낀다. 그러면 안심이 되고 반갑다. 어떻든 강이 오른쪽에 있으므로 갈림길에서도 어느 쪽으로 갈까 망설일 필요가 없다. 강을 끼고 갈 때도 차가 강에 바싹 붙어 가는 것은 아니다. 강과 찻길 사이에는 축구장도 있고, 비닐하우스 단지도 있고, 강촌도 있다. 찻길과 강 사이가 이렇게 넉넉하니 잘못해서 강으로 추락할 걱정은 안 해도 된다. 그래도 나는 추락을 꿈꾸며 달린다. 이쪽의 교통량도 만만치 않다. 그러나 흐름은 도심보다 쾌적하다. 흐름을 잘 타고 있다는 쾌감 때문에 운전을 잘하고 있다는 자부심까지 맛본다. 또 갈림길이 나타난다. 나는 어느 쪽으로 갈까 망설일 필요가 없는데도 비스듬히 가지를 친 왼쪽 길의 전방을 흘긋 곁눈질한다. 그 길은 아마 새로 난 길인가 보다. 앞에 봉긋한 야산이 보이고 길은 그 한가운데를 뚫고 있다. 길 양쪽에 잘린 동산의 시뻘건 단애가 보인다. 지질이 진흙인가 보다. 흙빛이 섬뜩하도록 싱싱하다. 단애라고 하지만 급한 낭떠러지는 아니고 길을 향해 비스듬히 깎아내렸기 때문에 멀리서 보니 꼭 두 무릎을 세우고 가랑이를 벌리고 누워 있는 여자의 사타구니를 보는 것 같다. 머리도 동체도 생략하고 허벅지와 사타구니만 강조된 여자, 그리고 그 사타구니는 온통 피로 범벅이 돼 있다. 그 가운데로 빨려들게 될 것 같아 무섭다. 무섭고 구역질이 난다. 저 꼴이 뭐람, 창피한 건 또 이루 말할 수가 없다. 길을 뚫기 위해 잘린 산의 단면이 벌린 가랑이처럼 보이자 나는 뒤죽박죽이 되고 만다. 내가 거기 옮아 붙은 건지 그게 나한테 옮아붙은 건지 그 끔찍한 꼴과 나 자신을 분간할 수가 없다. 이 뒤죽박죽으로부터 벗어나야 한다는 생각은 희미하지만 유일한 구원이다. 오른쪽으로 평화로운 강마을이 보이고 포장은 안 됐지만 널찍한 진입로도 보인다. 나는 달리고 있던 일차선에서 무작정 직각으로 차를 꺾어 아슬아슬하게 그 길로 차를 꼬나박는 데 성공한다. 내 차 옆구리를 이차선을 달려오던 차머리가 들이받을 듯이 급정거하는 걸 환각처럼 보았을 뿐 차의 이상이 있는 것 같지는 않다. 뭐라고 한마디쯤 사과를 해야 할 것 같아 차를 세우고 밖으로 나왔다. 공기가 맵사하게 차다. 우선 심호흡부터 하려는데 욕지거리가 들린다. 나 때문에 사고를 당할 뻔한 차들이 서너 대 붙어서서 어떤 남자는 내려서서, 어떤 승객은 차유리만 내리고 삿대질을 하면서 욕들을 한다. 미친년, 쌍년, 미칠려면 집 안에서 곱게 미쳐라, 뭐 그런 소리일 것이다. 폭포수처럼 쏟아지는 그들의 욕이 나에겐 강바람보다 더 상쾌하다. 질식할 듯한 실내에서 뛰쳐나와 마시는 신선한 바깥공기처럼 나는 그들의 욕을 달게 호흡한다. 그들은 나에겐 말할 기회를 안 주었기 때문에 나는 바람 쐬는 자세로 머리를 나부끼며 그냥 서 있다. 기분이 상쾌하니 아마 미소까지 짓고 있을 것이다. 내가 정말 미쳤다고 생각한 것 같다. 당장 내 멱살을 쥐러 올 것처럼 흥분했던 남자가 황황히 올라타고 뒤차에서 고개를 내밀고 있던 얼굴들도 일제히 안으로 들어가버린다. 그 차들이 차례로 움직이자 강을 낀 도로의 차의 흐름은 다시 아무 일도 없었던 것처럼 유연해졌다. 나는 그들이 마치 나를 악의로 따돌리고 저희끼리만 좋은 데로 가고 있는 것처럼 막막하고 외로웠다. 차들의 소음 저 밑바닥을 강바람소리가 계면조의 퉁소소리처럼 구슬프게 깔려 있는 게 느껴졌다. 나는 깊이 모를 나락으로 투신하듯이 곧장 그 소리를 향해 침잠한다. 울음이 복받칠 것 같다. 실컷 울리라. 나는 아무렇게나 꼬나박은 차를 마을 어귀까지 찬찬히 끌고 갔다가 돌려서 길섶으로 비켜 세우고 운전대에 이마를 대고 엎드렸다. 울기 좋은 자세를 취하고 나니 되레 울고 싶은 마음도 눈물도 싹 가셔버렸다. 나는 정말 공범자하고 같이 살고 있는 걸까. 또 그 생각이다. 남편이 공범이라는 증거는 아무것도 없다. 남편이 내 앞에서 아들 상성을 한 적이 한번이라도 있던가. 남편은 아들놈하고 티격태격하면서 야구 구경 가는 친구가 제일 부럽다는 얘기밖에 한 적이 없다. 자주 그런 것도 아니고 어쩌다 그랬다. 나는 고작 그 소리에 왜 그렇게 깊은 상처를 받았을까. 남편도 그렇지, 야구 구경을 그닥 좋아하는 편도 아니면서 그 말을 할 때는 마치 아들놈을 대동하지 않았다고 입장이 금지당해 야구장에 못 들어간 경험이라도 있는 것처럼 처량한 시늉을 하곤 했다. 나는 그때 딸도 야구를 즐기게 될 수도, 아들이 그걸 좋아하지 않을 수도 있단 소리를 왜 못했을까? 그까짓 야구 구경이 뭐관대, 아니다. 그까짓 야구 구경이 아니다. 나는 남편에게 야구 구경을 같이 갈 아들을 낳아주기 위해 딸을 죽이기까지 한 것이다. 태중의 생명이 딸이라는 게 밝혀지고 나서 그 아이에게로 집중되던 집안 내의 살의(殺意)와 남편은 과연 무관했을까. 그가 정말로 초연한 입장이었다고 해도 절대로 용서할 수가 없을 것 같은 노여움이 치받친다. 그는 나의 남편일 뿐 아니라 살의가 집중된 생명의 아버지이면서 어떻게 초연할 수가 있단 말인가. 그건 말도 안 되는 소리다. 그럼 그는 공범자인가. 나를 줄창 괴롭히는 께름칙한 느낌은 공범자하고 같이 사는 느낌이란 말인가.

   방금 헤어지고 온 외간남자를 우연히 만났다 헤어진 옛날 애인처럼 그립고 정감있게 회상한다. 다시는 못 만나리라는 게 여간 섭섭하지 않다. 그 남자의 아내는 어떤 여자일까. 막연히 궁금하고 부러운 것도 옛 애인을 남편과 비교하는 느낌과 비슷하다. 그가 무슨 얘기를 했더라. 들으면서는 충격도 받고 공감도 했건만 다시 생각해보니까 내가 그동안 뭘 너무 모르고 살아서 그렇지 하나도 새로울 게 없는 소리였다. 열심히 준비하느라고 하긴 했는데 아직 소화가 안 된 논문 발표를 듣고 난 후처럼 알아들은 것도 같고 어려운 소리를 쉽게 푼 것도 같고, 뻔하게 쉬운 소리를 어렵게 포장한 것도 같다. 그러나 지금 중요한 건 그게 아니지 않나. 중요한 건 그가 자기 딸을 섭섭해하지 않기 위해 그만큼이나 다양한 근거를 모아들였다는 데 있다. 비록 그게 난삽하다 하더라도 성실하고 꾸준한 노력의 결과라는 것만은 의심할 여지가 없다. 그는 자기가 모아들인 걸 근거로 하여 자기 딸뿐 아니라 남의 딸까지도 껴안을 태세다. 그의 사랑은 의심할 여지가 없다. 남편이 그런 노력이나 고민을 한 적이 있을까. 두 번 밖에 안 만난 외간남자가 남편감으로 부러운 것도 그런 까닭이다. 그렇지만 남편을 대뜸 공범자 취급한다는 것은 내가 너무 쉽게 그 남자에게 설득당한 결과가 아닐까. 남편을 최초로 공범자로 바라보게 된 것은 그 남자 때문이었다. 어쩌면 그 소리를 그에게서 처음 들은 게 아니라 내 속에 늘 있었지만 내가 항상 피해 다니던 거였는지도 모르겠다. 딴사람은 몰라도 남편이 공범자여서는 안 된다. 공범자끼리는 언제고 반드시 해치게 돼 있기 때문이다. 공범자하고는 같이 사는 게 아니다. 영화를 봐도 알 수 있듯이 범행은 단독범행일수록 안전하고 뒤끝도 깨끗하다. 그러나 그렇게 되면 할 얘기도 없고 재미도 없기 때문에 범죄영화는 반드시 공범이나 목격자가 있게 마련이다. 공범자끼리 서로 쫓고 쫓기면서 싸우고 해치는 게 기둥줄거리가 된다. 나는 공범자끼리는 해칠 수밖에 없는 심리를 너무도 잘 안다.

 나는 그 일을 성공적으로 저지른 후 공손한 며느리, 착한 올케에서 쌀쌀하고 무도한 여자로 표변했다. 나는 그들과 사사건건 불화했다. 그들과의 불화는 나의 삶의 유일한 활력소가 됐다. 나는 정기적으로 시댁을 방문할 때 가면을 쓴 것처럼 무표정하고 뻣뻣하게 굴었고, 시어머니가 오는 것을 노골적으로 싫어했다. 남편이 좋아한다고 시어머니가 해나르는 갓김치나 청국장 따위를 절대로 남편상에 올리지 않았다. 골마지가 낄 때까지 내버려뒀다가 일부러 시어머니 눈에 띄도록 했다. 시누이하고는 대학 동창이었다. 결혼하고도 시어머니의 양해 아래 서로 이름을 부르고 지냈다. 학교때는 과가 달라 서로 얼굴이나 아는 정도였는데 시누이 올케가 되고부터는 단짝이 됐다. 피차 어렵게 살다가 처음 집 장만할 무렵은 청약예금에만 들면 아파트 신청권이 생기고 써넣는 채권 액수에 따라 당첨이 결정될 때였다. 우리는 늘 붙어다니면서 당첨권에 들 채권액 정보를 수집하고 의논해서 같은 단지에 같은 액수를 쓰곤 했다. 시뉘 올케끼리는 조금 떨어져 사는 게 좋다는 어른이나 친구들의 충고도 우리에겐 먹혀들지 않았다. 우리는 시뉘 올케끼리가 아니라 단짝 친구였으므로 이웃에 살면서 누릴 수 있는 여러 가지 편의만 생각했다. 같은 액수를 써넣다 보니 같이 떨어지기만 하다가 같이 당첨이 되었다. 이웃해 살면서 반찬거리도 같이 사고 애도 서로 봐주고 남편을 꼬셔서 두 집이 어울려 놀러 가는 일도 꾸미느라 우애는 더욱 돈독해졌다. 내가 태중의 여아를 지우고 아들을 낳게 되기까지도 시누이의 도움이 컸다. 그러나 아들을 낳고 나서 나는 시뉘가 꼴도 보기 싫어 이사를 했다. 그렇게 의가 좋던 처남 매부지간도 교묘하게 이간질을 해서 뜨악한 사이로 만들어놓고 말았다. 그렇다고 서로 초대하거나 방문하는 일이 전혀 없는 건 아니다. 나는 시누이 집을 방문할 때는 가장 좋은 옷을 입고 음식은 조금 먹고 말도 조금밖에 안 한다. 그리고 시누이 이름은 실수로도 안 부른다. 깍듯이 아가씨라고 부르고 집에 와서 남편한테는 누구 엄마라고 부른다. 시누이가 우리 집에 올 때 마지못해 사오는 과자 나부랭이를 거들떠도 안 보다가 나중에 남편 보란 듯이 쓰레기통에다 처넣는다. 내가 이러다 죄받지 싶을 적이 없는 건 아니었다. 그러나 그것도 사람에 대한 회한 따위가 아니라 음식에 대한 일말의 미안감이었다.

그 착하고 유순한 며느리가 이렇게 달라지기 시작한 게 천신만고 끝에 아들을 낳고 나서부터라는 걸 그들이 모를 리 없었다. 너 아들 낳더니 눈에 보이는 게 없냐?라고 맞대놓고 비아냥거릴 적도 있었다. 그러거나 말거나 나는 겁날 거 하나도 없었다. 내가 안하무인으로 굴수록 그들도 나를 함부로 대하지 못했다. 장손을 낳아준 맏며느리가 아닌가. 아들을 낳음으로써 나는 내가 남자가 된 것처럼 당당해졌다. 정말이지 나는 그들 앞에서 더는 여자 노릇을 할 필요가 없었다. 아들 생각만 하면 나는 겁날 게 없었다. 아들은 나에게 있어서 후천적인 남성 성기였다. 그러나 남자가 된 느낌이 고작 남을 해치고 싶은 충동일까. 그건 아닐 것이다. 유난히 시어머니하고 시누이를 보는 게 견디기 어려웠던 것은 공범의식 때문이 아니었을까. 그들만 보면 병원 침대머리에서 나를 지켜보던 두 얼굴이 떠올라 저절로 진저리가 쳐진다. 양수를 빼려고 들어간 방은 수술실이 아니라 주사실이라고 써 있는 장방형의 방이었다. 한쪽 벽으로 소독장이 붙어 있고, 차가운 비닐커버를 씌운 바퀴 달린 침대가 다른 한쪽 벽에 붙어 있었다. 시누이의 친구의 남편이라는 그 의사는 무슨 대단한 신기라도 뵈줄 것처럼 시어머니와 시누이를 다 들어오게 했다. 팬티를 아주 벗게 하지는 않았지만 불두덩까지 까내리게 했다. 시누이가 애처로운 얼굴로 얼른 자기 머플러로 그쪽을 가려주었다. 의사의 찬 손이 나의 제왕절개 수술자리를 만졌다. 의사의 그런 행동은 시어머니의 입에 붙은 탄식을 유발했다. 나는 귀를 막을 수가 없었으므로 눈을 감았다.

"글쎄 우리 아가가 쑥쑥 아래로 순산만 할 수 있어도 내가 선생님한테 이런 부탁 안 합니다. 딸도 못 낳는 사람도 있는데 마냥 낳다 보면 아들 낳는 날도 있으려니 기다리죠. 그러나 방금 선생님도 보시다시피 마냥 낳을 수 없는 몸이니 시에미가 어떻게 성화를 안 합니까. 이번이 마지막인데 또 딸이면 어쩌나 생각만 하면 자다가도 소스라쳐 눈이 말똥말똥해지는걸요. 의학이 이렇게까지 발달한 것도 모르고 괜한 걱정을 한 생각을 하면……."

눈은 감았지만 귀를 막은 건 아니어서 말을 마친 시어머니가 휴우, 하고 안도의 숨을 쉬는 소리까지 명료하게 들렸다. 시어머니가 나를 우리 아가라고 부르는 게 벌레가 기는 것처럼 스멀거렸다. 의사의 젊은 나이 답지 않게 기름진 목소리가 들렸다.

"뭘 너무 모르고 계셨군요. 요새 누가 둘씩이나 딸을 납니까? 두 번째는 다들 검사를 해보고 조치를 취하는걸요. 하나만 낳기로 작정한 부부 중에는 첫애부터 해보는 사람도 있는데 그건 우리가 말리지만요 막무가내예요."

그러면서 의사는 아랫배를 약냄새 나는 솜으로 이리저리 문질렀다. 나는 의사의 얼굴을 똑똑히 봐주려고 눈을 떴다. 의사는 잘 안 보이고 바로 눈 위에 시어머니와 시누이의 긴장하고 기대에 찬 얼굴이 둥실 떠 보였다. 마취를 하거나 그런 것도 아닌데 두 얼굴은 마치 동체를 떠나 공중에 떠 있는 것처럼 기괴해 보였다. 내가 어찌 그 얼굴을 잊어버릴 수 있을까. 천장은 하얗고 부연 갓을 쓴 백열등도 거의 얼굴 높이와 같이 떠 있었다. 의사의 찬 손이 뱃속의 작은 덩어리를 자꾸 한쪽으로 몰아붙이려하고, 작은 덩어리는 필사적으로 저항하고 있다는 게 선연하게 느껴졌다. 정신을 가다듬어 그쪽으로만 신경을 집중하고 있는데 느닷없이 따끔한 통증이 왔다. 날카로운 비명을 지르며 벌떡 일어나려는 나를 시어머니와 시누이가 황황히 양쪽에서 찍어눌렀다. 못 참을 만큼 아파서가 아니라 뱃속의 것이 생명의 위협을 받고 있다는 위기의식 때문이었다. 참아라 아가, 아무것도 아냐. 그냥 주사바늘이야. 시어머니가 애원하는 소리를 냈다. 그래 참아야 해. 속으로 그렇게 생각하면서도 모성본능까지 참아야 한다는 게 서러워서 눈귀로 주르르 눈물이 흘러내렸다. 못나긴, 애가 나이를 헛먹었다니까. 시어머니의 혀 차는 소리가 들렸다. 그날 의사는 양수를 뽑아내지 못했다. 보름쯤 있다가 다시 오라고 했다. 아직 자궁 내에 뽑아낼 만큼 양수가 생성되지 않은 것 같다는 것이었다. 나는 진땀을 흘리며 의사가 손에 들고 있는 빈 주사기를 쳐다보았다. 바늘도 몸통도 엄청나게 커보이는 주사기였다. 세상에 맙소사. 아직도 콩꼬투리만밖에 안 할 연약한 생명을 저렇게 무지막지한 걸로 공격을 하다니.

그날은 그래도 그 정도로 놓여날 수가 있었다. 보름을 기다리는 동안 그런 무서운 자극을 외부로부터 받은 태아가 어딜 다쳤으면 어떡하나 하는 근심으로 살이 마르고 사는 게 사는 것 같지 않았다. 그 태아가 아들인지 딸인지 아직 모를 때였다. 그렇다고 아들이면 무사하고 딸이면 다쳐도 그만이라는 생각 같은 건 한번도 떠오르지 않았다. 그냥 내 핏줄, 아니 생명 그 자체에 대한 말할 수 없는 애련이었다. 그 전에 첫애를 뱄을 때도 그 후에 아들을 뱄을 때도 뱃속의 것을 그렇게 귀애한 적은 일찍

이 없었다. 그럼에도 불구하고 보름 후에 나는 또 병원으로 끌려갔다. 이번에는 양수를 뽑는 데 성공이었고, 그 결과는 다음날이나 나온다고 해서 우리는 그냥 돌아왔다. 입시 결과를 기다리는 것처럼 초조해하며 시어머니는 집으로 돌아가지도 않고 우리 집에 머물렀다. 시누이를 통해 태아가 딸이라는 결과를 알려왔고 우리 세 사람은 다시 작당을 해서 같은 병원으로 아이를 떼러 갔다. 그 의사가 소파수술에는 도사라고 했다.

"세상 참 좋아졌지 뭐냐? 옛날 같으면 꼼짝없이 또 딸을 낳을 뻔했구나."

시어머니는 그게 그렇게 신기한 모양이었다. 몇 번이고 같은 소리를 했다. 그리고 소파수술하러 가는데 시집식구가 둘씩 따라가는 걸 고마워하라는 투의 소리도 했다.

"소파수술 그거 별것도 아니다. 나도 세 번씩이나 했어도 시어머니가 알지도 못했으니까. 낮에 하고 멀쩡하게 걸어와 저녁 해먹었는걸 뭐. 만만한 영감한테야 밤에 몇 마디 징징거렸지만 들은 척할 양반도 아니고, 어려운 세상이었으니까. 딴 낙이 없어서 그랬는지 두 내외가 쳐다만 봐도 애는 들어서고."

나도 시어머니 몰래 그 짓을 한 적이 있었다. 첫애 낳고 백 날 겨우 지나 또 아이가 들어섰을 때는 남편이 대책없이 회사를 그만두어 앞날이 막막할 때였다. 죽으란 법은 없는지 마침 나에게 일자리가 생겼다. 친정 연줄로 기업체에 신설한 부설학교에 취직이 된 것이다. 노동자들이 의식화되면서 노조결성이 기업체마다 확산될 때여서 그 무마책으로 부설학교를 만들어 소년소녀공들에게 배움의 기회를 주는 게 유행처럼 돼 있을 때였다. 봉급은 되레 정규 교사보다 후한 편이었지만 신분 보장은 안 됐다. 산전 산후 휴가제도는 정규 학교에서도 정립이 안 돼 있을 때였다. 설사 그게 가능하다 해도 딸의 처지를 딱하게 여겨 어린 것을 맡아준 친정어머니에게 한 아이를 더 덮어 씌울 수는 없는 일이었다. 나는 남편에게 이번 아이는 지우자고 상의하고 행여나 남편이 기죽을까봐 대단찮은 일처럼 명랑하게 굴었다. 그래도 그 수술을 받을 때 남편은 동행해주었고, 집에 와서는 극진히 간호해주었고 밤엔 몰래 흐느끼기까지 했다. 그 남자의 해석대로 정당방위였기 때문인지 그 첫 번째 중절수술 생각을 하면 죄의식보다는 가난은 참 무섭다는 궁핍에 대한 공포감이 먼저 떠오른다.

단지 딸이기 때문에 없애러 가는 길을 남편이 정말 눈치 못 챘는지, 왜 의논이라도 한마디 해볼 생각을 안 했는지, 그 언저리는 나도 정확하게 기억해낼 수가 없다. 확실한 건 그땐 나도 시어머니와 시누이의 살의가 옮아붙은 것처럼, 양수검사에서 딸로 판명되면 없앨 수밖에 없으리라고 일찌거니 각오하고 있었다는 것이다. 그렇지 않고서야 그렇게 순순히 양수검사를 당했을 리가 없다. 내가 다른 선택의 여지를 전혀 생각하지 못할 만큼 무력해지기까지는 시누이의 공이 컸다. 시누이는 가장 친한 친구인 척 소곤소곤 아들 낳고 먹는 미역국과 딸 낳고 먹는 미역국 맛이 얼마나 다르더라는 얘기를 내 귀에 독처럼 불어넣었다. 그녀는 아들 딸 남매를 두고 있었다. 그보다 더 충격적인 소식도 시누이는 어디서 알아내 왔다. 우리를 직접 가르치지는 않았지만 멋쟁이에다 덕망이 있는 인사로 세상에 알려진 교수 한 분이 상처를 했다. 덕망 있는 멋쟁이가 흔히 그렇듯이 소문난 애처가였다. 나도 여성지 컬러면에서 곱게 늙은 부부의 다정한 모습을 한두 번 본 게 아니어서 친척의 죽음보다 더 애도하는 마음이 애틋했더랬다. 그분이라면 아마 생전 재혼도 안 하고 오직 부인의 추억 속에서만 살겠지, 그런 기대는 감미롭기조차 했다. 그러나 그 후 몇 달도 안 돼 시누이가 오도방정을 떨며 전해준 소식통에 의하면 교수님은 벌써 재혼을 해서 깨가 쏟아지게 사는데 놀랍게도 사모님 생전부터 십여 년이나 그늘에 살던 여자라는 것이었다. 두 분 사이엔 딸만 둘이었는데 그 여자가 낳은 아들은 벌써 중학생인데 교수님을 빼닮아 준수하더라는 대목에서 시누이의 눈빛은 비수처럼 나를 가르고 지나갔다. 나는 그날 밤 잠을 못 잤다. 그 후에도 시누이는 그 댁 이야기라면 왜 그렇게 자세히 아는 것도 많고 신이 나 하는지. 사모님은 그걸 모르고 돌아가신 게 아니라 실은 감춰놓은 아들이 있다는 걸 알고 나서 그 충격으로 시름시름 앓다가 마침내 암으로 발전해 죽음에 이르렀다고도 했다. 들을수록 소름 끼치는 얘기였다.

  시어머니가 부쩍 아들손자타령을 하게 된 것은 시아버지가 돌아가시고 나서 갑자기 재산가가 되고 나서부터였다. 내가 시집갔을 때 시아버지는 중풍으로 누워 계셨다. 살림은 오래되고 불편한 구옥을 방방이 세를 놓아 근근이 꾸려가는 형편이어서 장남을 데리고 살 엄두도 안 냈다. 낡았지만 대지는 넓은 서대문 밖 집 앞으로 시아버님의 사후 갑자기 큰 길이 나면서부터 시어머니한테는 재복이 붙기 시작했다. 빚을 내고, 미리 전세돈을 받아내가며 빌딩을 올릴 때만 해도 위태위태해 보이더니만 시절을 잘 타 전세금이 이태도 안 돼 사글세 보증금 정도밖에 안 되게 화폐가치가 떨어졌다. 혼자가 된 후, 집 하나 가지면 너희들 신세 안 지겠노라고 집을 자기 명의로 해가진 시어머니는 그때부터 호기있고 당당해지면서 거침없이 아들손자 욕심을 부리기 시작했다. 기회만 있으면 아들을 붙들고, 내 딸이나 네 딸이나 딸은 소용없는 출가외인이니 그까짓 것들은 칠 것도 없고, 맏이 너한테서 영 아들손자를 못 보면 양놈 다 된 둘째네라도 불러들여야 할까 보다는 소리를 의논처럼 한탄처럼 하곤 했다. 남편 밑의 시동생은 집안이 한참 어려울 때 미국으로 이민가 영주권도 얻고 그럭저럭 거기서 발붙이고 사는 모양이지만 보고 온 남편 말에 의하면 온 식구가 나서서 벌어야 사는 영세한 장사꾼인 모양이었다. 그들이라도 불러들이겠다는 말이 남편에게 얼마나 위협적이고 모욕적이라는 걸 나는 옆에서 안 느낄 수가 없었다. 욕심 없는 사람이 어디 있을까만 남편의 물욕도 만만치가 않았다. 시어머니는 빌딩이 무슨 왕권이나 되는 것처럼 대를 이을 든든한 아들손자가 없는 집엔 지고 갈지언정 물려주지 않을 뜻을 거듭거듭 강조했다. 대를 잇는다는 건 핏줄도 성도 아니고 결국은 상속권이었다.

딸을 지우기 위해 가랑이를 벌리고 수술대에 누울 때도 시어머니와 시누이는 곁에 붙어 있었다. 지극정성이었다. 나는 그들이 확인사살을 위해 지키고 있는 사람들처럼 무서웠다. 그들은 양쪽에서 내 손을 잡고 뭐라고 위로의 말을 했다. 내가 그들을 미워하기로 작정한 건 아들을 낳고 나서가 아니라 아마 그때부터였을 것이다. 곧 스러질 생명에 대해 에미가 바칠 수 있는 애도는 그것밖에 없었다. 마취가 듣고 하나둘을 세면서 의식이 멀어져가는 중에도 나는 시어머니와 시누이의 얼굴을 망막에 새겨두려고 똑바로 바라보았다.

인큐베이터 속에서 내 아기가 꼼실대고 있었다. 손가락만한 아가였다. 너는 엄지아가씨로구나. 가엾어라. 불면 날아가게 생겼네. 인큐베이터를 지키고 있지 않으면 누가 훔쳐갈지도 모른다고 생각하면서도 자꾸만 졸음이 와서 허벅지를 꼬집었다. 아프지 않아서 이상했다. 그때였다. 검은 옷을 입은 시어머니와 시누이가 투실투실한 아기를 안고 들어왔다. 동시에 여기저기서 흰 옷 입은 사람들이 모여들어 방 안이 가득해졌다. 시어머니가 그들에게 그 큰 애를 넣기 위해 우리 엄지아가씨를 내보내라고 요구하는 듯했다. 안 돼요. 그애는 그 안에서 나오면 당장 스러지고 말 거예요. 나는 소리치려고 했지만 목소리가 돼 나오지 않았다. 검은 옷 입은 사람하고 흰 옷 입은 사람하고 저희들끼리 흥정을 했다. 얼마 주면 엄지아가씨를 내쫓고 그 아이를 넣어주겠느냐는 흥정 같았다. 사람들은 악마처럼 웃으며 액수를 자꾸 올리고 나는 그 짓을 말려야겠다고 아무리 몸부림쳐도 몸도 안 움직여지고 말도 안 나왔다. 그러다보니 인큐베이터 속의 엄지아가씨는 자취도 없이 사라진 뒤였다. 이슬처럼 사라졌구나. 나의 슬픔엔 아랑곳없이 방 안이 사람들의 무례한 홍소로 가득 찼다. 나는 내 몸이 그 거친 웃음소리 위에 떠 있는 것처럼 들들들 진동하는 걸 느꼈다. 뛰어내릴 수 있는 거라면 뛰어내리고 싶었다. 속이 온통 메슥거렸다. 그 기분 나쁜 웃음소리는 점점 사람의 소리 아닌 걸로 변하더니 자갈밭 위를 지나가는 쇠바퀴소리가 됐다. 그런 소리는 정말로 참을 수가 없었다. 쇠바퀴소리가 뇌수로 파고드는 것 같아 나는 귀를 틀어막으려고 몸부림쳤다.

  미는 침대에 실려 회복실로 가고 있었다. 아가 괜찮냐? 시어머니와 시누이가 근심스러운 얼굴로 굽어보고 있었다. 그들의 얼굴이 또 동체를 떠나 공중에 둥실 떠 있는 것처럼 아득하고 기괴해 보였다. 나는 눈을 감았다. 요 다음 임신에 지장이 없겠느냐고 시어머니가 의사한테 묻는 소리가 들렸다. 내 귀에는 그 소리가 고장난 음반에서 나오는 소리처럼 일

그러진 채 마냥 반복해서 들렸다. 태아는 소파수술로 제거하기에 적당한 날짜가 지나 좀 어려운 수술이었다는 걸 나중에 알게 됐다. 그래서 그렇게 다음 임신을 걱정했구나. 나는 하염없는 마음으로 내가 인큐베이터에 지나지 않았다는 걸 수락했다.

시어머니가 달여 바친 보약의 효험이었던지 다음 임신이 빨리 되고 다시 양수검사를 받았다. 또 딸이더라도 소파수술을 거부해서 그들에게 나의 달라진 모습을 보여주리라는 뜨겁고 야무진 각오로 그 지겨운 검사에 다시 임했던 건데 아들이라고 했다. 낳기도 전에 축하를 받고 위함을 받았다. 아들을 낳았지만 그들에게 달라진 모습을 보여주고 싶다는 정열은 식지 않고 계속됐다.

차 밖에서 웅성거리는 소리가 들렸다. 고개를 드니 학교 갔다오는 듯한 소년들이 네댓 명이나 차 안을 들여다보고 있었다. 꼼짝 않고 운전대에 엎드려 있는 여자를 이상하게 여긴 듯했다. 나는 걱정 말라는 뜻으로 빙그레 웃어 보였다. 볼이 이글이글 붉은 소년들도 괜한 걱정을 했다는 듯이 씩 웃고 멀어져갔다. 저만치서 머리에 임을 인 아낙이 걸어오고 있었다. 요즈음 도시에선 머리에다 뭘 이고 다니는 풍경을 좀처럼 보기 힘들다. 달랑무 줄거리 같은 게 몇 가닥 늘어진 커다란 광주리를 인 여자가 차 옆을 지나갔다. 여성지에서 본 매력적으로 걷는 법에 의하면 정수리와 양쪽 귀를 위에서 수직으로 땡기는 것처럼 머리를 곧바로 치켜들고 걸으라고 돼 있다. 지금 임을 인 여인의 자세가 바로 그렇지 않은가. 머리에서 무거운 게 찍어누름으로써 도리어 빳빳이 세울 수밖에 없는 여인의 모습을 나는 신기한 듯이 바라보았다. 머리끝에서 발끝까지 직선이

관통하고 있는 것처럼 당당하다 못해 존엄한 걸음걸이였다.

친정어머니 생각이 났다. 친정어머니는 남편이란 머리에 인 임과 같은 것이라는 소리를 자주 했었다. 나는 내가 본 어머니 아버지의 부부관계로 미루어 그 소리를 남편은 아내를 어떡하든 찍어누르고 머리 위에 군림하려는 존재라는 뜻으로만 받아들였었다. 그런 뜻도 있겠지만 거기 덧붙여 그 찍어누르는 존재에 의해서만 꿀리지 않고 당당하게 처신할 수 있는 여자 팔자를 빗댄 게 아닌가 하는 생각이 비로소 들었다. 어머니다운 발상이었다. 어머니는 아버지를 생전 어려워만 하며 살았다. 당신도 집 안에서 눈코 뜰 새 없이 일하면서도 어머니는 아버지가 벌어오는 넉넉지 않은 생활비를 황송해했고 자기는 거저 얻어먹는 것처럼 비하했다. 아들 둘, 딸 둘, 사남매한테도 아버지는 손님처럼 어렵게 굴었지만 아들 딸을 층하해서 대하는 것 같진 않았다. 공평하게 무심했다고나 할까. 어머니가 되레 아버지 앞에서 딸들은 오금을 못 펴도록 가르쳤다. 상에서 반찬도 못 집어먹게 했고, 아버지한테 아들 등록금을 타낼 때는 그리도 떳떳하게 굴던 어머니가 딸들 등록금을 탈 때에는 그지없이 비굴하고 조마조마한 표정을 했다. 타낸 걸 건네줄 때도 아버지한테 미안해서 혼났다는 소리를 꼭 덧붙였다. 아들 장가 보낼 때는 사돈한테 점잖고 품위있게 굴던 어머니가 딸 시집 보낼 때는 꼭 무슨 흠이라도 있는 자식을 남의 집에 속여서 들여보내는 것처럼 위축되고 비굴하게 굴어서 나를 속상하게 했다. 더 속상한 건 내가 딸을 낳을 때마다 어머니는 기껏 해산 구완 다하고 나서도 사위나 사돈한테 꼭 죄인처럼 구는 거였다. 제발 그러지 말라고 해도 그게 어디 시켜서 되냐, 저절로 그렇게 되는 걸 어떻게 하느냐고 했다. 내가 동생이 첫아들을 낳았을 때 너무도 좋았던 것은 어머니

꿈꾸는 인큐베이터 185

가 그런 억울한 해산 구완을 안 해도 되겠기 때문이었다. 내가 첫딸을 낳았을 때 시어머니는 어떠했는지 모르지만 남편하고 나하고는 정말이지 손톱만큼도 섭섭한 마음이 없었다. 세상에 우리만 자식 낳아본 것처럼 자랑스럽고 신기한 것 천지였다. 친정에서 산후조리를 하는 동안 남편도 아기가 보고 싶어 처가에서 출퇴근을 했다. 남편 앞에서 아기 기저귀를 가는 건 예사였고 남편에게 기저귀를 갈아달랠 적도 있었다. 어느 날 그걸 본 어머니는 못 볼 것을 본 것처럼 질색을 하더니 나중에 사위 못 듣는 데서 야단야단치시는 것이었다.

"아니 이 철딱서니 없는 것아. 남편한테 어떻게 계집애 아랫도리, 그 흉한 걸 보이냐, 보이길."

"아들은 괜찮구요?"

"여부가 있냐? 고추 달린 아랫도리야 남편 앞에 여봐란 듯이 풀어놔야지."

우리 기를 때도 어머니는 그랬었겠구나. 그건 물어보나마나였다. 그건 아무도 못 말린 어머니의 버릇, 아니 도덕관념이었다.

내가 나의 인큐베이터 됨을 참아낼 수밖에 없었던 소인은 그러니까 기저귀 찰 때부터 비롯됐던 것이다. 그러나 앞으로는 달라져야 한다. 누구에게 보이기 위해가 아니라 나를 위해 어떡하든지 달라져야 한다. 남편도 나도. 이건 사는 게 아니다. 그렇게 간악한 짓을 저지르고도 죄책감을 못 느끼는 그 께름칙함을 떨쳐버리지 않는 한 생전 아무것도 느낄 수가 없을 것 같다. 우선 차에서 내려 다시 한번 강바람을 들이마시고 운전대를 잡았다.

차도로 나왔으나 좌회전을 하지 못해 돌아가야 할 도시를 뒤로 하고 달릴 수밖에 없었다. 어딘가에 유턴 지점이 있겠지, 유턴 지점을 열심히 찾는 것도 아니면서 그렇게 믿으며 상쾌한 속도를 냈다. 도시와 더불어 내 집 또한 뒤로 뒤로 멀어져 가는 기분 또한 상쾌했다.

나의 가장 나종 지니인 것

제25회 동인문학상 수상작

전화 바꿨습니다. 어쩐 일이세요? 형님이 전화를 다 주시구. 거는 건 언제나 제 쪽에서였잖아요. 말도 저만 하고 형님은 듣기만 하셨죠. 여북해야 혼자서 마냥 지껄이다가 문득 형님은 시방 수화기를 살짝 문갑 위에 올려놓고 딴 일 보고 계실 거다 싶은 생각이 들 적이 다 있었겠어요. 숨도 크게 안 쉬시는 고상한 우리 형님이시니 무슨 소리가 들릴 리 없죠. 형님은 나빠요. 어쩜 그렇게 인기척이라곤 없이 남의 말을 들을 수가 있어요. 연결된 전화통에서 아무 소리도 안 들리는 느낌이 어떤 건지 아마 형님은 모르실 거예요. 절벽 같아요. 내가 뛰어내리지 않으면 누가 떠다밀기라도 할 것 같은 절벽 말예요. 그래요. 형님은 제 수다가 정 듣기 싫으면 이제 그만해두게, 말로 하시지 그러실 분이 아니라는 건 저도 알아요. 마음이 꼬이면 별 생각을 다 하나 봐요. 그렇지만 절벽 같은 적막 끝에 들려오는 소리도 뭐 그렇게 정 붙는 소리는 아니더라구요.

듣고 있네, 계속하게나.

사극에 나오는 대비 마마처럼 이렇게 감정이 섞이지 않은 형님의 목소리를 들을 때마다 창석이 처가 참 안됐단 생각이 들어요. 형님은 맏며느리를 직장에 그냥 다니게 한 것만 큰 선심 쓴 것처럼 말씀하시지만 형님 같은 시어머니 모시기가 얼마나 힘들겠어요. 알아요. 형님 생각으로야 모시게 한 적도, 잔소리한 적도 없으시겠죠. 그렇지만 절벽 같은 침묵과 잔뜩 꾸민 목소리는 안 힘든 줄 아슈, 뭐. 형님 화나셨어요? 네에, 참 하실 말씀이 있으셔서 거셨을 텐데 제 소리만 했네요. 그저께가 증조모님 제사였다구요? 이를 어쩌나. 그만 깜박했어요. 형님도 잊어버리셨다구요? 우리 둘 다 잊어버렸으니 제사를 못 지냈겠네요. 못 지낸 건가, 안 지낸 건가. 창석이 처가 기억해냈을 리는 만무하구. 형님이 그런 일에서 며느리를 제쳐놔 버릇하기가 잘못이에요. 너 아니면 안 되는 일이다라고 못 박아준 책임도 질까 말까 한 게 요즘 아이들인데 처음부터 신경 쓸 것 없다는 식으로 길들여놓고 뭘 그러세요. 형님도 아시죠. 창석이 처가 즈이 방 달력에다 친정집 대소사를 조카들 생일까지 동그라미 쳐놓은 거. 모양으로 쳐놓은 동그라미는 아닐 테니 일일이 챙겼을 거 아녜요. 형님, 미안해요. 내가 왜 안 하던 짓을 했을까. 조카며느리 흉을 다 보구. 형님도 흉보고 싶을 땐 좀 보세요. 남만 무안하게 만들지 말구.

그나저나 형님 잘됐지 뭐예요. 이참에 아주 이대 봉사로 줄이세요. 우리한텐 증조지만 이젠 창석이가 제준데, 그 애로 치면 고조 아녜요. 요새 누가 사대 봉사씩이나 해요. 가정의례준칙에도 이대까지만 하라고 돼 있답니다. 기억나는 조상까지만 지내자는 게 얼마나 합리적이에요. 하긴 형님은 증조할머니 뒤까지 받아내셨으니 기억나는 정도가 아니겠네요.

단 석달이라도 그게 어디예요. 증손부한테 아랫도리까지 내보이시다가 돌아가셔선 또 해마다 그 손으로 지극 정성 차린 제사 받아잡숫고 그만하면 호강하셨죠. 안 그래요? 그나저나 형님, 혼령이 정말 있을라나. 계시다면 조금은 섭섭하셨겠지만 그러려니 했을 거예요. 사대 봉사까지 받아잡숫는 혼령이 요즈음 세상에 어디 그리 흔할라구요. 혼령도 호강이 지나치면 딴 혼령들한테 미움받을지도 모르잖아요. 굶고 가셔서 안되었단 생각일랑 마세요. 혼령이 먹은 자리 난 건 여적지 못 봤으니까. 자리도 안 나게 먹을 거면 아무 데선 못 얻어먹겠어요. 형님네 동네엔 서울서도 이름난 먹자골목까지 있겠다. 형님네 아파트까지 찾아오시는 동안 시장기만 면하셨을라구요. 속세 음식에 질려서 절레절레 머리를 흔들고 가셨을 텐데요, 뭐. 알아요. 저도. 운감이란 제사 음식에 한한다는 것쯤. 돌아가신 조상이 운감을 못해 큰일 났단 생각보담은 저를 나무라고 싶으셔서 전화 거셨으리라는 것도요. 그래요. 해마다 형님한테 제삿날을 일깨워드린 건 저였죠. 그렇지만 제가 안 알려드리면 잊어버릴 형님인 줄은 정말 몰랐다구요. 저는 다만 제삿날을 사흘이나 이틀쯤 앞두고 나박김치 담그러 갈 날을 의논드린다는 게 자연히 제삿날을 아는 척하는 구실을 했을 뿐인데 저를 그렇게 믿고 계셨다니, 형님 이제부터 저 믿지 마세요.

뭐 외는 건 질색이에요. 특히 숫자는 안 돼요. 요전에 밖에서 집에다 전화 걸 일이 있었는데 전화 카드를 집어넣고 나서 숫자판을 누르려는데 집 전화번호가 생각나지 않지 뭐예요. 황당하더군요. 어둑어둑할 무렵이었어요. 차들은 헤드라이트를 켜고 질주하고, 길 건너 상가엔 네온이 켜지기 시작하더군요. 수화기를 들고 망연히 서 있었죠. 뒤에서 기다리던 청년이 빨리 걸라고 재촉을 하더군요. 성질이 급하거나 버릇없는 젊은이 같진 않았어요. 참을 만큼 참다가 나온 소리였을 거예요. 나한테 시간이 정지돼 있었다고 해서 남들까지 그러했을 리는 없으니까요. 저는 청년을 돌아다보면서 말했죠. 우리 집 전화번호 좀 가르쳐줘요. 청년이 비실비실 뒷걸음질을 치더니 몸을 돌려 줄행랑을 치더군요. 머리로 아무것도 생각해낼 수가 없으니까 온몸이 꺼풀만 남은 것처럼 무력해지던데 그런 늙은이를 청년이 뭣 하러 두려워했을까요? 형님. 참 묘한 기분이었어요. 내가 살아 있다는 게 믿어지지 않았으니까요. 기억이 지워졌는데 어떻게 살아 있다고 할 수 있겠어요. 거리를 오고 가는 사람들이나 요상하게 춤추는 불빛들이나 다들 실재하는 것들이 아니라 내 눈에만 그렇게 보이는 환상이다 싶었어요. 건물이고 차들이고 형체는 지워지고 거기서 내뿜는 불빛만이 서로 얽히고설키는 게 마치 물체들의 혼령이 너울너울 자유롭게 교감하는 것 같더라구요. 마음이 편안하고도 슬펐어요. 세상을 하직하면서 한평생의 헛되고 헛됨을 돌아다보는 기분이 그런 거 아닐까요. 편안한데도 이상하게 위로받고 싶었어요. 형님, 그날 제가 스스로를 위로할 실마리를 어디서 찾았는 줄 아세요? 느닷없이 얼마전에 텔레비전을 통해서 본 어떤 성우 생각을 해냈어요. 형님도 누구라고 이름만 대면 알 만한 아주 유명한 성우였어요. 성우 경력이 이십 년이 넘는다니 우리보다 젊어봤댔자 십 년 안짝일 텐데 가꾸고 살아서 그런지 사십 대도 안 돼 보입디다. 그런데도 좀처럼 모습을 드러내지 않아 목소리하고 이름으로만 알려진 인기인이죠. 그가 성우 생활에 얽힌 이런저런 에피소드를 들려주다가 어느 날 갑자기 자기 이름이 생각나지 않더라는 얘기를 하지 뭐예요. 웃기려고가 아니라 아주 심각했어요. 이십여 년을 차분한 목소리로 주로 음악 프로를 진행해오면서 처음과 마지막에는 꼭 자기 이름을

나의 가장 나종 지니인 것 193

멘트해왔으니까 자기처럼 제 입으로 제 이름을 여러 번 말한 사람도 대한민국에 흔치 않을 거라면서, 그러나 어느 날 생방송을 끝내고 진행에 누구누구였노라고 말을 하려는데 이름이 생각나지 않더래요. 그래도 노련한 방송인답게 당황하지 않고 이름은 내일 말씀드리겠습니다라고 했다나요. 그때 그 생각을 하니까 내 집 전화번호가 생각나지 않은 것이 좀 덜 불안하더라구요. 별것도 아닌 걸 다 꿔다가 위안을 삼으려는 걸 보면 정신을 놓칠까봐 겁이 나긴 났었나봐요. 제 마음은 저도 잘 모르겠어요. 정신이 나간 상태를 즐기는 줄 알았는데 실은 두려웠나봐요. 얼마나 그러구 있었는지 모르겠네요. 전화는 못 걸었지만 그날 밤에 집에 찾아 들어가긴 했으니까요. 우리 집 동 호수는 안 잊어버렸냐구요? 제집을 누가 동 호수로 찾수? 다리가 저절로 집까지 데려다주니까 가는 거죠. 정신으로 기억하는 것과 몸으로 기억하는 게 어떻게 다른지 모르겠어요. 그나저나 혼령이 정말 있을라나.

아이들이 전화도 안 걸고 늦었다고 야단치더라구요 우리집은 거꾸로예요. 걔들이 어른이고 나는 물가에 내놓은 어린애라니까요. 그날도 친구 회갑을 호텔 뷔페로 먹고 나서 차 마시고 수다 떨고 하다보니 좀 늦었길래 그거 고하려고 전화 걸려다가 그만 그리 된 거였어요. 그 애들이 날 그렇게 길들였다니까요. 내가 무슨 여고생인 줄 아는지, 어디 갈 때는 가는 장소와 돌아올 시간을 분명히 하고 나가라, 나가서도 제시간에 못 돌아올 일이 생기면 반드시 전화 걸어라, 이런 식이에요. 걱정하기 싫다 이거겠죠. 전화번호 잊어버렸단 얘기는 하기 싫어서 딸년들 호령을 잠자코 듣기만 하다가 내 방으로 들어와 버렸는데 평소하고 달라 보였나 봐요. 그 애들이 안 하던 짓을 하더라구요. 창희 년이 내 방까지 따라 들어와 따지는 거예요. 창희가 제 언니에 비해 성미가 좀 파르르하잖아요.

　엄마, 해도 너무해. 이제 그만 해. 오빠 죽은 지 벌써 칠 년째야, 오빠만 자식이야. 딸은 자식 아냐. 언니가 왜 여태 시집도 못 가고 있는 줄 알아? 엄마 모실 신랑 고르느라고 좋은 사람 다 놓친 거라구. 엄만 그것도 모르구 있지. 알 리가 없지, 관심도 없으니까. 난 엄마 입에서 딸 혼기 놓쳐 큰일이라고 걱정하는 소리 한마디만 들어도 원이 없겠어. 세상에 그런 엄마가 어딨어. 언니 나이나 알아? 것도 모르겠지. 오빠가 나이를 안 먹으니까 우리도 생전 스물셋, 스물하나인 줄 알죠? 하긴 세월도 엄마 같은 바윗덩이한테 부딪치면 딱 멎어야지 별수 있겠어. 난 언니 같은 효녀 될 자신은 없지만 그래도 엄마한테 잘하려고 애써왔어. 이젠 지쳤어. 언니도 곧 지칠 거야. 엄마한테 잘 하는 건 밑 빠진 가마솥에 물 붓기야. 엄마가 우리한테 어쩌다 보이는 관심이 뭔 줄 알아? 저 계집애들 중 하나를 잃었으면 내가 이렇게 원통하진 않았으련만, 하는 표정으로 우리를 볼 때야. 그런 표정 정말 소름 끼쳐. 엄만 우리가 살아 있는 걸 미안해하게 만들어. 우리도 우리에겐 한 번뿐인 인생인데 그래야 돼? 엄만 정말 해도 너무해.

　글쎄 이렇게 퍼붓더라구요. 형님도 잘 들어두슈. 창숙이 년이 에미 때문에 여태 시집을 못 갔답니다. 그만하면 천하에 광고 칠 만한 효녀 아니겠수. 내가 딸년들 나이 먹는 거 일일이 신경 쓰고 살지 않는다는 건 사실이지만서두 즈이들한테 얹혀 살 생각 같은 건 꿈에도 해본 적 없건만, 기가 막혀서. 이제 와서 이런 소리 해도 아무 소용이 없게 됐지만, 저 실은 창환이도 결혼하는 즉시 내보내려고 했지 데리고 살 생각 안 했어요. 왜는 왜예요? 형님 때문이지. 형님이 좀 오래 시집살이하셨수. 시집살이면한 지 겨우 삼 년 만에 과부 되시고 며느리 보셨으니 두 내외만의 오붓한 재미도, 혼자 사는 자유 맛도 모르시잖아요. 그 세대는 그렇게 살 수밖에 없는 시대이기도 했지만 형님 시집살이는 그래도 어진 시어른 때문에 보기 좋아더랬어요. 저는 애를 들쳐업고 시장도 가고 밥도 해먹을 때, 형님네 애들은 할머니 할아버지 손바닥에서 금이야 옥이야 방바닥에 등 붙일 겨를이 없는 걸 제가 얼마나 부러워했는지 형님도 아시죠. 제가 샘내는 소리를 비치면 형님은 난 애 들쳐업고 밥해 먹기가 소원이라네, 라고 한숨 섞인 소리로 말씀하시곤 했죠. 그건 저를 위로하려고 꾸민 소리가 아니라 은밀하고 애틋한 형님뿐 아니라 아주버님도 같은 생각일 거라는 것까지도요. 부부끼리 고통의 나눔이 없이 어떻게 형님처럼 완벽하게 좋은 며느리 노릇을 할 수가 있겠어요. 형님은 또 우리 집에 들르실 때마다 아이들하고 지지고 볶으면서 사는 걸 보시고는 부러운 듯이, 자네네 사는 것에 비하면 나 사는 건 반세상이라네, 라고도 하셨죠. 나는 우리 창환이가 장가들어 반세상 살게 하고 싶지가 않았어요. 온 세상을 주고 싶었답니다. 암, 온 세상을 주어야 하구말구요. 아들도 같이 살 생각을 안 했는데 딸하고 같이 살 생각을 꿈에라도 했겠어요. 먹고살 게 없다면야 또 모르죠. 사람 목숨은 모진 거니까. 나는 절대로 자식 신세 안 진다는 입바른 소리를 어떻게 하겠어요. 그이가 다행히 연금을 남겨줬으니 이런 흰소리라도 할 수 있는 거죠. 그래도 자식들이 말이라도 그렇게 하는 걸 고마운 줄 알라고요? 네에, 형님 고마울 것까지는 없어도 탄할 생각까지는 안 했는데 그다음 소리가 맹랑하잖아요. 세상에 에미 가슴에 비수를 꽂아도 분수가 있지, 감히 그런 소리를 어떻게 입 밖에 낼 수가 있을까요? 형님. 전 한 번도 창환이 목숨을 제까짓 것들과 비교하거나 바꿔치기해서 생각한 적 없어요. 맹세코. 아들 딸을 충하하지 않겠다는 지어먹은 마음 따위하곤 달라요. 창환인 전무후무한 하나뿐인 창환이고 아무하고도 비교할 수 없이 잘났기 때문이에요.

하긴 내 딸 나무래 무엇 하겠어요. 내가 창환일 잃고 나서 친척이고 친구인 멀쩡하게 아들 잘 기른 사람들이 나한테 괜히 미안해하는 거, 나 알아요. 아들 자랑 하다가도 내 앞에선 입을 다물고, 장가 보낼 때 나한테 청첩장을 보낼까 말까 망설이고, 내가 행여 즈이들이 부러워 마음 상할까봐 그런다는 거 알아요. 명애라고, 형님도 아시죠? 우리가 성북동 살 때 아래윗집 살면서 부추전만 부쳐도 담 너머로 나눠 먹던 제 여고 동창 말예요. 걔 아들하고 창환이하고도 국민학교에서 중학교까지 동창이었다구요. 서로 사는 내막 속속들이 알고 마음이 통해 숨기는 거 없기는 형님보다 훨씬 가까웠더랬죠. 형님도 물론 그러시겠지만 시집 쪽 친척은 아무리 촌수가 가까워도 어느 정도 이상은 친해질 수 없는 껍질 같은 걸 가지고 대하게 되더라구요. 창환이가 그 지경 당하고 나서도 어느 친척도 명애만큼 놀라고 슬퍼하지 못했을 거예요. 내가 통곡하면 통곡하고, 펄쩍펄쩍 뛰면 같이 펄쩍펄쩍 뛰고, 내가 몸져 누웠을 때는 하루도 거르지 않고 온갖 죽을 다 쑤어서 날랐죠. 형님도 죽 쒀 온 적 있으시다구요? 꼭 안 듣는 척하시다가도 틀린 말은 한마디도 못 참으신다니까, 글쎄. 그런 명애도 즈이 아들 장가들일 때는 나한테 쉬쉬 하더라니까요. 혼인날 딴 동창한테 듣고 알았어요. 식장이 찾기 어려운 변두리 동네 교회라 나한테 길을 물어온 동창도 내가 그때까지 모르고 있다는 걸 알고는 처음에는 안 믿다가 나중에는 자기 생각이 명애에 못 미쳤노라고 사과를 하면서 제발 모르는 걸로 해달라나요.

형님 제가 뭘 잘못했다구 이렇게 손도를 맞습니까? 제가 손도를 맞는다는 건 창환이의 죽음을 부끄럽게 여기는 게 되거든요. 그럴 수는 없었어요. 저는 떨치고 일어나 즉시 준비를 하고 환하게 웃으며 결혼식장으로 달려갔죠. 명애가 어쩔 줄 몰라 했지만 저는 늠름하게 굴었어요. 마음으로부터 축하도 했구요. 명애 아들이 장가드는 거 저 정말로 안 부러웠어요. 걔 아들하고 창환이하곤 댈 것도 아니니까요. 껄렁한 대학도 삼수까지 해서 들어갔고 젊은 애가 야망이 있나 이상이 있나 오로지 말초신경만 발달해가지고 달고 다니는 여자가 맨날 바뀐다더니 아마 그중에 하나가 배라도 불러왔나 봅니다. 부자도 아닌 집에서 졸업도 하기 전에 서둘러 식을 올린 걸 보면. 그런 녀석이 어떻게 창환이하고 비교가 됩니까? 말도 안 되지. 그렇다고 형님 제가 남의 잘난 아들을 보면 마음이 아린 줄 아시진 마슈. 우리 친정 조카 얘긴 형님도 종종 들으셨죠. 친정에 번듯하게 출세한 사람 없기는 형님네나 우리 친정이나 마찬가지지만 그래도 전 친정으로 해서 으스대고 싶을 때는 늘 그 장조카 자랑을 하곤 했으니까 형님도 생각나실 거예요. 재학 중에 고시 패스한 애 말예요. 참 우리 집에서 보신 적도 몇 번 있죠. 머리만 좋은 게 아니라 인물도 자알 났죠. 그 애가 장가갈 때는 창환이 잃은 지 일 년 안이기도 했지만 글쎄 친정 식구들이 하나같이 이 하나밖에 없는 고모가 오지 말았으면 하는 눈치더라구요. 내 참 아니꼽고 더러워서. 누가 그까짓 판검사를 대수롭게 알 줄 알구. 그동안 나도 민가협 엄마들 덕에 의식화된 것도 있고 해서 죽은 우리 창환이가 산 법관보다 골백번은 더 잘나 보이더라구요. 그러니 내가 걔 결혼하는 것 보고 꿀리거나 부러울 게 뭐 있겠어요. 더군다나 그 며칠 전엔 민가협 엄마들 따라 민주 투사 공판하는 거 방청하러 가서 말도 안 되는 죄목을 나열하는 법관을 실컷 야유하고 퉤퉤 침까지 뱉고 온 끝인데 그 새파란 법관이 부럽기는커녕 한심해 보입디다. 민가협 엄마들 덕에 언짢은 기색 하나도 안 하고 그날도 고모 노릇을 얼마나 씩씩하게 잘해냈다구요.

　형님, 밍개헵이 아니라 민가협이라니까요. 딴 발음은 똑똑하게 잘 하시면서 그 소리는 왜 그렇게 어눌하고 얼버무리시나 몰라. 형님 일부러 그러시는 거 아녜요? 저하고 그 사람들을 한 묶음으로 능멸하려구요. 아이구 깜짝이야. 그 소리에 뭘 그렇게 화를 내세요? 암만해도 찔리는 데가 있는 갑다. 형님 미국 딸네 집에 한 달도 못 있다 오셔가지고도 밧데리를 꼬박꼬박 베러리라고 하셨잖아요? 그렇게 잘 따라하시는 형님 혀가 민가협 소리를 못할 리가 없을 것 같아서요. 능멸까지는 안 하신다고 해도 못마땅해서 일부러 그러실 거예요. 아무튼 전 듣기 싫어요. 요다음부터는 그러지 마세요. 별걸 다 갖고 시집살이시킨다구요? 그러문요, 동서도 시집은 시집이죠. 형님은 뭐 저한테 시집살이시킨 적 없는 줄 아시우.

　형님, 제가 어디까지 말씀드렸죠? 아, 네에, 아들 장가들일 때 다들 절 따돌리는 것 같다는 얘기였죠. 자격지심이라구요? 그럴지도 모르죠. 따돌리는 것만 아니꼬운 줄 아세요. 너무 잘해주는 것도 싫어요. 그게 다 한통속이거든요. 형님만 해도 창석이 장가들일 때 저한테 얼마나 신경을 썼어요. 그 바람에 창석이 처가만 혼났죠. 저한테까지 시어머니하고 똑같은 예단을 해 왔으니 속으로 얼마나 욕을 했겠어요. 시아버지 예단을 안 해도 되니까 작은어머니한테 대신 했을 거라고 형님이 아무리 그러셔도 저는 그게 그 집에서 자발적으로 그렇게 한 게 아니라는 거 알아요.

창석이 장가들 땐 창환이 죽은 지 오 년도 넘었을 텐데도 제가 그렇게 신경이 쓰이던가요? 폐백 받을 때도 형님은 저를 영감님처럼 곁에 앉히셨죠. 처음에는 쌍과부가 나란히 폐백 받기가 민망해서 사양하다가 좌중의 분위기가 어째 이상하게 가라앉는 것 같아 제가 졌죠. 창환이 생각이 나서 언짢아하고 있는 것처럼 보이기가 싫었어요. 그건 사실이 아니니까요. 저 창석이 장가갈 때도 조금도 안 부러웠어요. 창환이를 창석이하고 비교하는 마음이 없었으니까요. 그때 형님은 아주버님 안 계신 평계로 절 부득부득 끌어다 앉히셨지만 아주버님이 계셨더라도 마찬가지였을 거예요. 남들이 처첩을 거느리고 폐백을 받는 줄 알건 말건 상관 안 하고 새 며느리한테 저를 시부모와 똑같이 인식시키려 드셨을 테죠. 우리 그이도 아주버님 돌아가신 후 조카들한테 잘하려고 우리 아이들은 뒷전이었던 건 형님도 인정하시죠. 그래 봤댔자 겨우 형제간의 나이 차이만큼밖에 더 못 살았지만서두요. 남의 집 남자들보다 좀 단명한 거 하나가 흠이지 형님이나 저나 중매로 혼인했어도 남편은 잘 만났었다 싶어요. 우리 그이가 회갑을 못 넘기고 세상 뜬 데 대해서도 여한 없어요. 창환이를 앞세우지 않고 자기가 휘딱 앞서 갔으니 참 복도 많다 싶어 부럽다 못해 얄밉기까지 한 걸요. 제가 부러운 건 오직 그이뿐이에요. 자다가도 그이가 부러워 가슴이 저리기 시작하면 밤을 홀딱 새우고 말죠. 그러나 그건 남의 산 자식을 부러워하는 것하곤 달라요. 창석이가 나무랄 데 없는 아이라는 건 저도 인정해요. 그러나 우리 창환이하곤 그릇이 다른 걸 비교가 되나요. 부모 속 안 썩이고 명문 대학 척척 들어가고, 졸업도 하기 전에 대기업에서 모셔가고, 윗사람 눈에 얼마나 들었으면 중매까지 서줘서 좋은 집 규수한테 장가들고, 형님이 아들 잘 기른 거야 세상이 다 아는 일이죠. 그렇지만 형님, 창석이가 대학 들어간 해가 언제예요? 바로 80년 아녜요. 80년에 대학 들어간 애가 세상이야 어찌 돌아가든 알 바 아니라는 듯이 공부만 팠다는 건, 제 보기에는 인간성이 의심스러워요. 어떻게 그럴 수가 있었을까? 사람이 그러면 못 쓴다구요. 우리 창환이도 창석이보다 삼 년 뒤에 같은 대학에 들어갈 때만 해도 창석이처럼 공부밖에 모르는 아이였죠. 그러나 우리 창환이는 캠퍼스의 최루탄 냄새를 괴로워했어요. 그건 창석이도 마찬가지였다구요? 그야 그렇겠죠. 지나가던 사람도 눈물 콧물을 짜면서 펄쩍펄쩍 뛰었으니까요. 창석이는 몸으로 괴로워했을 뿐이지만 우리 창환이는 마음으로 더 많이 괴로워했다구요. 그래요. 우리 창환이가 운동권이 아니었다는 건 형님 말이 맞는지도 몰라요. 에미도 눈치를 못 챘으니까요. 그러나 그걸 누가 단정을 하겠어요. 자식을 겉을 낳지 속까지 낳는 건 아니란 말도 그래서 생겨난 거 아니겠어요. 그런데 그게 왜 그렇게 중요하죠? 말끝마다 형님은 꼭 그 소리를 하시더라, 마치 오금을 박듯이. 이럴 때는 전화로 얘기하고 있다는 게 얼마나 다행인지 몰라요. 아녜요. 전화로 말하면서도 전 형님의 시선을 느껴요. 대단한 비밀을 알고 있는 사람이 그걸 모르는 사람을 바라볼 때의 기분 나쁜 눈길 말예요. 그래 봤댔자 우리 창환이가 단순 가담자에 불과할 거라는 것밖에 형님이 저보다 더 알고 있는 게 뭐가 있겠어요. 그게 왜 그렇게 중요하죠? 처음에야 저도 그게 미치게 억울했죠. 그놈의 쇠파이프가 눈이 멀어도 분수가 있지 앞장선 열렬한 투사들 다 제쳐놓고 하필 우리 창환이었을까, 하구요. 그러나 죽음은 어차피 돌이킬 수 없는 운명인 거 아닌가요? 게다가 철저하게 개개의 것이고. 그게 너무 무서워서 우선 피하고 싶었어요. 우선 개별적인 것에서 피하는 방법은 휩쓸리는 일이었죠. 집단적인 열정 속으로. 형님도 기억하시죠. 우리 창환이의 장엄한 장례식을요. 백만 학도가 창환이를 열사로 떠받들었죠. 형님, 제발 그렇게 말씀하시지 마세요. 젊은이들이 제 몸에다 불을 붙여 시대의 횃불을 삼으려 든 세상이었잖아요? 죽은 목숨을 횃불 삼으려 든 것쯤 아무것도 아니었죠. 형님이나 저나 하도 궁핍한 어린 시절을 보내서 그랬던가, 먹을 것 흔하고 흥청망청 물건 아쉬운 것 모르는 세상만 꿈인가 생신가 좋기만 하던데, 젊은이들 눈엔 세상이 얼마나 깜깜했으면 제 몸으로 불을 밝히려 들었을까요? 중요한 건 창환이가 운동권이었나 아니었나가 아니라 죽음까지 횃불로 삼지 않을 수 없을 만큼 시대가 깜깜했다는 거 아닐까요.

형님, 우리가 참 모진 세상도 살아냈다 싶어요. 어찌 그리 모진 세상이 다 있었을까요? 형님. 그나저나 그 모진 세상을 다 살아내기나 한 걸까요? 형님은 당연히 비웃으시겠지만 세상이 정말 달라졌다면 그 달라지게 한 힘 중엔 우리 창환이 몫도 있다고 생각해요. 그래요, 허튼소리 같지만 저는 수도 없이 창환이의 부활을 경험했죠. 민가협 엄마들한테서 세뇌 받아서 그렇게 됐다는 식으로 말씀하시지 마세요. 누가 누굴 세뇌해요. 그 지경을 당하고도 하루하루를 죽은 목숨처럼 살지 않을 수 있는 유일한 방법이었을 뿐이에요. 6·10항쟁 때도 형님이 저한테 얼마나 깊은 상처를 입혔는지 모르고 계시죠? 그땐 창환이 죽은 지 얼마 안 돼서이기도 하지만 뭔가 심상치 않은 일이 생길 것 같아 정신을 번쩍 차리고 일어났더니 형님이 뭐랬는 줄 아세요. 자식을 잡아먹고도 데모가 그렇게 좋으냐고 악을 쓰셨죠. 언제는 언제예요. 육십 때라니까요. 형님 제발 육십하구 육이구하구 헷갈리는 거, 사일삼하고 사일구도 분간 못하는 거,

오일육하고 오일팔이 왔다 갔다 하는 거, 정말 참을 수가 없어요. 어떤 때는 내 앞에서 일부러 그렇게 시침을 떼는 게 아닐까 싶어지면 형님하고 다시는 상종도 하기가 싫어져요. 그런 날짜는 그렇게 잘 외면서 증조모님 제삿날은 어떻게 그렇게 감쪽같이 까먹었느냐고요? 형님이 그렇게 나오실 줄 알았어요. 오금을 박는 데는 선수시니까요. 좋아요, 솔직히 말씀드리죠. 증조모님 제사가 저한텐 하나도 안 중요하니까 잊어버릴 수도 있는 거죠, 뭐. 창환이 잃고 나서 저에게 일어난 가장 큰 변화가 뭔 줄 아세요. 그때까지 중요하게 생각해온 것이 하나도 안 중요해지고 하나도 안 중요하게 여겨온 것이 중요해진 거예요. 증조모님 제사도 안 중요해진 것 중의 하나일 뿐이지, 다는 아녜요. 그런 변화엔 저 스스로도 놀랄 수밖에 없었어요. 처음엔 내가 남이 된 것처럼 낯설기까지 했죠. 내가 돈 게 아닌가 싶기도 했구요. 그래서 될 수 있는 대로 남들한테는 예전처럼 굴려고 애썼죠. 창환이 잃고도 여전히 제삿날을 형님보다 먼저 아는 척할 수 있었던 것도 아마 그런 노력의 일환이었을 거예요. 아니면 타성이든지. 형님도 그런 타성은 있잖아요. 제수 차리는 데는 지극 정성이면서 날짜 돌아오는 건 저만 믿고 내 몰라라 하는 습관 말예요.

제삿날 말고 또 안 중요해진 게 뭐가 있느냐고요. 많지요. 이루 말할 수 없이 많지만 과연 형님이 이해하실 수 있으실라나 몰라. 형님을 무시해서가 아니라 제삿날처럼 그렇게 꼭 집어 말할 수 있는 게 아니기 때문이에요. 이를테면 전엔 남이 나를 어떻게 볼까가 중요했는데 이젠 내가 보고 느끼는 내가 더 중요해요. 남을 위해서 나를 속이기가 싫어요. 또 있구말구요. 그전엔 장만하는 게 중요했는데 이젠 버리는 게 더 중요해요. 형님보담은 좀 덜했지만 저도 물건 욕심이 꽤 있었잖아요. 누구네 집에 가서 예쁜 접시나 찻잔만 봐도 어디 쩨인가 물어보고, 역시 다르다고 감탄하고, 눈독 들인 건 기어코 장만하고, 그게 사는 재미였죠. 육십 년 대든가, 형님이나 저나 아직 새댁티가 남아 있을 적 말예요. 그때는 모든 물자가 귀할 때이기도 했지만 우린 사재기 선수였잖아요? 화학솜이 처음 나왔을 땐데 그까짓 화학솜 이불이 뭐가 그렇게 신기했는지 이불계를 모아서 두 집이 한 채씩 그걸 장만했었죠. 그러고 보니 제가 지금 쓰고 있는 자개장롱도 곗돈 타서 장만한 거네요. 갖고 싶은 걸 애써 장만하고 나면 그리 기쁘더니만 지금은 그 모든 것들이 다 짐스러워요. 왜 그게 거기 있을까, 몇십 년 손때 묻은 것들이 뜨악하고 낯설어지기도 하죠. 잠 안 오는 밤이면 주로 하는 짓이 뭔 줄 아세요? 장롱이나 찬장 속을 들들 뒤져서 버릴 것을 찾는 거예요. 버릴 것 천지지요, 뭐. 남들은 쓰자니 마땅찮고 버리자니 아까운 거 천지라고 하더니만 전 아까운 게 하나도 없어요. 딸들 눈이 무서워서 한꺼번에 못 버릴 뿐이지요. 또 장롱 같은 거야 무슨 수로 버리겠어요. 누굴 주든지 고물상을 부르든지 해야 할 텐데, 그것도 번거롭고 고물상이나 남의 집에 그게 있다는 것도 신경 쓰일 것 같아요. 그게 혹시 손때가 묻은 것들에 대한 책임감이라면 그것도 소유욕의 일종인지도 모르겠네요. 아무튼 세상에 귀한 거라곤 없으면서 버리기도 쉽지 않은 건, 내 눈앞에서만 없어지는 게 아니라 아주 없어지길 바라기 때문이에요. 가끔 아궁이가 있는 집이라면 패 땔 수도 있을 텐데 하는 생각도 해보죠. 그것도 생각뿐이지 요즈음 물건들은 그렇게 쉽게 재도 안 되는 것들이잖아요. 생때같은 목숨도 하루 아침에 간데없는 세상에 물건들의 목숨은 왜 그렇게 질긴지, 물건들이 미운 건 아마 그 질김 때문일 거예요. 생각만 해도 타지도 썩지도 않을 물건들한테 치여 죽을 것처럼 숨이 답답해지네요. 죽는 건 하나도 안 무서운데 죽을 것 같은 느낌은 왜 그렇게 싫은지 모르겠어요.

내가 물건이 싫으니까 남에게도 물건을 선물한 적이 없어요. 물론 창환이 잃고 난 후에 생긴 새 버릇이지만서두요. 그 전에야 형님도 아시다시피, 친정이나 시댁 어른들 생신이나, 조카들 손주뻘 되는 아이들의 혼사나 돌잔치 등 무슨 날이 돌아올 때마다 뭘 선물할까가 즐거운 고민이었죠. 돈을 절약하기 위해서이기도 하지만 두고두고 지니게 하고 싶은 욕심으로 저는 친척이나 친구들의 기념할 만한 날 돈으로 부조를 한 적이 거의 없었죠. 마땅한 물건이 잘 떠오르지 않을 때는 손수 재봉틀을 돌려 옷가지나 소품을 만들어서 선물을 장만하기도 해서 형님한테 알뜰이 지나치다는 눈총도 꽤 맞았을걸요. 그러면서도 형님은 그런 제 손재주를 은근히 부러워하셨죠. 실상 그건 손재주만 갖고 되는 노릇이 아니라 눈썰미와 상대방에 대한 관심이 있어야 되거들랑요. 요샌 그런 짓 안 해요. 거의 다 돈으로 해결하죠. 꼭 뭘 사가지고 가야 할 데는 먹을 걸 사가요. 외식으로 때우든지. 물건으로 나를 생각나게 만들고 싶지 않아요. 물건으로 남을 짓누르는 것 같아 안 하고 싶어요. 그렇다고 뭘 주고 싶은 사람이 아주 없는 건 아니죠. 오랫동안 예쁘게 연애하다가 결혼한 신혼부부가 인사를 왔다든지, 친구가 미국 사는 자식을 따라 아주 이민을 떠난다든지 할 때는 뭔가 주고 싶어져요. 그래도 물건은 아녜요. 호화로운 식사를 한 끼 사죠. 즐거웠던 기억이 물건보다는 속절없으니까요.

그런 특정한 경우가 아니더라도 전에는 어떡하면 같은 돈이라도 낯나게 쓰나가 중요했었는데 지금은 안 그래요. 흐지부지 쓰는 게 훨씬 더 중요해요. 낯나게 쓴다는 게 뭔가요? 남에게 잊혀지지 않을 만한 부담감을 주는 거 아닌가요? 그러기 싫어요. 같이 차 마시고 나서 찻값을 내는 거, 몇이서 택시를 같이 탔을 때 택시값을 혼자서 내는 것 따위가 흐지부지 쓰는 건데 바보같이 보이기 십상이지 누구 하나 고마워하지 않는 씀씀이죠. 그렇지만 차 한 잔씩 마시고 나서 서로 눈치 보는 그 짧은 동안이 싫어요. 일상의 바퀴가 삐그덕 소리를 내면서 잘 안 구르는 것 같은 느낌이 들거든요. 흐지부지 쓴다는 건 바퀴에 기름을 치는 행위에 다름 아니죠. 그러잖아도 하루하루 살기가 힘이 들어 죽겠어요. 조금이라도 덜 힘들 수 있는 방법이 있는데도 힘들일 거 뭐 있어요. 일상의 바퀴에 기름을 치는 일은 하나도 표가 안 나서 남들은 낭비라고 생각하지만 나에겐 여간 중요한 씀씀이가 아니고, 물론 안 아까워요. 창숙이 창희는 그런 나를 여간 못마땅해하지 않아요. 낭비벽이 있다고 생각하나봐요. 그냥 놔뒀다가는 살림 다 들어먹을 것 같은지 즈이들 버는 돈도 나를 안 갖다주고 즈이끼리 저금도 붓고 해서 아마 상당히 모았을 거예요. 밥값은 내죠. 밥값도 안 내놓고 제 낭탁만 할 아이들도 아니구요. 스크립터, 디자이너, 이런 직업을 형님은 좀 우습게 보시는 것 같지만 얼마나 고소득이라구요. 걔네들 내는 밥값만 가지고도 나 하나 얹혀 살 만해요. 연금은 흐지부지 쓰기에 부족함이 없구요.

형님이 무슨 권리로 혀까지 차시면서 못마땅해하세요? 하긴 하루하루를 살기가 무거운 수레를 끄는 것처럼 힘들다는 걸 형님이 아실 리 없죠. 저도 창환이를 잃기 전까지는 저절로 살아졌어요. 세월이 유수 같았죠. 한참 자라는 아이나 달력을 보지 않고서는 세월이 빠르다는 걸 느낄 겨를이나 어디 있었나요. 너무 빨라 거스르고 싶었나봐요. 젊어 보인다는 소리 듣는 게 제일 기분이 좋았으니까요. 지금은 아녜요. 젊어졌다는 소리도, 좋아졌다는 소리도 꼭 욕같이 들려요. 그렇다고 늙어 보인다거나 야위었다는 소리를 듣고 싶은 것도 아녜요. 그런 소리 들으면 내가 하루하루를 얼마나 힘들게 보내고 있다는 걸 들킨 것 같아서 기분이 안 좋아요. 왜 우리나라 사람들은 만나면 젊어졌다 좋아졌다, 아니면 어디 아팠느냐, 못쓰게 됐다는 식으로 남의 신체를 가지고 들먹이는 인사를 그렇게 좋아하는지 모르겠어요.

전에는 중요하던 게 지금은 하나도 안 중요해진 게 또 뭐가 있냐구요? 형님이야말로 왜 안 하던 짓을 하실까? 전혀 귀담아 들으실 것 같지 않은 얘기에 관심을 보이시니 말예요. 전에는 형체가 있어 눈에 보이는 것만 중요한 줄 알았는데 그 후엔 아니었어요. 눈에 안 보이는 걸 온종일 쫓을 적도 있어요. 아녜요. 육체와 영혼의 문제가 아니라구요. 그건 나한테는 너무 거창해요. 장미꽃과 향기의 문제예요. 장미꽃은 저기 있는데 향기는 온 방 안에 있다. 향기는 도대체 어떤 모양으로 존재하는 걸까? 고작 그 정도예요. 우리 집 행운목이 올해 꽃을 피웠잖아요. 꽃 모양이나 빛깔이 볼품없어서 핀 줄도 몰랐어요. 어느 날 집에 들어서니까 온 집 안이 향기로 가득 차 있더군요. 현기증이 날 정도였어요. 꽃향기 때문에 질식도 할 수 있다는 게 실감이 되더군요. 그 향기가 좋았다는 얘기는 아녜요. 물건은 분명히 하난데 두 가지 방법으로 존재할 수도 있다는 문제에 며칠 동안 몰입할 수가 있었죠. 알아요. 꽃이 지면 향기도 없어진다는 거, 근데 그 소릴 왜 그렇게 야멸차게 하시죠? 접때는 창숙이가 쇠꼬리를 하나 통째로 사왔습디다. 몇 번에 나눠서 과 먹으라는 거예요. 나 누린 음식 싫어하는 거 번연히 알면서 무슨 심산지, 에미 꼴이 꼭 바스러질 것처럼 기름기가 없어 남부끄럽다고 창희 년까지 옆에서 거들고 나서더군요. 싸가지가 없어도 분수가 있지, 에미더러 제 년들 체면 세워주도록 피둥피둥하란 소린지 뭔지. 탄하기도 싫어서 하라는 대로 큰 스텐통에다 넣고 고기 시작했죠. 물도 넉넉히 부었고, 바닥이 이중이라나 삼중이라나, 아무튼 두껍게 특수 처리한 스텐 통이라기에 믿거라 하고 온종일 고아댔더니 그만 바싹 태워버렸지 뭐예요. 성의가 없어서라고요? 맞는 말씀이에요. 제 몸 보하자고 성의가 날 에미가 어딨겠어요. 고약한 냄새가 진동을 할 때서야 겨우 불 위에 뭘 올려놓았다는 걸 깨달았으니까요. 그놈의 꼬린지 뭔지 숯뎅이가 되니까 바싹 오그라 붙어 얼마 되지도 않던데 냄새는 왜 그렇게 지독한지, 온 집 안에 가득 차서 아이들한테 안 태운 척 속여먹을 수도 없이 만들지 뭐예요. 꼬리는 오그라 붙은 게 아니라 팽창을 한 거였어요. 숯뎅이는 즉시 없앴지만 고약한 냄새는 달포도 넘어가더라구요. 구석구석 그 냄새가 안 스민 데가 없어요. 요새도 돌아누우려면 그 냄새가 훅 끼칠 때가 있는 걸 보면 베갯잇 사이에도 끼여 있나 봐요. 꼬리 제까짓 게 뭐라고 숯뎅이 아닌 다른 무엇이 되어 남아 있는 걸까요? 형님. 꼬리를 태워먹은 건 하나도 안 아까우면서 다른 무엇이 되었길래 이렇게 오래 남아 있는 것일까, 가 궁금한 정도가 아니라 마냥 집착하게 돼요.

형님, 그렇다고 제가 그까짓 꽃이나 꼬리 따위에서 사람의 정신과 유사한 걸 찾고 있다고 생각하진 마세요. 일종의 습관일 뿐이에요. 밖에 나갔다가 집에 들어왔을 때 열쇠로 문을 따고 들어가야 할 때와 안에서 창숙이나 창희가 열어줄 때가 있잖아요? 안에서 맞아줄 사람이 있을 때가 없을 때보다 좋은 게 인지상정이련만 전 그 반대예요. 그들의 마중을 받으면 창환이의 빈자리가 왜 그렇게 크게 느껴지는지, 나도 모르게 무너

져내리듯이 밖에서 꾸민 나를 포기해버리죠. 그러나 열쇠로 문을 따고 빈집에 들어섰을 때는 딴판이에요. 창환아, 에미 왔다. 그렇게 활기 넘치는 소리로 말을 걸며 들어가는 거예요. 핸드백을 내던지면서 옷을 벗으면서도 냉장고에서 찬물을 꺼내 벌컥벌컥 들이마시면서도 연방 말을 시키죠. 그럴 때는 집 구석구석이 창환이로 가득 차는 거예요. 내가 그 애 안에 있다는 걸 실감하죠. 어느 쪽이 진짜 나인지 모르겠어요. 걔가, 생때같은 내 아들이 갑자기 없어졌다는 걸 어떻게 믿을 수가 있겠어요. 형님, 우리가 참 모진 세상도 살아낸다 싶어요. 어찌 그리 모진 세상이 다 있었을까요? 형님, 그나저나 그 모진 세상을 다 살아내기나 한 걸까요?

여직껏 꿋꿋하게 잘 버티기에 그냥저냥 극복한 줄 알았더니 이제 와서 웬 약한 소리냐구요? 형님 보시기에도 제가 그렇게 아무렇지도 않아 보입디까? 아무렇지 않지 않은 사람이 아무렇지도 않아 보였다면 그게 얼마나 눈물겨운 노력의 결과였는지는 한 번도 생각해본 적 없으시죠. 형님도 아마 은하계란 말은 들어보셨을 거예요. 그렇지만 그 크기나, 우주엔 우리 태양계가 속한 은하계 말고도 얼마나 많은 은하가 있고, 앞으로도 자꾸 발견될 거라는 건 저만큼 모르실걸요. 그렇게 단정을 하면 혹시 일제시대에 여고 입학한 걸 요새 서울대학 들어간 것보다 더 높이 평가하시고 자랑스러워하시는 형님한테는 모욕적일지도 모르지만서두요. 느닷없이 웬 은하계냐구요? 제가 너무 견딜 수 없을 때 외는 주문이 바로 은하계로부터 시작하기 때문이죠.

은하계는 태양계를 포함한 무수한 항성과 별의 무리, 태양계의 초점인 태양과 지구 사이의 거리는 빛으로 약 오백 초, 태양계의 가장 바깥쪽을 도는 명왕성은 태양에서 빛으로 약 다섯 시간 반. 그러나 은하계의 지름은 약 십만 광년, 태양은 은하계의 중심에서 삼만 광년이나 떨어진 변두리의 항성에 불과함. 광년은 초속 삼십만 킬로미터의 빛이 일 년 동안 쉬지 않고 갈 수 있는 거리의 단위. 그러나 은하계가 곧 무한은 아님. 우주에는 우리 은하계 말고도 다른 은하가 허다하게 존재하니까. 우리 은하계에서 가장 가까운 은하의 거리가 이백만 광년. 십억 광년인 은하도 있는데 초속 몇만 킬로의 속도로 계속 멀어져 가고 있으니 우주라는 무한은 무한히 팽창하고 있는 중. 광년은 빛이 일 년 동안 쉬지 않고 갈 수 있는 거리의 단위, 구조 사천육백칠십 킬로미터.

대강 이 정도가 제 주문의 요지예요. 그걸 다 어디서 주워들었느냐고요? 집에 굴러다니는 소년우주과학인가 하는 책에서 본 거예요. 아이들이 어려서 보던 꽤 낡은 책이니까 정확하지 않을 수도 있어요. 제가 틀리게 외고 있는 부분이 있을 수도 있구요. 틀려봤댔자죠, 뭐. 백만 광년이나 십억 광년이나 어차피 제 상상력이 미칠 수 있는 한계 밖의 수치니까요. 정확도가 문제가 아니라, 그런 천문학적 단위는 우리가 사는 지구를 망망한 바닷가의 모래알만도 못하게 극소화시키는 효과는 그만이에요. 그 모래알에 붙어 사는 인간의 운명이나 수명 따위도 덩달아서 아무것도 아닌 게 되죠. 이제 아시겠어요? 그 소리가 왜 저한테 주문이 되는지. 잠시 동안이라도 제 태산 같은 설움이 안개의 입자처럼 미소하고 하염없어져요. 이젠 뜻 같은 건 생각할 필요도 없어요. 정확도 같은 건 더구나 문제도 안 되고요. 그 소리만 일단 달달달 외고 나면 조건반사처럼 나른하고도 감미로운 허무감에 잠기게 되거든요. 형님, 그동안 제가 그렇게 살았다우. 주문이 계속해서 효과가 있었더라면 형님한테 가르쳐드리지도 않았을 거예요. 글쎄 그 주문 가지고도 도저히 안 될 때가 있더라구요.

안 듣는 주문이 돼버렸으니까 가르쳐드린 거예요.

 한 열흘 됐나. 명애가요, 아까도 얘기한 제 제일 친한 동창 명애 말예요. 명애가 저더러 같이 문병 갈 데가 있다는 거예요. 얘기를 들어보니 내가 꼭 가봐야 할 데가 아닌 것 같아 내키지가 않았어요. 같은 동창이지만 나하고는 전혀 안 친했고 졸업하고 나서도 우연히 만난 적도 없는 친구고, 아픈 사람도 그 친구가 아니라 그의 아들이라는데 제가 불쑥 뭣 하러 가겠어요. 싫다고 했더니 명애가 꼬드기는 말이 창환이 장례 때 와준 친구라는 거였어요. 저는 속으로 우리 창환이야 온 국민의 애도 속에 보낸 아인데 그 친구도 온 국민 중의 한 사람이었을 테지 뭐 특별한가 싶으면서도 마음이 움직이더라구요. 그래서 그 아들이 어디가 어떻게 아픈지 자세한 건 묻지도 않고 그냥 따라나섰어요. 참 생명이 위독한 병이냐고는 물어봤군요. 명애 대답이 어째 이상했어요. 그러면 오죽이나 좋겠니? 글쎄 이러지 뭐예요. 그때 자세한 걸 캐물었어야 하는 건데 남의 자식 목숨에 대해 어떻게 저렇게 말할 수가 있을까, 울컥 치미는 명애에 대한 불쾌감 때문에 암말도 안 하고 말았어요. 명애는 오지랖도 넓지 어떻게 이렇게 멀리 사는 친구 집 우환까지 찾아다니며 챙겼을까 싶게 그 집은 같은 서울이면서 하룻길이었어요. 저희 집은 강남의 동쪽 끝이고 그 집은 강북의 서쪽 끝이었으니까요. 아직도 이런 동네가 남아 있었구나 싶게 골목이 좁고 꼬불탕한 허름한 동네였죠. 와본 적이 있다는 명애도 몇 번씩이나 길을 잘못 들어 헤맨 끝에 겨우 당도했으니까요. 친구는 병든 아들과 단둘이 살고 있었어요. 병든 아들이 막내고 형과 누나는 다들 혼인해서 번 듯이 살고 있다고 해요. 병이 보통 병이 아니었어요. 몇 년 전에 차 사고로 뇌와 척추를 다치고 나서 하반신 마비에다 치매까지 된 거였어요. 뺑소니 운전사한테 치여서 오랫동안 방치됐었는데도 숨은 안 넘어 갔었나 봐요. 가족한테 알려지고 난 후에야 최선의 치료를 다했겠지요. 가산도 그때 탕진했다니까요. 오랜 병구완 끝이라 그러하겠지만 이 친구가 정말 우리 동창일까? 믿어지지 않을 만큼 파파 할머니가 돼 있더라구요. 더군다나 한 번도 안 친했던 동창의 모습을 그 노파한테서 떠올리는 건 불가능했어요. 역시 오는 게 아니었다는 생각 먼저 들더군요. 친구는 우리를 보고 반기지도 놀라지도 않고, 늘상 드나드는 동네 사람 대하듯 했어요. 그의 아들도 나이를 짐작할 수가 없었어요. 누워 있는 뼈대로 봐서는 기골이 장대한 청년이었음직한데 살이 푸석푸석하게 찌고, 또 표정도 근육이 씰룩거리고 있다는 것밖에는 상식적인 희로애락하고는 동떨어진 거여서 마주 보기가 민망했어요.

아이구 이 웬수, 저놈의 대천지 웬수, 친구는 아들을 이름 대신 그렇게 부르더군요. 그 밖에도 말끝마다 욕이 주줄이 달렸어요. 오죽 악에 받치면 저럴까. 지옥이 따로 없다는 생각이 들었어요. 우리가 사 간 깡통 파인애플을 아들의 입에 처넣어 주면서도 이 웬수야, 어서 처먹고 뒈져라, 이런 식이었으니까요. 저한테도 내처 늘 보던 이웃 사람 대하듯 하다가 문득 알은체 하면서 한다는 소리가, 홍 죽는 것보다 더 못한 꼴 보러 왔구나, 였어요. 저는 울컥 모욕감을 느꼈지만 그 친구한테는 아무 소리도 못했어요. 게서 더한 소리를 할 권리라도 있는 것처럼 겁나게 황폐해보였으니까요. 그 친구보다는 명애한테 더 유감이 있어서이기도 했구요. 그 집에 들어설 때부터 어렴풋이 짐작이 된 거긴 하지만 명애가 날 왜 거기까지 데리고 왔는지가 마침내 분명해지더군요. 즈네들 아들 경사가 있을 때마다 내가 부러워할 것 같아 쉬쉬 초대하기를 꺼리던 것과 정반대의 이유로 그 집 모자의 비참한 꼴을 보여주고자 한 거였어요. 죽는 것보다 못한 경우를 보고 위로받아라, 이거겠죠. 인간성 중 가장 천박한 급소죠. 그 급소만은 드러내 보이고 싶지 않았기 때문에 남의 아무리 잘나고 건강한 아들을 보고도 부러워하지 않는 것으로 미리 보호막을 친 거였는데, 딴 친구도 아닌 명애가 나를 그렇게 취급하다니, 정말 견딜 수 없는 기분이었어요. 그래서 그쯤해서 그 집을 물러났더라면 또 모르죠. 은하계 주문 대신 그 집 아들을 떠올리는 것으로 위로받을 수 있었을지도요.

아들에게 파인애플을 세 조각이나 먹이고 난 친구는 우리가 보는 앞에서 아들이 깔고 있는 널찍한 요 위에서 아들을 공기를 굴리듯이 굴리기 시작했어요. 정말이지 믿을 수 없을 만큼 신기한 묘기였어요. 욕창이 생길까봐 하루에도 몇 번씩 그 짓을 한다나봐요. 엎어 뉘었다가, 바로 뉘었다가, 모로 뉘었다가, 그 장대한 아들을 자유자재로 굴리면서 바닥에 닿았던 부분을 마사지하는데, 그동안도 잠시도 쉬지 않고 입을 놀리는 거였어요.

아이고 이 웬수덩어리는 무겁기도 해라. 천 근이야, 천 근. 근심이 있나 걱정이 있나, 주는 대로 처먹고, 잘 삭이고 잘 싸니 무거울 수밖에. 내가 이 웬수덩어리 때문에 제명에 못 죽어, 이 웬수야. 니가 내 앞에서 뒈져야지 내가 널 두고 뒈져봐라, 나도 눈을 못 감겠지만 니 신세가 뭐가 되니. 사지가 멀쩡해야 빌어먹기라도 하지. 아이고, 하느님, 전생에 무슨 죄가 많아 이 꼴을 보게 하십니까?

이러면서 병자를 요리조리 굴리고 주무르는데 그 말라빠진 노파가 어디서 그런 기운이 나는지, 거짓말 안 보태고 꼭 공깃돌 갖고 놀듯 하더라니까요. 아이들 말 짝으로 환상적이었어요. 우리는 그저 넋을 잃고 바라보기만 하다가 명애가 먼저 아이, 참 하면서 손을 내밀어 거들려고 했죠. 나도 덩달아 환자를 뒤집는 일을 도우려고 손을 내밀었구요. 그러나 웬걸요. 우리의 손이 몸에 닿자마자 환자가 이상한 괴성을 질렀어요. 여직껏 흐리멍덩 공허하게 열려 있던 환자의 눈이 성난 짐승처럼 난폭해지더군요. 얼마나 놀랐는지요. 손끝이 오그라 붙는 것 같았어요. 그의 흐리멍덩한 눈은 신뢰와 평안감의 극치였던 거였죠. 그때 비로소 악담밖에 안 남은 것 같은 친구 얼굴에서 씩씩하고도 부드러운 자애를 읽었죠. 아이구 이 웬수덩어리가 또 효도하네, 하는 친구의 말로 미루어 어머니 외에 아무도 그를 못 만지게 한 게 한두 번이 아닌가봐요.

저는 별안간 그 친구가 부러워서 어쩔 줄을 몰랐어요. 남의 아들이 아무리 잘나고 출세했어도 부러워한 적이 없는 제가 말예요. 인물이나 출세나 건강이나 그런 것 말고 다만 볼 수 있고, 만질 수 있고, 느낄 수 있는 생명의 실체가 그렇게 부럽더라구요. 세상에 어쩌면 그렇게 견딜 수 없는 질투가 다 있을까요? 형님. 날카로운 삼지창 같은 게 가슴 한가운데를 깊이 훑어 내리는 것 같았어요. 너무 아프고 쓰라려 울음이 복받치더군요. 여기서 울면 안 돼. 나는 황급히 은하계 주문을 외려고 했죠. 소용이 없었어요. 은하계 그까짓 거 아무것도 아니더라구요. 저는 드디어 울음이 복받치는 대로 저를 내맡겼죠. 제가 그렇게 많은 눈물을 참고 있었을 줄은 저도 미처 몰랐어요. 대성통곡, 방성대곡보다 더 큰 울음이었으니까요. 제 막혔던 울음이 터지자 그까짓 은하계쯤 검부락지처럼 떠내려가더라구요. 은하계가 무한대건 검부락지건 다 인간의 인식 안에서의 일이지, 제까짓 게 인간 없이는 있으나마나 한 거 아니겠어요. 그 집에서 그렇게 울어버리니까 명애도 그 친구도 기가 막힐밖에요. 동정이 지나치다고 생각했나봐요. 친구는 자기를 그렇게까지 불쌍해할 것 없다고 화를 내더군요. 명애는 아니었어요. 명애는 제 속을 어느만큼은 읽어낸 것 같았어요. 우리 사이엔 우정이라는 게 있었으니까요. 잘못했다고 사과를 하더군요. 그날 말고 며칠이나 그랬어요. 잘못한 거 하나도 없는데.

 전 그 울음을 통해 기를 쓰고 꾸민 자신으로부터 비로소 놓여난 것 같은 해방감을 느꼈어요. 그리고 나서 요 며칠 동안은 울고 싶을 때 우는 낙으로 살고 있죠. 그러느라고 증조모님 제삿날도 깜박했을 거예요. 은하계도 떠내려가는 판에 한 번 뵙지도 못한 시댁 조상 제삿날이 남아났겠어요. 이제부터 울고 싶을 때 울면서 살 거예요. 떠내려갈 거 있으면 다 떠내려가라죠, 뭐. 아무렇지도 않은 것처럼 꾸미는 짓도 안 할 거구요. 생때같은 아들이 어느 날 갑자기 이 세상에서 소멸했어요. 그 바람에 전 졸지에 장한 어머니가 됐구요. 그게 어떻게 아무렇지도 않은 일이 될 수가 있답니까. 어찌 그리 독한 세상이 다 있었을까요, 네? 형님. 그나저나 그 독한 세상을 우리가 다 살아내기나 한 걸까요? 혹시 그놈의 것의 꼬리라도 어디 한 토막 숨어 있으면 어쩌나 의심해본 적, 형님은 없죠? 형님 뭐라고 말씀 좀 해보세요. 아니, 형님 지금 울고 계신 거 아뉴? 형님, 절더러는 어찌 살라고 세상에, 형님이 우신대요? 형님은 어디까지나 절벽 같아야 해요. 형님은 언제나 저에게 통곡의 벽이었으니까요. 울음을 참고 살 때도 통곡의 벽은 있어야만 했어요. 통곡의 벽이 우는 법이 세상에 어디 있대요.

환각의 나비

제1회 한무숙문학상 수상작

1

 그 집에는 느낌이 있었다.
 그 느낌은 그 집을 지은 자재나 규모 또는 그 집에 사는 사람이 집 간수를 어떻게 했느냐에 따라서 달라지는 보통집의 표정 같은 것하고는 달랐다. 사람으로 치면 성깔이나 교양, 옷차림 따위에 의해 수시로 변할 수 있는 인상 말고 저 깊은 중심에 숨어 있는 불변의 것, 임의로 할 수 없는 것으로부터 풍겨져 나오는 예감 같은 거였다. 그 느낌 때문에 동네 사람들은 그 집에 이끌리기도 하고 그 집 앞을 돌아가기도 했다. 그 집은 동네에서 떨어진 외딴집이었지만 약수터 가는 길목이기도 했고, 전철역으로 통하는 지름길 가이기도 했다. 행정구역상으로 그 집이 속한 동네는 서울의 위성도시 중의 하나인 Y시 안에 있었지만 Y시 사람들은 그 동네를 원주민 동네라고 불렀다. 그렇다고 초가집이나 조선 기와집이 남아 있는 건 아니었다. 육십년대에 유행한 슬래브집들이 수리를 안 해 퇴락한 데다가 좁고 더러운 골목길 때문에 실제의 나이보다 훨씬 더 낡고 흉흉해 보일 뿐이었다.

아마 Y시에 새로 들어선 아파트단지 아이들은 원주민 동네라는 말을 곧이곧대로 믿고 슬래브집을 마치 남태평양의 섬이나 아프리카 오지에 남아 있다는 미개한 종족이 선사시대부터 오늘날까지 헤아릴 수 없는 세월을 변화시킬 줄 모르고 유지해온 동굴이나 오두막과 유사한, 우리 본래의 주거양식으로 여기고 있을지도 모를 일이었다. 그러나 생긴 지 기껏해야 삼십년이 조금 더 된 동네였다. 땅 임자와 집장수의 합작으로 허허벌판에 새로운 동네가 들어섰을 때만 해도 그 일대는 밭농사와 과수원을 주로 하는 농촌이었고 농사짓는 사람들은 그 동네를 양옥집 동네라고 불렀었다. 그때만 해도 지붕도 없이 두부모를 잘라놓은 것처럼 네모 반듯한 집에다가 벽에는 번들번들한 타일까지 입힌 집이 신기하고 부러운 나머지 그렇게 한껏 높여 부른 거였다. 양옥집 동네가 원주민 동네가 되는 데는 삼십년도 채 걸리지 않았다.

그 집은 양옥집 동네가 생겨나기 전부터 있었다. 그 일대의 농촌이 감쪽같이 사라지기 차마 아쉬워 떨군 일점 혈육처럼 여러번 개조하고 증축한 흔적에도 불구하고 골수에 밴 시골티는 변할 줄 몰랐다. 대청마루가 널찍한 디귿자 집이었고, 기둥과 서까래는 육송이었지만 지붕은 회색빛 슬레이트였다. 때에 전 육송 뼈대와 슬레이트 지붕과의 부조화는 문살이 많이 빠진 창호지 덧문과 마루에 새로 해 단 유리 분합문과의 부조화와 묘한 조화를 이루었다. 원주민 동네에 오래 산 사람이라면 그 집이 골함

석 지붕이었을 적을 기억할지도 모르겠다. 그전엔 이엉이나 양기와 지붕이었을 터이나 삼십년은커녕 오년 이상을 눌러 산 집도 희귀한 동네에서 목격자를 찾는다는 것은 불가능한 일일 것이다. 원주민 동네라는 별명은 집뿐 아니라 주민에게도 해당되지가 않는 게 전출입이 잦기가 아파트에 사는 사람들보다 훨씬 더했다. Y시에서 낸 통계에 의하면 평균 거주기간이 아파트보다 일년 육개월이나 짧다고 했다. 중개업자의 농간이겠지만 곧 재개발에 들어가리라고 외부에 소문난 것과는 달리 막상 집을 사가지고 들어와보면 그런 기미가 전혀 없는 이상한 동네였다. 재개발이라는 게 나서서 추진하는 사람 없이 저절로 되는 게 아니라는 걸 알고 나서도 앞장설 만한 주변머리도 방법도 모르는 사람은 다시 집을 내놓았고 그래도 혹시나 하는 미련을 못 버린 사람도 세를 놓고서라도 빠져나가고야 말았다. 눈독을 들인 유일한 장점이 가짜였다는 걸 알고 나면 정 떨어질 일밖에 없었다.

　원주민 동네가 Y시의 섬이라면 그 집은 원주민 동네의 섬이었다.

　아파트 아이들이나 원주민 동네 아이들이나 같은 학교에 다녔다. 그러나 아파트 아이들 보기에 원주민 동네 아이들은 어딘지 달라 보였다. 다른 줄 모르다가도 원주민 동네 아이라는 걸 알고 나면 어제까지 같이 신나게 하던 컴퓨터게임 얘기가 그럴 리가 없다는 느글거리는 배신감이 되어 그 아이를 뜨악하게 만들었다. 만일 그 집에 아이가 있었다면 그 동네 아이들도 그렇게 뜨악해져서 따돌렸으련만 그 집에 아이가 있었던 적은 한번도 없었다. 그 집이 농가였을 때는 혹시 아이가 있었을지도 모르지만 그건 아무도 증거할 수 없는 그 집의 선사시대였다.

2

　그 시간에 주차할 자리가 마땅찮은 건 어제오늘의 일이 아닌데도 영주는 지겹다는 소리를 연거푸 중얼거리고 나서 어린이 놀이터 쪽으로 핸들을 거칠게 꺾었다. 아파트 뒤쪽은 어린이 놀이터이고 놀이터와 녹지대를 타원형으로 둘러싼 아스팔트길은 아이들이 자전거나 롤러를 타던 길이어서 원래는 주차금지 구역이었다. 거기까지 주차선을 그어봤댔자 언 발등에 오줌누기였다. 당장은 좀 숨통이 트이는가 싶더니 며칠이 못 가 도로아미타불이었다. 다행히 새벽에도 빼기 쉬운 명당자리가 남아 있었다. 옆자리의 수북한 짐들을 챙기면서 영주의 집에서 지겹다는 소리가 다시 한번 새어나왔다. 짐이라야 별것도 아니었다. 벗어놓은 윗도리, 구럭 같은 핸드백, 책 몇 권은 보따리장수 적부터 익숙한 짐이고 오늘은 호박이 두 덩어리 더 있었다. 시골길에 피라미드형으로 쌓아놓고 파는 늙은 호박이 하도 보기 좋아 벼르다가 산 것이었다. 호박장수는 죽을 쑤면 꿀맛이라고 묻지도 않았는데 쑤는 법까지 가르쳐주려 들었지만 귀담아 듣지 않았다. 어머니는 틀림없이 호박범벅을 만드실 것이었다.
　호박범벅을 만들면서 어머니가 신바람을 내셨으면 좋으련만. 영주는 좀 망연해진다. 어머니는 아직도 호박범벅을 만드실 수가 있을까. 이까짓 호박 따위로 어머니를 시험하려 들지 말아야 한다. 이해해야 한다. 푸성귀를 다듬어 반찬을 만들고, 생선 비늘을 긁어 절이거나 조리고, 국이나 찌개 간을 보는 일을 반백년이 넘게 허구한 날 되풀이하면서 그때마다 새로운 신바람이 나서 한다면 그게 오히려 이상한 거지, 그 일에 진력이 나서 매사를 시들해하는 걸 이상한 눈으로 볼 게 뭐였을까. 영주는 챙기던 짐을 스르르 밀어놓고 핸들에다 이마를 얹었다. 망연한 불안은 그러나 어머니보다 자신을 향하고 있었다. 보따리장사 육년 만에 학위 딴 지 삼년 만에 얻은 전임자리였다. 수도권 대학은 아니었으나 찬밥 더운 밥 가릴 계제가 아니었다. 밥줄을 매단 처지도 아니었는데 그렇게 허둥댄 것은 아마 나이 때문이었을 것이다. 대전까지 출퇴근을 한다는 것은 쉬운 노릇은 아니었으나 불가능하지는 않은 게 그나마 다행이었다. 운전 솜씨도 능숙의 도를 넘어 노숙했고, 중고차만 물려받다가 이년 전 처음으로 만져본 새 차는 지금 그녀의 몸의 일부분처럼 길들여져 있는 것도 원거리 출퇴근을 겁내지 않을 수 있는 좋은 조건이었다. 그러나 마흔 고개 마루턱에 와 있었다. 쉰까지는 미끄럼 타듯 신속할 터였다. 그 나이에 그것도 여자가 대학에 자리를 얻을 수 있었다는 건, 그 바닥의 사정에 아주 무식한 사람만 아니라면 감지덕지할 행운으로 여겨 마땅했다. 영주도 처음 한 학기 동안은 마침내 해냈다는 성취감에 도취해서 힘든 줄을 몰랐다. 그러나 요새 그녀는 박사나 교수 값이 그동안 너무 싸진 걸 자기만 모르고 있었던 것 같아 차츰 열쩍어지고 있었다. 왜 이제야 그런 생각이 들게 되었을까. 진작만 알았어도 그런 고생은 안 했을걸, 싶다가도 이런 게 바로 공부한답시고 날치던 여자의 한계인 것도 같아 혐오스러워지곤 했다. 싸도 너무 싸졌다고 느끼는 게 그동안 들인 공과 시간에 비해 보수가 너무 낮다는 경제성보다는 존경도에 있었기 때문이다. 겨우 지방대학 가려고 뼛골 빠지게 박사를 했냐? 이렇게 노골적으로 무시하는 친구도 있었다. 그래 너 따위가 아는 지식의 값이란 평생 서울에 붙어먹고 살면서 적당히 즐기고, 품위 유지할 수 있는 자격과 같은 것일 테니까, 이렇게 치지도외할 수도 있었으련만 그래지지가 않았다. 앙심까지 품어지도록 속이 아렸던 것은 바로 자격지심을 건드렸기 때문일 것이다. 가르치는 일, 지식을 풀어먹는 일은 생각보다 보람있지 않았다. 그 재미없음의 평계를 학생들의 질이나 자신의 실력 부족으로 돌릴 수도 있으련만 그녀는 지식이라는 것을 통틀어서 비하하느라 허탈해지기도 하고 울적해지기도 했다. 한마디로 아니꼽기 짝이 없는 정서불안증이었다.

  영주가 학위논문으로 허난설헌의 시 연구를 택한 것은 허난설헌의 시에 끌렸기 때문이고 끌리게 된 까닭은 그의 짧은 생애에 대한 애틋한 감동 때문이었다. 허난설헌에 감동하기 위해 많은 지식이 필요했던 건 아니다. 그 시대배경이나 집안환경에 대해서도 보통 사람 수준의 상식이 전부였다. 물론 그녀의 한문실력으로 난설헌의 한시와 직관적으로 만나는 건 불가능했다. 그녀가 매혹당한 것은 시 자체의 뛰어남보다는 한 뛰어난 여자를 못 알아보고 기어코 요절토록 한 시대적 사회적 요인들에 대한 자유로운 상상력이었다. 그러나 논문이 필요로 하는 것은 상상력이 아니라 출처가 분명하고 실증할 수 있는 지식이었다. 중학교에서 교편을 잡고 있던 그녀로 하여금 대학원서부터 다시 시작할 수 있도록 충동질한 지도교수는 그녀의 상상력을 가장 경계했다. 영주가 제일 자주 들은 듣기 싫은 충고는 논문을 쓰면서 소설을 쓰고 있는 것처럼 착각하지 말라는 거였다. 그녀는 박사학위에 걸맞은, 난설헌에 대한 지식을 쌓기 위해 연구라는 걸 하는 동안 난설헌에 대한 매혹과 감동은 온데간데없이 사라지고 난설헌이라면 넌더리가 났다. 난설헌에 대한 감동을 잃은 대신 얻은 것은 난설헌을 그럴듯하게 본뜬 수많은 제웅을 무자비하게 난도질한 한 무더기의 검부러기와 학위였다.

  차 안에 얼마나 그러고 있었을까, 아들이 와서 유리를 두드리는 소리에 비로소 머리를 들었다. 충우는 허름한 트레이닝복 차림에 슬리퍼를 끌고 있었다.

"웬일이냐? 니가 산책을 다 나오구."

"산책이 아니라 할머니 찾아나온 거예요."

영주는 가슴이 철렁했지만 충우는 대수롭지 않게 말했다.

"어쩌다 혼자 나가시게 했냐? 잘 보라고 그렇게 일렀는데."

"요기 어디 계시겠죠 뭐. 들어가 계세요. 제가 모시고 들어갈 테니까요."

그러고는 휘적휘적 걸어갔다. 부랴부랴 짐을 챙겨가지고 차에서 내린 영주는 아들의 아무렇지도 않아 뵈는 뒷모습에 문득 화가 나서 큰 소리로 불러세웠다.

"언제 나가셨는데 인제 찾아나선 거냐?"

"얼마 안 됐어요."

아들이 머뭇거리는 걸 영주는 그냥 봐 넘기지 못했다.

"정확하게 언제냐니까."

"정확하게 언젠 줄 알면 붙들었지 나가시게 내버려뒀겠어요."

영주가 깐깐하게 굴자 충우도 지지 않고 도전적으로 나왔다.

"나가시는 것도 못 봤구나. 도대체 뭘하고 있었길래."

"전화 걸구 있는 동안 없어지셨어요."

"누구하고? 계집애하고 전화질하느라 정신이 팔렸었던 게지, 그치?"

아들은 대꾸하지 않고 획 돌아서서 가버렸다. 영주는 들입다 쫓아갈 것처럼 몇 걸음 내딛다 말고 집 쪽으로 돌아섰다. 별로 고약하게 군 적이 없는 아들이건만 상습적으로 고약하게 군 것처럼 취급한 게 금방 후회스러워졌다. 정말 왜 이런지 모른다고, 그녀는 요즘 자꾸만 아슬아슬해지는 자신의 자제력을 돌이켜보며 위기의식 같은 걸 느꼈다. 정수리에서 한움큼이나 되는 흰머리가 억새풀처럼 힘차게 들고일어나는 게 엘리베이터 속 거울에 비쳤다. 반사적으로 박사학위가 남루처럼 민망하게 느껴졌다. 화장대나 콤팩트의 거울보다 엘리베이터 속의 거울은 인정사정이 없었다. 특히 퇴근길에 볼 때 그러했다. 어깨도, 볼의 살도, 눈썹도, 아침에 드라이해서 한껏 곤두세운 머리도 기진맥진 축 처져 있을 때일수록 그놈의 흰 머리칼은 올올이 들고일어나는 것이었다. 기회 있을 때마다 동생이 비아냥거리는 '언니의 박사티'였다. 박사 아니라도 오십을 바라보는 나이에 머리가 세기 시작하는 건 흔한 일인데 동생은 볼 때마다 그렇게 놀렸고 영주는 그 소리를 들을 때마다 모욕감을 느꼈다. 집은 비어 있건만 문은 그냥 열렸다. 집안은 뒤숭숭했다.

  지난번 같은 소동 없이 돌아오셔야 할 텐데. 어머니의 건망증이 심상치 않다고 느끼기 시작한 것은 어제오늘의 일이 아니었다. 이 아파트로 이사온 게 작년인데 그 전부터였으니까. 슈퍼에 갔다가도 동 호수를 잊어버려서 헤매는 일이 가끔 있었다. 그러나 워낙 오래 살던 단지라 누군가가 데려다주기도 했고 수위아저씨가 알아보고 인터폰을 넣어주기도 했다. 또 늘 그런 것도 아니고 다시 멀쩡해져서 당신이 그랬었다는 걸 믿지 못해 하거나 화를 낼 때도 있었다. 그러나 이 아파트로 이사하고 나서 미처 집 정리도 안 됐을 적에 있었던 일은 그런 일상적인 것하고는 달랐다. 새벽에 아무도 일어나기 전에 집을 나간 어머니를 찾은 건 그날 밤 자정이 넘어서였다. 찾고 보니 어머니는 그냥 나간 게 아니라 계획적인 가출이었다. 놀랍게도 조그만 보따리와 그동안 얻다 꿍쳐놓았던지 꼬깃

꼬깃한 용돈까지 챙겨 갖고 있었다. 더욱 기가 찬 것은 고속도로 순찰대가 노인을 발견한 곳이 의왕터널이었다는 것이다. 영주네가 이사온 아파트는 둔촌동이었다. 거기까지 걸어서 간 것인지 무엇을 타고 간 것인지를 어머니한테 상기시키는 건 불가능했다. 그냥 횡설수설했다. 연락을 받고는 너무 기뻐서 식구들이 몽땅 정신없이 달려갔다. 특히 정이 많은 경아는 보따리를 가슴에 부둥켜안고 텅 빈 시선으로 식구들을 바라보는 할머니 품에 뛰어들어 엉엉 울음을 터뜨렸다. 충우도 할머니의 어깨를 뒤에서 안으면서 볼을 비볐고 남편은 윗도리를 벗어서 가을밤 기온에 으스스 떨고 있는 노인의 어깨에 걸쳐주면서 순찰대한테 몇 번이나 고개를 숙여 고맙다는 인사를 했다.

영주는 좀 비켜서서 움직이지 않았다. 마음이 차갑게 얼어붙는 걸 그녀 자신도 임의로 할 수 없었다. 아이들이 엉겨붙자 텅 빈 어머니의 얼굴에 차차 표정이 돌아왔다. 그리고 "아이고 내 새끼들, 쯧쯧 어디 갔다 이제야 왔누" 하면서 마주 엉겨붙었다. 어머니의 얼굴이 점점 곱게 펴졌다. 충우 경아 남매는 어려서부터 할머니한테 그렇게 엉겨붙기를 잘했다. 엄마라고 줄창 맞벌이를 하느라 집에서 아이들한테 어리광을 부릴 만한 기회를 줄 새가 없어서이기도 했지만 할머니가 그걸 좋아한다는 걸 아이들은 저절로 알고 있었기 때문이다. 이제 그만 데면데면하게 굴어도 될 만큼 머리가 커진 후에도 아이들은 할머니가 만든 반찬이 특별히 맛있다든가, 즈이들이 늦게 들어올 때 안 자고 기다리다가 문 열어주고 먹고 싶은 것까지 챙겨줄 때면 답례처럼 서비스처럼 으레 할머니한테 엉겨붙는 장난을 치곤 하는 것이었다. 그렇다고 아이들에게 계산된 간교함이 있는 건 아니었다. 아이들에게도 노인에게도 행복한 장난 이상도 이하도 아니어서 보고 있으면 절로 미소가 떠오르곤 했다. 남보기에도 여실히 느껴지는 상호간의 그 완벽한 행복감 때문에 슬그머니 샘이 날 적도 있었지만 섣불리 흉내를 내보고 싶어한 적은 한번도 없었다. 영주는 낳기만 했지 아이들은 순전히 할머니 손에서 자랐다. 노인에겐 그 어렵고도 장한 일을 한 이의 특권이랄까, 침범할 수 없는 당당함이 있었고, 아이들하고의 자연스러움은 거의 동물적이었다. 여북해야 셋이서 그렇게 정답게 굴고 있는 것을 볼 때마다 영주는 어머니의 붉고도 부드러운 혀가 아이들을 핥고 있는 것처럼, 세 몸뚱이 사이를 따습고 몽실몽실한 털이 감싸고 있는 것처럼 느끼곤 했을까.

그러나 이번엔 달랐다. 가슴이 뭉클해져오는 것까지 자제해야 한다고 생각할 만큼 토라져 있었다. 의왕터널 때문이었다. 노인네를 반기는 태도가 식구들끼리도 이렇게 다른 걸 젊은 순찰대원은 성급하게 고부갈등으로 짐작한 듯했다.

"이런 효자 아드님 효자 손자들을 두고 왜 집은 나오고 그러세요. 설사 좀 섭섭한 일이 있더라도 노인네가 참으셔야 해요. 세상이 달라졌단 말예요. 이렇게 자손들이 득달같이 달려온 걸 보면 할머닌 복 좋은 줄 아셔요. 알아들으셨죠? 이눔의 세상이 어떻게 된 세상인지 일부러 부모 내다버리는 자식도 많답니다. 그런 자식이 우리가 연락한다고 찾아오겠어요? 못 믿으시겠지만 연락도 헐 수 없게시리 즈이 살던 데를 싹 옮기는 자식도 있으니까요."

영주는 남편하고 시선이 마주치자 고개를 떨구었다. 나쁜 며느리가 된 것보다 더 면목이 없었다. 순찰대원은 일이 순조롭게 풀린 게 기분 좋은 듯 계속해서 명랑하게 떠벌렸다.

"할머니도 꼭 그런 할머닌 줄 알았다니까. 아들네 집에 가야 한다고 보채기는 꼭 고집쟁이 어린애처럼 막무가낸데 아들네 전화번호는커녕 동네 이름도 모르는 척하는 게 영락없이 버림받고 양로원밖에 갈 데가 없는 노인네들이 하는 짓 고대로더라구요. 그러다 어찌어찌 전화번호를 하나 생각해내시길래 걸어보긴 했어도 기대는 안 했어요. 아니나다를까 그 집엔 그런 분 없다면서 이사온 지 얼마 안 된다길래 역시나 했지요. 그래도 그 번호가 단서가 되어 어렵사리 댁의 전화를 알아낸 건데 이런 좋은 결과를 맺었으니 참말로 보기 조읗습니다."

역시 그랬었구나, 어머니의 목적지는 영주가 짐작한 대로였다. 영주는 말없이 그 자리를 피해 먼저 차로 가서 기다리기로 했다. 그렇게 하는 게 못된 며느리에게 어울릴 것 같아서이기도 했지만 진실이 탄로나는 것을 피하고 싶어서이기도 했다. 남편도 그 점을 이해하고 아들 노릇을 잘해주려니 믿기로 했다. 어머니도 그걸 바랄지도 모른다고 생각하며 영주는 쓸쓸하게 웃었다.

영주하고 어머니는 고부간이 아니라 모녀간이었다. 그러니까 남편은 어머니의 아들이 아니라 사위였다. 어머니가 언제부터 딸하고 사는 걸 굴욕스럽게 여기게 되었는지 영주도 잘 안다고 할 수는 없었다. 아마 그녀의 남동생이 장가를 들고 나서부터일 것이다. 그때부터 친척이나 친지들이 어머니가 아들네로 안 가는 걸 이상한 눈으로 보기 시작했으니까. 특히 이모들은 딱하게 여기다 못해 불쌍해하려는 낌새까지 드러낼 적이 종종 있었다. "딸네 밥은 서서 먹고 아들네 밥은 앉아서 먹는다는데……." 이러면서 이모들이 쯧쯧 혀를 찰 때마다 영주는 이모들의 우월감에 침을 뱉어주고 싶도록 속이 끓곤 했다. 아들네한테 죽자구나 붙어 산다는 것밖엔 어머니보다 나을 것이 조금도 없는 이모들이었다. 소녀적부터 영주는 장차 화려한 성공을 거두어 어머니 호강시킬 것을 꿈꿀 때가 가장 살맛이 나고 즐거웠다. 그렇게는 못되었지만 그렇게 되었다고 해도 어차피 어머니의 행복과는 상관이 없었을 것이라는 생각이 그녀를 참담하게 했다. 그녀는 어머니를 누구보다도 잘 알았다. 자식밥을 얻어먹기 위해서가 아니라 당신 손으로 자식을 벌어먹이기 위해 일생 서서 일하면서 터득한 당당함은 어머니만의 자존심일 터였다. 그걸 함부로 능멸한다는 것은 아무리 어머니의 동기간이라 해도 용서할 수가 없었다.

남동생 영탁이는 막내이자 유복자였고 그녀하고는 열세 살이나 나이 차이가 났다. 어머니는 영주 낳은 지 십년 넘어 아이를 못 갖다가 아우를 본 게 영숙이였고, 영숙이가 돌도 되기 전에 또 아이가 들어서고 그 아이가 태어나기 전에 과부가 되었다. 아버지의 유산이라고는 집 한 채가 다였다. 당시엔 시골 같은 변두리 동네였지만 다행히 대학이 가까워 어머니는 하숙을 쳤다. 그때부터 영주는 하숙집 딸로 불리었고, 하숙집 딸 노릇을 마치 그렇게 태어난 것처럼 잘 해냈다. 반찬가게 심부름은 물론 숭늉 심부름을 입에 혀처럼 잘하다가 방방의 연탄도 꺼뜨리지 않고 갈 수 있게 되었고, 고등학교 적부터는 밤 늦도록 어머니와 무릎을 맞대고 가계부를 쓰면서 다음날 식단을 짜고 한 달 예산을 세우고 동생들 장래를 걱정하곤 했다. 입시철이면 메뚜기도 한철이라고 동생들을 독려해가면서 집안의 방이란 방은 안방까지 내주고 온 식구가 다락에서 새우잠을 잤다. 어머니에게 영주는 딸이라기보다는 동지였다. 함께 일하고 함께 걱정했다. 어머니의 무거운 책임을 덜어주고 싶다는 일념으로 영주는 동생들에게 어머니하고 똑같이 엄하고 짜게 굴긴 했지만 샘을 내거나 경쟁

하는 마음은 가져보지 못했다. 여북해야 동생들한테 제까짓 게 뭔데 아버지처럼 군다는 불평까지 들었겠는가.

충우는 혼자서 들어왔다. 풀이 죽어 있었다. 영주는 그럴 줄 안 것처럼 실망하진 않았지만 속에서 불덩어리 같은 게 치밀어 올라와서 벌떡 일어났다.

"엄마, 죄송해요."

아들이 놀란 듯이 영주의 어깨를 잡으며 사과를 했다.

"너한테 화내고 있는 게 아니야."

영주는 어머니가 또 의왕터널에 가 있을 것 같고 그게 그렇게 화가 났다. 의왕터널은 남동생네 가는 길이었다. 어머니가 아들네 갈 일은 일년에 서너 번도 안 됐지만 그때마다 영주가 차로 모시고 갔고, 전에 살던 과천에서도 여기 둔촌동에서도 의왕터널을 거쳐야 했다. 어머니가 아들네에 이르는 길 중에서 가장 기억할 만한 특징이 있다면 의왕터널밖에 없었다. 과천터널과 의왕터널이 생긴 건 영주네가 과천에 입주한 지 몇 년 돼서였다. 하숙을 치던 넓은 집에서 처음 이사한 아파트였지만 어머니는 잘 적응했다. 일층이어서 마당을 가꿀 수 있는 재미 때문이었는지 이십 평 남짓한 아파트도 답답해하지 않았다. 어머니의 활동무대는 마당에서부터 청계산으로, 관악산으로, 점차 그 영역을 넓혀갔다. 약수를 하루에도 몇 번씩 길어날랐고 산나물 하는 데도 선수여서 도시물만 먹은 이웃 노인들이 줄줄이 어머니를 추종했다. 어머니는 약수터 배드민턴 회원이었고 관악 에어로빅 회원에다 청계 노인회원을 겸하고 있었다. 어머니는 당신이 놀던 마당에 굴이 두 개나 생기는 걸 여간 못마땅해하지 않았다. 특히 의왕터널은 당신이 발음이 잘 안 되니까 더 싫어했다. 그 무렵에 마침 의왕터널 지나서 새로 생긴 단지에 영탁이네가 입주하게 되었기 때문에 영주는 어머니가 아들네 가고 싶을 때 질러가라고 생긴 굴이라고 일러드리곤 했다. 그러면 어머니는 활짝 웃으며 편안해지곤 했는데, 실은 어머니의 건망증이 심해져서 집도 잘 못 찾게 된 게 터널이 생길 무렵부터여서 그 소리는 수도 없이 반복되었을 터였다.

"그랴그랴, 나더러 영탁이네 휘딱 가라고 그 굴을 뚫어줬다구? 시상에 누가 내 마음을 그리 잘 보살펴줬을꼬."

모녀는 그런 소리를 아마 골백번도 더 주고받았을 것이다. 그러나 어머니에게 영탁이네 갈 일은 자주 생기지 않았다. 아무리 아들네라도 초대받지 않고 불쑥 가는 게 아닌 세상이 된 것은 가르쳐주지도 않았건만 알고 있었다.

그날 어떻게 해서 거기까지 이르게 되었는지는 어머니는 끝내 말하지 않았다. 안 한 게 아니라 못했을 것이다. 의왕터널 외에는 아무것도 확실하게 입력된 게 없었을 테니까. 둔촌동에서 의왕터널까지 걸어갔다는 게 믿어지지 않았다. 걷기도 하고 타기도 했으리라. 영주는 밖으로 뛰쳐나가려다 말고 들어와서 차 키를 찾았다.

"어디 가시게요?"

"의왕터널."

"또 거길 가셨을라구요?"

"그 너머가 바로 외삼촌네니까. 그날 할머니가 거기 계셨다는 건 우연이 아니었잖니?"

"알아요. 그렇지만 과천에서 가깝기 때문일 수도 있어요."

충우가 영주 눈치를 보느라 조심스럽게 말했다. 영주는 과천 소리만 나오면 화를 내기 때문이다. 과천을 향한 노인네의 집착은 영주를 혼란스럽게 했다. 별안간 드러내기 시작한 아들의 보호 밑에 있고 싶다는 갈망은 어쩌면 예정된 것이었다. 이상하다면 그게 너무 늦게 왔다는 것뿐, 이 땅의 모든 어머니들의 유구한 전통이었으니까. 그러나 십년 넘어 살았다고는 하나 고작 아파트 단지에 지나지 않는 과천에 대한 어머니의 이상한 애착을 영주는 이해할 수가 없었고, 설명할 수 없기 때문에 인정하기도 싫었다.

"할머니가 과천을 좋아하신다면 그건 여기보다 외삼촌네하고 훨씬 더 가깝기 때문이니까 그게 그거야."

영주는 필요 이상 차갑게 잘라 말했다.

"그렇게 외삼촌한테 신경을 쓰실 거면 모셔오긴 뭣하러 모셔오셨어요?"

"애 좀 봐. 너 말하는 투가 할머니를 꼭 남의 식구처럼 여기고 있잖아."

"어머니 고정하세요. 그렇게 생각하는 건 오히려 어머니 쪽이에요. 정말 왜 그렇세요, 어머니답지 않게."

"괜히 모셔왔나봐. 아니 모셔온 것만 못해. 또 거기 가 계신다고 해도 이번엔 외눈 하나 까딱 안 할 거야."

"아무튼 나가신 지 한 시간도 안 됐어요. 그동안에 무슨 수로 거길 가셨겠어요."

"설마 그때 할머니가 걸어서 거기까지 가셨겠니?"

"그날 할머니 발 생각 안 나세요?"

충우가 약간 이맛살을 찌푸리며 말했다. 온통 으깨지고 물집이 잡힌 발을 더운물에 담그게 하고는 운 생각이 났다. 분하긴 또 왜그렇게 분했던지. 어머니에게 아들네 집은 얼마나 요원했을까? 그 아득함과 그럼에도 불구하고 이르고야 말겠다는 어머니의 집념이 그 무참하게 으깨진 발가락에 고스란히 드러나 있었다. 그게 안쓰럽고도 징그러워 영주는 잠을 이루지 못했다. 그날 밤을 뜬 눈으로 샌 영주는 다음날 영탁이를 불러 어머니를 모셔갈 수 있나를 타진했다. 타진이라기보다는 애원이었을 것이다. 영탁이는 장가들기 전부터 어머니는 자기가 모실 거라고 큰소리를 쳤었다. 영주도 그럴 것 없다고 못 박지는 않았지만 내심 대견했었다. 언젠가는 어머니를 모셔갔으면 해서가 아니라 내 어머니만은 이 자식 저 자식에게 치이는 천덕꾸러기가 안 될 것 같은 게 고마워서였다. 그 정도면 어머니는 충분히 귀하신 몸일 터인데도 왜 애원조로 굴고 있는지, 영주는 자신의 태도가 못마땅했지만 바로 잡아지지가 않았다. 처음부터 그녀가 기대한 것하고는 전혀 다르게 나오는 영탁이의 태도 때문이었을 것이다. 감정을 드러내지 않고 듣기만 하고 나서도 한참 동안이나 우물쭈물하다가 겨우 한다는 소리가 "누나도 별수없구려"였다. 야유하는 투였다. 무슨 뜻인지 모를 소리였다. 그러나 여간 불쾌하지가 않았음에도 불구하고 한마디도 반박을 못했다. 노후를 아들에게 의탁하지 못하는 것을 제일 불쌍하고 떳떳지 못하게 여기는 사회적 통념에 결국은 도의하고 만 자신이 싫었기 때문에 불쾌한 꼴을 당해도 싸다 싶었나보다.

"애엄마하고 의논해보고 연락드릴게요."

그렇게 나오는 데는 한마디 안 할 수가 없었다.

"네 생각을 말해. 난 그게 듣고 싶어."

"노인네를 모시는 건 여자 아뉴? 나도 명령은 할 수 있어요. 그렇지만 그러고 싶지 않아요."

영탁이는 몇 해 연애하던 여자와 결혼해 아들딸 낳고 재미나게 살고 있었다. 어머니가 군더더기가 될 건 뻔했다. 군더더기를 받아들이려면 마음의 준비뿐 아니라 실제적 준비도 필요하다는 것을 이해해야 한다고 생각하면서도, 그러고 간 후 함흥차사인 동생을 괘씸하게 여기느라 영주의 심사는 내내 불편했다. 명색이 장남이 어쩌면 그럴 수 있을까? 용서할 수 없는 심정은 내가 어쩌면 이럴 수 있을까 하는 자책과 오락가락해서 자신도 누굴 탓하고 있는지 종잡을 수 없을 지경이었다. 더 참기 어려운 것은 어머니의 달라진 모습이었다. 듣기 좋으라고 그랬는지, 정말 그럴 작정이었는지 영탁이가 어머니한테 곧 모시러 오마고 약속하고 떠난 게 화근이었다. 어머니는 이제 공공연히 보따리를 싸놓고 안절부절을 못했다. '우리 아들이 데리러 온댔는데, 야아가 왜 이렇게 늦나.' 걸핏하면 이렇게 중얼거리면서 대합실에 발을 묶인 사람처럼 초조하게 창밖만 내다보기도 하고, 강하게 밀어내는 시선으로 집안 식구를 대하기도 했다. 참다 못해 영주가 먼저 올케하고 직접 담판을 해서 어머니를 모셔가도록 했다.

그러나 어머니는 영탁이네서 석 달도 못 버티고 둔촌동으로 돌아오고 말았다. 실은 버티고 말 것도 없었다. 어머니는 하루하루 자신의 의지라는 걸 상실해갔으니까. 못 버틴 건 어머니가 아니라 영주였다.

어머니를 그렇게 떠맡기다시피 한 영주는 매일매일 문안전화를 안 할 수가 없었고 어머니는 그럴 적마다 야아, 나 과천 갈란다, 과천 좀 데려다주려무나, 그 말밖에 안 했다. 그 말이 그렇게 애절하게 들릴 수가 없었다. 과천은 영주네가 둔촌동으로 오기 전에 살던 동네였기 때문에 영탁이나 그의 처는 그 말을 딸네로 가고 싶다는 소리와 같은 뜻으로 알아듣는 듯했다. 그러나 두 내외가 다 영주한테 모셔가란 소리는 죽어도 안 할 것처럼 깔끔하게 굴었다. 동생 내외한테서 모셔가란 소리가 안 나오는 게 오히려 야속할 만큼 영주는 어머니가 거기 계신 게 불안했다. 어머니를 동생네로 보내고 하루도 마음 편한 날이 없었던 것은 영주도 어머니의 과천 상성을 딸네집으로 다시 오고 싶다는 소리로 알아들었기 때문이었다. 장녀로서 동지로서 어머니와 함께 해온 수많은 세월을 잊지 않고서는 차마 못 들은 척할 순 없는 애소였다. 그러나 영주는 주리 참듯 참았다. 느희들이 다시 모셔가라고 빌면 모를까, 내 입에서 먼저 모셔오겠다는 소리가 나올 줄 알구, 하는 영주의 앙심과, 한번 모셔온 이상 누나가 애걸복걸이나 하면 모를까 다시 어머니를 내주는 일이 있어서는 안 된다는 영탁이의 고집은 상반된 것 같으면서도 실은 같은 것이었다. 그들이 모시고자 한 것은 어머니가 아니라, 아들이 있는데도 딸네에 의탁하거나 거기서 죽는 것은 절대로 해서는 안 되는 치욕이라는, 관념이었으니까.

　아들과 딸의 이런 보이지 않는 버티기를 아는지 모르는지 어머니의 여기 있으면 저기 있고 싶고 저기 있으면 여기 있고 싶은 증세는 하루하루 더해갔다. 어머니에게는 이미 아들이냐 딸이냐는 그닥 중요하지 않았다. 여기도 아닌 저기도 아닌 데가 과천이었다. 어머니는 겉으로는 지능이 퇴화하는 것처럼 보였지만 발달하고 있는지도 몰랐다. 치사하게 아들네서 딸네로, 딸네서 아들네로 보따리처럼 옮겨다니느니 여기도 아닌 저기도 아닌 과천이란 완충지대를 만들어놓고 거기 보내달라고 보채고 있으니 말이다. 아들네서도 마침내 가출이 시작됐다. 그러나 영탁이 처가 어떻게 사전 조치를 철저히 해놓았는지 어머니의 탈출은 번번이 그 단지 안을 벗어나지 못했다. 그녀는 그 단지의 부녀회장이어서 발이 넓을 뿐만 아니라 지능적이었다. 그녀는 어머니에게 도저히 외출할 수 없는 옷을 입혀놓았는데 멀리 못 가게 하기 위해 그럴 수밖에 없다는 것이었다. 잠옷이나 고쟁잇바람의 어머니의 외출은 아이들 눈에도 즉각 띄게 돼 있었고, 눈에 띄었다 하면 경비아저씨한테 즉시 연락이 가도록 돼 있었다. 그런 모습으로는 그 단지는커녕 아마 자기네 동(棟) 경비 눈도 벗어나본 적이 없었을 것이다. 그래도 어머니의 탈출 시도가 계속되자 영탁이네 현관문엔 자물쇠가 하나 더 달리게 되었다. 보통 아파트 현관문은 밖에서 잠가도 안에서 여는 데는 지장이 없이 돼 있건만 그 집에는 나가는 사람이 밖에서만 잠그고 열 수 있는 장치가 추가된 것이다. 영주가 그걸 보고 언짢아하자 식구들이 다들 외출할 때는 그럼 어쩌란 말이냐고, 영탁이 처는 유리알처럼 정없이 빠안한 시선으로 대드는 것이었다. 하긴 노인네를 지킬 사람을 따로 고용하지 않는 한 그런 장치는 불가피할지도 몰랐다. 영주 보기에 영탁이 처가 하는 일은 나무랄 데 없이 완벽했다. 영주는 그녀의 완벽함이 무서웠고, 영주보다 몇 배 더 무서워하며 왜소하고 황폐해지는 어머니의 비명이 들리는 듯하여 섬뜩해지곤 했다. 거기까지는 그래도 참아줄 수가 있었다. 며칠 만에 지물쇠가 하나 더 추가되었는데 어머니를 방안에만 계시도록 하기 위한 방 자물쇠였다. 집 밖에 절대로 나갈 수 없다는 걸 납득하고 난 어머니는 혼잣말을 중얼대며 온종일 집안의 문이란 문을 있는 대로 열어보면서 왔다갔다하는 게 일이니 어쩌겠느냐는 것이었다. 열어본 문을 화장실이나 광문까지 열고 또 열어

보면서 이 방 저 방을 기웃대니 어머니 눈엔 그 집에 헤아릴 수 없이 많은 방이 있는 것처럼 보였을 것이다.

"여기도 방이 있네, 여기도 방이잖아? 무슨 집이 이렇게 방이 많담. 비워두다니 아까워라. 망할 놈의 여편네 같으니라구, 세나 주지 않구."

이렇게 중얼대면서 온종일 쏘다니는 걸 참다 못한 동생의 댁이 마침내 어머니를 방안에 가둔 것이다.

"저도 오죽해야 그랬겠어요. 신경이 써져서 살 수가 있어야죠."

그 노릇이 얼마나 못할 노릇이었나는 그녀의 여위고 스산해진 모습만 봐도 알 수가 있었다. 그러나 영주는 서로의 인격을 죽자구나 부정하는 이 무서운 싸움을 짐짓 신경이 써질 뿐이라는 식으로 대수롭지 않게 표현하는 동생의 댁을 가증스러워하는 것만으로도 숨이 찼다. 이제 영주는 그들의 사이가 나아지길 기대하기보다는 빨리 그쪽에서 더는 못 모시겠다고 두 손을 번쩍 들기를 이제나저제나 바라고 있는 형국이었다. 그러나 그것조차 여의치 않았다.

영주가 어머니를 뵈러 간 날이었다. 언제나처럼 동생의 댁은 감정을 드러내지 않는 냉정한 얼굴로 맞이하고 영주는 너무 자주 드나들어 미안하다는 표정을 만면에 띠고 들어갔다. 동생의 댁은 차까지 끓여오면서도 어머니 방문을 열어주지 않았다.

"어머니는 낮잠을 주무시나?"

"궁금하시면 베란다 쪽으로 나가셔서 창문으로 들여다보시죠?"

"아니 그게 무슨 소리야? 이젠 방문 열어주기도 귀찮아? 해도 너무하는구먼."

"저도 어머님한테 배웠어요."

동생의 댁이 처음으로 눈물을 보이면서 푸념을 했다. 어머니의 증세는 요새 부쩍 더 심해져서 낮에는 물론 밤에도 창문을 통해 베란다로 나와서 아들 며느리 방을 들여다본다는 것이었다.
　"그러다 저하고 눈이라도 마주치면 댁은 뉘시우 하고 물으실 때 제 기분이 어떤 줄 아세요?"
　그녀는 그 기분이라는 것을 더 설명하지 않았다. 그래도 영주에겐 그녀가 얼마나 진저리를 치고 있나 여실히 느껴졌다. 분노와 모멸감으로 심장이 옥죄고 있는 듯했다. 이윽고 영주는 베란다로 나가서 어머니의 방을 엿보았다. 어머니는 벽에 걸린 거울 속의 늙은이를 노려보면서 "댁은 뉘시우? 응? 저리 비켜요. 썩 물러나지 못할까" 연방 발을 구르고 있었다. 어머니가 거울 속의 노파가 누군지 못 알아보는 것처럼 영주는 방 안에 갇힌 늙은이가 어머니라는 걸 인정할 수가 없었다. 그동안 더 야위거나 추비해진 건 아니었다. 노인네에 어울리는 편안한 옷을 입고 있어서 속고쟁잇바람으로 있을 때보다 오히려 더 단정해 보였다. 그러나 영주는 어머니의 눈빛이 그렇게 방어적인 걸 본 적이 없었다. 문 열어놓고 사는 집처럼 편안한 어머니였는데…… 눈빛뿐만 아니었다. 그 조그만 몸이 누가 툭 건드리기만 해도 당장 물어뜯으며 덤벼들 것처럼 긴장해서 털끝까지 곤두서 있다는 걸 자기 몸처럼 느낄 수가 있었다. 어머니 혼자서 대항하기에 이 세상은 얼마나 끔찍한 세상이었을까.
　영주는 동생의 댁한테 문을 열어달랠 것 없이 베란다로 난 문을 통해 안으로 들어갔다. 어머니는 뉘시오? 묻지도 않고 덤비지도 않고 방구석에 가서 붙어섰다. 혼자 갈고 닦은 적개심만으로는 도저히 대항할 수 없는 거인을 만난 것처럼 어머니는 두려워하고 있었다. 영주는 어머니를 안았다. 나쁘지 않은 비누냄새가 났다. 방안도 간소하지만 정결했다. 벽에는 풍경화까지 두어 점 걸려 있었다. 화장실까지 딸린 방이면 아파트에선 안방에 해당할 터였다. 처음부터 동생네가 어머니에게 그 방을 내준 걸 영주는 여간 고맙게 여기지 않았었다. 그 기분을 유지해야 된다고 생각했다. 영주는 품안에 들게 작은 어머니의 등을 토닥거리다가 살살 쓰다듬기 시작했다. 영주가 지금 쓰다듬고 있는 건 어머니가 아니라 자신 안에서 곤두서려는 분노일 수도 있었다. 어머니를 자기 집으로 모셔가야 한다고 생각했지만 동생의 댁한테 좋은 말로 그 얘기를 해야지 절대로 얼굴을 붉히거나 해서는 안 된다고 생각했다. 동생은 지금 거기 없었지만 괘씸한 생각이 별로 안 들었다. 어머니와 아내 사이에서 겪었을 그의 마음고생이 어떠했으리라는 것은 헤아리고도 남았다. 나이 차이 때문만이 아니라 태어날 때부터 아버지 없이 태어난 불쌍한 것을 남부럽지 않게 길러내야 한다는 중책을 어머니와 함께 나눠 졌던 세월 때문에 그녀의 동생에 대한 느낌은 동기간의 우애라기보다는 모성애에 가까웠다. 영주는 어머니가 답답해할 때까지 오래 어머니를 쓰다듬고 있었다. 자신의 분심을 억제하기가 그만큼 어려웠던 것이다.

그렇게 해서 다시 둔촌동으로 모셔온 어머니는 믿을 수 없을 정도로 빠르게 그 전의 모습을 회복해갔다. 돌아오는 차 안에서 벌써 남을 무조건 의심하고 경계하는 방어적인 눈빛과 몸짓은 사라진 뒤여서 식구들은 아무도 할머니가 더 나빠졌다고 생각하지 않고 나들이에서 돌아오는 분 맞듯이 했다. 영주도 내가 혹시 잘못 본 게 아닐까, 동생의 댁을 덮어놓고 밉보려는 고약한 시누이 근성 때문에 그리 보였던 건 아닐까, 은근히 자책까지 할 지경이었다. 그래도 가장 경계해야 할 것이 가출인 것은 그때나 이때나 변함이 없는지라 어머니 혼자서 집을 보게 하는 일이 없도록 했다. 전업주부가 없는 집에서는 그게 가장 어려웠다. 고2짜리 경아는 빼주고 영주하고 충우가 강의가 없는 날은 서로 당번을 서기로 했지만 그것만으로는 어림도 없었다. 사이사이 파출부를 쓰기도 하고 이모들이 와서 봐주기도 했지만 그나마 조금씩 허술해지던 중이었다. 집안일이라야 별것도 아니었다. 콩나물을 다듬어준다거나, 도라지를 찢어준다거나, 버섯이나 고사리를 보고 이건 우리나라산이 아니라고 분별해주는 정도였다. 그래도 그런 것도 안 시키면 죽으면 썩을 몸 놀면 뭐하냐고 섭섭해했다. 영주는 어머니 입에서 그 말을 다시 듣게 된 게 그렇게 기쁠 수가 없었다. 하숙 칠 때 어머니가 가장 자주 하던 소리였다. 그 소리를 들으면 마치 어린날, 늦도록 기다리던 나들이 간 어머니가 저만치 부우연 어둠 속에 나타나는 걸 보고 뛰어가 치마폭에 안겼을 때처럼 마음이 놓이고 푸근해졌다. 더 좋은 건 빨래 개키는 솜씨가 돌아온 거였다. 어머니는 빨래가 약간 축축할 때 걷어다가 어찌나 정성을 들여 반듯하게 펴서 개키는지 내복도 꼭 다림질해놓은 것 같았다. 그건 아무도 흉내낼 수 없는 어머니만의 솜씨였다. 어머니의 손은 아직도 든든하고 예뻤다. 아, 아, 빨래를 꼭 다림질해놓은 것처럼 개키는 우리 엄마 손, 이러면서 어머니 손을 어루만지고 있노라면 경배하며 입맞추고 싶은 따뜻한 충동에 사로잡히곤 했다.

그렇다고 들락날락하는 기억력까지 회복된 건 아닌데도 마음을 너무 놓았었나 보다. 정 아쉬울 때는 어머니를 혼자 두고 집을 비울 때도 종종 있었다. 이모들한테 번번이 부탁하는 게 미안하기도 했지만 이모들은 무슨 말 끝에 반드시 죽을 때는 아들네서 죽어야 제대로 된 팔자라는 걸 어머니한테 입력을 시키고 말 것 같아서였다. 이미 확고하게 입력된 관념이 지워졌다고 믿는 건 아니지만 최소한 잠재된 걸 이르집는 짓은 삼가고 볼 일이었다.

3

그 집 처마밑에 온통 연등이 달렸다.
그 집에 절 표시와 천개사 포교원이라는 간판이 달리고 난 지 몇 달 만이었다. 연등으로 처마밑을 뒤란까지 두르고 나서도 남아 마당 위에다 줄을 매고 달아놓았다. 포교원 간판이 붙고 나서 처음 맞는 사월 초파일이었다. 원주민 동네에서 바라보면 연등은 분홍빛 풍선뭉치처럼 보여서 어느 순간 그 집을 매달고 둥실 승천하는 게 아닌가 하는 기대감을 불러일으켰다. 그런 기대는 허황하지만 기쁨에 충만한 거여서 동네 전체에 축제 분위기를 훈풍처럼 실어왔다. 연등이 달리기 전부터도 동네 사람은 그 집에 절 간판이 붙은 걸 보고 괜히 좋아했었다. 그러나 그 동네에 그 절의 신도는 한 사람도 없었다. 점도 치러 다니고 절에 치성도 드리러 다니면서 신앙이 불교라고 생각하는 집은 그 동네 가구 중 아마 반도 넘을 테지만 그 절의 신도는 한 사람도 없었다. 그런데도 그 집에 연등이 그렇게 많이 달린 걸 보자 생긴 지 얼마 되지도 않은 절에 신도가 꽤 많구나 싶어 기뻐해주고 싶었던 것이다. 남이 잘되는 걸 별로 좋아해본 적이 없는 마을 사람답지 않았다. 그 집이 절집이 되기 전엔 점집이었기 때문에 더 그런지도 몰랐다. 동네 사람들은 점집보다 절집이 격이 높다고 생각했고, 아이들 교육상도 절집이 나을 듯했다. 그렇다고 그 집이 점집이었을 적에 마을 사람들이 배타적으로 군 것은 아니었다. 따돌릴 것도 없이 그 집의 위치 자체가 마을로부터 배타적으로 돼 있었다. 낯선 사람이 그 동네에 들어와 처녀점집이 어디냐고 물으면 저어기 저 옛날 집일 거라고 벌판 너머를 가르쳐주곤 했다. 간판이나 깃발 따위 점집의 표시는 없었지만 그 집이 점집이라는 걸 모르는 마을 사람은 없었다. 또한 그 집에선 처녀가 점을 치고 있겠구나 하는 것도 외부 사람들이 그렇게 물으니까 그러려니 할 뿐 그 처녀점쟁이가 예쁜지 미운지, 용한지 돌팔이인지 아는 사람도 있는 것 같지 않았다. 원주민 동네 사람 중 태반은 하는 일이 뜻대로 안 돼 무꾸리들을 잘 다녔고, 그게 유일한 취미인 사람까지 있었지만 그 집에 가서 점을 쳤다는 이는 아직 한 사람도 없었다. 고향에서 인정을 못 받기는 비단 예수님만이 아닌 모양이다.

파일날도 동네 아이들만이 그 집 앞으로 몰려가 안을 기웃댔다. 바람에도 가벼운 것이 먼저 날리듯이 축제 분위기에도 아이들만 덩달아 들떴을 뿐 그 동네 어른들은 끄떡도 안 했다. 파일날을 명절로 쇠는 집도 아마 각각 다니던 머나먼 절을 찾아 전철로 버스로 나들이를 떠났을 것이다. 그 집 대문은 활짝 열려 있었고 분합문 안엔 아담한 금빛 부처님이 비단방석에 앉아 은은한 미소를 짓고 있었다. 많은 신도들이 자기네 식구 이름을 꼬리표로 달고 있는 연등이 어디 있는지 찾아보느라 부산했다. 그들이 차려입은 색색가지 비단한복이 보기 좋았다.

그 절 스님은 비구니였다. 그 집이 점집이었을 적에 처녀점쟁이와 지금의 비구니는 같은 사람이었다. 부처님까지도 처녀점쟁이가 모시던 부처님과 같은 부처님이었다. 다만 절 표시를 붙일 무렵에 금빛이 좀더 찬

란해졌을 뿐. 도금을 새로 했으니까. 신도들도 대부분 그 집이 점집이었을 적부터의 단골들이었고 새로운 신도들이 생겨봤댔자 점집 단골들한테 그 집 부처님이 영검하다는 소문을 듣고 솔깃해진 이들이었다. 단골이자 신도들은 처녀점쟁이가 스님이 된 데 대해 조금도 이상해하거나 뜨악해하지 않았다. 점쟁이였을 적에도 그 처녀는 부처님을 모시고 있었고, 처녀의 투시력이나 예언능력이 부처님으로부터 온다고 믿기는 마찬가지였으니까. 점집이었을 적에 단골들이 점을 치러 오면 으레 부처님한테 먼저 절을 하고 나서 점을 쳤고, 점을 다 친 후 또 한번 부처님한테 절을 하고 물러나는 절차도 절집이 됐다고 해서 달라지지 않았다. 그때나 이때나 신도들은 그녀의 무심히 던지는 것처럼 툭툭 내뱉는 한두 마디에서 남편의 영화나 자식의 출세와 관계되는 영감을 얻으려는 열망 때문에 그 집을 찾기는 마찬가지였다. 그리고 그녀가 영검한 걸 부처님이 영검한 것과 동일시했기 때문에 그녀가 점쟁이였을 적에 깍듯이 보살님이라고 불렀던 것처럼 비구니가 된 그녀를 자연스님이라고 부르는 데 전혀 거부감을 느끼지 않았다.

 달라진 게 있다면 한달에 한 번 법문을 듣는 날이 따로 생긴 것이다. 법문은 천개사에서 내려온 노스님이 했다. 파일이나, 설, 칠석 등 이름 붙은 날이나, 망인의 사십구재나, 간혹 신도들이 부탁해서 불공을 드릴 일이 있는 날에도 천개사 스님이 내려왔다. 그러나 그 절집 신도들은 그 천개사라는 절이 어디 있는지 알지 못했다. 자연스님이 어렵게 대하고, 또 내려오신다는 표현을 쓰니까 머나먼 곳에 있는 수려한 산속의 절을 연상할 수 있을 뿐이었다. 그러나 신도들은 그 천개사 스님을 별로 탐탁하게 여기지 않았다. 나이에 걸맞은 관록은 있어 보였으나 예언능력을

환각의 나비 243

나타낸 적은 거의 없었다. 신도 중에는 신분을 숨기고 싶어하는 고위층의 사모님도 간혹 있었는데, 그걸 알아보는 능력 하나는 뛰어나다는 것이 신도 사이의 중론이었다. 그런 능력이란 신도 사이의 친목을 해칠지언정 스스로의 권위를 위해서는 결코 득될 게 없었다. 요컨대 신도들은 그 노스님을 점집에서 절집으로 변화하는 시기에 있어야 하는 구색 정도로 봐주고 있는 셈이어서 하루 빨리 자연스님이 염불을 잘하게 되기를 바랐다. 자연스님이 직접 그렇게 말한 적이 없는데도 스님은 지금 불교 배우는 대학에 가려고 공부중이라고 신도들 사이에 알려지고 있었다.

아직 천개사에서 노스님이 내려오기 전이었지만 큰 가마솥이 걸린 부엌에선 음식 장만이 한창이었다. 온갖 과일과 유과와 떡집에서 맞춰온 편과 절편도 부엌에 붙은 찬마루에 즐비했다. 파일이니까 신도들에게 점심은 물론 저녁 밤참까지도 대접할 준비였다. 국 끓이고 나물 무치는 일손도 충분했다. 총지휘를 하는 마금네의 음성은 일흔이 다 된 나이가 믿어지지 않을 만큼 기름지고 극성맞았다. 마금이는 자연스님의 속명이자 호적상의 이름이었다. 마금네가 마금이를 낳고 나서 오늘처럼 행복하고 의기양양한 날은 아마 처음일 것이다. 마금네는 명령만 하고 일은 며느리들이 도맡아 하고 있었다. 마금네가 발기만 써주면 서울의 도매시장까지 득달같이 달려가서 장을 봐오는 사위도 있었다. 이대로 이 영업이 번창을 하면 아마 이삼년 안에 이 집을 헐고 크게 짓든지 천개사와는 따로 어디다 절터를 장만하든지 해야 될 것이다. 생각만 해도 어깨가 으쓱했다. 켕기는 구석도 없지 않았다. 흉가를 복가로 탈바꿈시켜 지금 한창 불 일어나듯이 일어나려는 판에 집에 손을 댄다는 것은 복을 쫓는 일이 되는 게 아닐까, 삼가는 마음 때문이었다. 그러나 치미는 욕심이란 늘 삼가는 마음보다 우세하기 마련이다. 오늘 이 좋은 날을 기해 이 자리에 법당을 짓자는 불사를 일으키기로 신도 중 오래된 단골들과 천개사 스님과 대강의 합의를 보았으나 반은 성사가 된 거나 마찬가지였다. 마금네가 사람의 마음에 위안과 희망을 주는 이런 사업에 눈을 뜬 지 오래됐다고는 할 수 없어도 확실하게 터득한 것은, 돈 버는 데 있어서 이 사업만큼 땅 짚고 헤엄치기도 없거니와 시작이 반이라는 소리가 그대로 들어맞는 사업도 없다는 사실이다.

 마금네는 찬마루에 지키고 앉아 잔소리를 하는 한편 오늘 인등 시주로 들어온 돈, 오늘 안에 불전으로 더 들어올 돈 등을 대충 머릿속으로 굴리기에 바빴다. 그녀의 표정은 싱글벙글했다 시뜻했다 변덕스럽게 변했다. 마침내 궤도에 오른 사업이 꿈인가 생신가 대견하면서도 오늘 같은 날이면 돈을 주체를 못해 가마니에다 발로 꾹꾹 눌러 담는다고 소문난 어느 큰 절에 비하면 아무것도 아닌 것 같아 속이 부글거리곤 했다.

 자연스님의 방심한 듯 흐릿한 표정도 못마땅했다. 모녀간에 손발이 잘 맞아야 이 사업이 번창한다는 걸 아는지 모르는지, 손발은커녕 눈길 한 번 맞추려 들지 않는 딸이 아니꼬워 죽겠는 걸 참자니 그도 못할 노릇이었다. 지가 뉘 덕으로 이만큼 됐는데, 그 천덕꾸러기가 용 됐다고 감히 이 에미를 업신여겨? 그러나 딸이 그럴 만한 까닭도 충분히 있었기 때문에 안 보는 데서 눈을 흘기다가도 마주치면 얼레발을 치곤 했다. 그건 그녀도 할 노릇이 아니었지만 딸 역시도 그런 까닭으로 해서 피하려 드는지도 몰랐다. 그러니까 서로 눈도 안 마주치려는 건 모녀간의 묵계 같은 거여서 마금네가 이 집에 드나드는 건 법회나 불공이 들 때뿐이지 평상시에는 자연스님 혼자서 지내도록 내버려두었다. 그러나 처녀점쟁이일 때나 자연스님일 때나 그녀가 그 집안의 유일한 돈줄인 건 변함이 없었다. 딸은 어머니하고 눈뿐 아니라 입도 잘 어울리려 들지 않았지만 돈주머니는 어머니가 수시로 마음대로 쓰도록 간여하지 않았다. 그녀는 자기가 하루 얼마를 버는지 알지 못했다. 그것을 계산하기 시작하면 식구들과 말을 주고받아야 되기 때문에 그걸 피하려고 스스로를 그렇게 버릇들이고 있는지도 몰랐다. 그녀는 그 집안의 밥줄이고, 그녀 돈은 마금네 돈이고, 마금네 돈은 마금네 돈이었다.

　마금네야말로 그 동네의 진짜 토박이였다. 그 집의 선사시대까지 알고 있었으니까. 그러나 지금 그녀는 원주민 동네에 살고 있지 않았다. 원주민 동네를 눈에 거슬리는 풍경처럼 굽어보는 아파트에 살고 있었다. 마금네는 아파트도 원주민 동네도 생겨나기 전 그 동네가 농촌이었을 무렵 거기 어디서 태어나서 거기 어디로 시집가서 고달프고 어렵게 살았다. 그때부터도 그 집은 들판 한가운데 있었다. 마금네는 그 집보다 훨씬 못한 집에 태어나서 친정보다 더 못한 데로 시집가서 살았고 그 집하고는 아무런 관계도 없었다. 육이오 난리통에 처음으로 그 동네를 떠났다 돌아와보니 마을은 많이 변해 있었다. 인구의 이동도 심했고 빈집도 많았다. 그 집은 그동안 더 몹시 퇴락한 채로 남아 있었지만 비어 있었다. 주인이 부역을 얼마나 몹시 했는지 가족들이 몰살을 당했다고 했다. 원한을 산 사람한테 죽임을 당한 장소가 그 집이었다고 해서 알 만한 사람은 흉가라고 그 집 앞으로 갈 일도 돌아다녔다. 가끔 거지들의 소굴이 되기도 했다. 집은 점점 흉흉해졌다. 육이오 때 일을 기억하는 사람들이 하나도 안 남아날 만큼 세월도 가고 주민의 변동도 많았건만 그 집이 흉가라는 건 더욱 과장되게 전해 내려왔다. 마금네는 과수원 날품팔이꾼 남편과의 사이에서 아이를 오남매나 낳아 기르면서 그 동네를 못 떠났고 그 동안 한번도 제집을 가져본 적이 없지만 그 집을 단 하룻밤의 편한 잠을 위해서도 눈독들인 적이 없었다. 그 집은 흉가일 뿐 집이 아니었다.

그 흉가에서 어느날부터인가 가냘픈 연기가 오르기 시작했다. 또 지나가던 거지가 들었나보다 하는 관심조차 갖는 이가 없었다. 그때는 미처 원주민 동네도 생겨나기 전이었다. 벌판과 과수원에 드문드문 집이 있긴 해도 농촌이 피폐해질 조짐은 완연했다. 그렇지만 그쪽 땅까지 금싸라기 땅이 되리라는 건 아무도 예측하지 못할 때였다. 그 집의 겉모양까지 사람 사는 집 티가 나기 시작할 무렵 그 집을 주목하기 시작한 게 마금네였다. 그 집에 들어와 살기 시작한 이가 몰살을 당한 주인의 살아남은 동생이라는 걸 알아볼 수 있는 사람은 마금네밖에 없었다. 육이오 때 청년이었던 그는 형 일가가 몰살당하는 걸 목격하고 충격을 받기도 하고 달리 의탁할 가족도 없고 하여 절로 들어가 이십년 가까이 수도생활을 하다가 환속을 한 거였다. 마금네는 처음부터 그를 해코지할 구체적인 계획이 있는 것은 아니었지만, 그의 정체를 알고 있다는 건 생각만 해도 근질근질했다. 언젠가는 요긴하게 써먹을 때가 있을 것 같은 막연한 예감 때문이었다. 그 근처 땅값도 만만치 않아지기 시작할 때와 맞물려서 그 집을 지켜보는 마금네의 마음은 날로 팽팽해졌다. 젊음을 절에서 보낸 사내가 어느날 느닷없이 절을 등진 것은 속세에서 먹고살 수 있는 길이 기다리고 있어서는 아닌 듯했다. 그 집에 선원(禪院) 간판이 붙었다. 절에서 만든 인간관계도 꽤 쏠쏠했던 듯 지식인풍의 남자들의 발길이 빈번하달 순 없어도 꾸준히 이어졌다. 마금네와 남편이 허드렛일을 거든다고 드나들면서 그 사람들이 한문이나 불경 공부를 하러 온다는 걸 알 수 있었다.

다달이 정기적으로 제법 많은 사람의 모임이 있는 날도 있었다. 마금네는 식구도 덜 겸 겨우 국민학교를 졸업한 마금이를 그 집에 잔심부름꾼으로 들여보냈다. 입에 풀칠도 어려울 때이기도 했지만 중학교도 못 보낼 바엔 기술이라도 가르쳐야 마땅하련만, 계집애가 어려서부터 청승을 잘 떨고 가끔 남의 앞일을 알아맞히는 이상한 능력을 보였기 때문에 귀동냥으로라도 불경을 좀 배워놓으면 쓸모가 있을 듯싶은 생각이 들어서였다.

그때만 해도 원주민 동네를 양옥집 동네라고 부를 때였다. 양옥집 동네 사람들은 무슨 선원이란 간판이 붙은 그 퇴락한 집을 경원했고 그 집에 사는 중도 속환이도 아닌 이상한 남자를 도사라고 불렀다. 물론 양옥집 동네 사람 중 누구도 그 집에 도를 닦으러 가거나 불경공부를 다니는 사람은 없었다.

마금이가 심부름꾼으로 들어간 지 얼마 안 돼서 도사는 열네 살짜리를 범하고 말았다. 마금이는 다시는 그 일을 또 당하고 싶지가 않았기 때문에 엄마에게 고했다. 마금네는 길길이 뛰며 도사를 협박했고, 도사에게 많은 것을 뜯어내기 위해 도사가 그 집과 텃밭을 정식으로 소유할 수 있도록 도와주는 역할을 했다. 이윽고 그 집은 마금이의 소유가 됐고 도사는 남은 공터를 얻었다. 너도 좋고 나도 좋자였다. 마금이는 그 사건으로 남자 혐오증을 얻은 대신 사람의 표정이나 말투에서 그 사람의 생각을 감지하는 능력은 더욱 예민해졌다. 마금네는 딸의 그런 능력을 최대한으로 이용해 처녀무당으로 키웠지만 마금이가 변덕이 심하고 돈욕심이 없어서 그 사업이 마금네의 욕심만큼 번창한 건 아니었다. 그러나 누이가 무당인 걸 빌미로 놀고 먹으려는 여러 자식들하고 기생하기에 충분한 수

입은 되었다. 처녀점집이 절집으로 탈바꿈하기까지는 텃밭을 처분해서 다시 절을 하나 사가지고 산으로 들어간 도사의 협조도 있었지만 마금이도 순순히 응했다. 공부를 할 뜻을 비친 것도 그녀가 먼저였다.

그러나 그녀는 공부를 시작하기에는 너무 나이배기가 돼 있었고, 타고난 성품도 돈에 관심이 없는 것만치나 공부에 뜻이 없었다. 직감 외에 그녀는 아무것도 믿지 않았다. 그러나 무슨 핑계로든 여기 아닌, 어딘가로 가고 싶어했다. 그녀가 막연히 벗어나고 싶은 건 이 고장이 아니라, 여지껏 인연을 맺어온 사람들인지도 몰랐다. 그녀가 그 나이까지 만난 사람들은 식구건 남이건 하나같이 무슨 수를 써서든지 남의 재물이나 지위를 빼앗고 싶다는 생각밖에 머리에 든 게 없는 사람들이었다. 그걸 일찌감치 간파한 거야말로 그녀가 점을 칠 수 있는 주요한 밑천이었다. 그러나 사람이란 그런 것만은 아닌 것 같았다. 그녀는 아이를 낳아본 적은 없지만 어머니를 보면 어머니는 저런 것은 아닐 것 같은 생각이 들곤 했는데 그게 가장 괴로웠다. 그게 아닐 것 같은 거야말로 자신의 가장 정직한 속내였고 한밤에 문득 깨어나 마주 대하는 부처님의 고요한 미소가 동의해주는 바이기도 했다.

얼마를 벌었는지, 사월 파일을 치르고 난 절집은 그야말로 절간답게 고요하기만 했다. 미당의 연등을 마루 천장에다 옮겨 걸어야지, 그러나 바람에 출렁이는 게 영락없이 연못을 거꾸로 이고 있는 기분이라고, 자연스님은 하늘을 쳐다보며 미소지었다. 그리고 뒤란으로 푸성귀를 뜯으러 나갔다. 그렇게 음식을 많이 했건만 떡은 신도들한테 나누어주고 반찬은 식구들이 싹 쓸어가 먹을 게 아무것도 없었다. 딸이 한번도 뭘 맛있게 먹는 걸 본 적이 없는 마금네는 뭘 먹도록 해줄 생각보다는 두면 썩혀

버릴 거, 하면서 뭐든지 가져가려고만 했다. 그리고는 혼자만 뭘 잘 해먹는 줄 아는지, 행여 고기나 비린 건 먹고 싶어도 참아야지 안 그러면 신도 떨어져 나간다고 윽박지르는 소리를 잊지 않았다. 음식 만드는 데 취미도 없고 어려서부터 제대로 배운 것도 없어서 그저 아무렇게나 굶어죽지 않을 만큼만 해먹는 게 버릇처럼 굳어져 있었다. 뒤란에 씨를 뿌린 것도 그녀가 아니어서 어떻게 해먹는 푸성귀인지도 모르고 손에 잡히는 대로 한움큼 뽑아다가 다듬으려는데 노파가 한 사람 스르르 들어왔다. 한눈에 점을 치러 온 사람은 아니었다. 계절에 맞지 않은 옷에 비해 환한 얼굴이 까닭없이 눈부셨다. 노파는 웃으면서 스님을 나무랐다.
"아욱도 다듬을 줄 몰라. 쯧쯧 나이는 어디로 처먹었누."
그러면서 천연덕스럽게 마주앉아 아욱을 다듬기 시작했다. 아욱은 연한 줄기의 껍질을 벗겨가며 다듬는다는 것을 그녀는 처음 알았다.
"다듬을 줄 모르니 씻을 줄은 더군다나 모르겠구먼. 아욱은 이렇게 씻는 거야."
그러면서 수돗가로 가져가더니 푸른 물이 나오도록 북북 으깨서 씻는 것이었다. 쌀뜨물 받아놓은 게 있을라구, 하면서 쌀을 내놓으라고 했다. 쌀 역시 박박 으깨서 한두 번 씻어내고 보얀 뜨물을 받아놓았다. 그리고 그 구식 부엌을 돌아보며 참 좋다고 연신 감탄을 하더니 장독에서 된장을 떠다가 국을 끓이는 것이었다. 그 모든 행동이 묵은 살림하듯 막힘없이 능수능란했다. 스님은 그 이상한 할머니의 정체를 알아내려고 열심히 머리를 굴렸지만 도무지 짚이는 게 없었다. 대번에 뭐가 딱 와야지 오래 생각을 굴려서 알아낸 건 맞지 않는다는 걸 그녀는 경험으로 알고 있었다. 그러나 그녀는 그게 조금도 낭패스럽지가 않고 기쁨이 스멀스멀 등을 기는 것처럼 즐거웠다. 생전 처음 느껴보는 느낌이었다.

할머니가 차린 상에 두 사람은 정답게 겸상을 했다. 할머니가 끓인 아욱국이 어찌나 맛있던지 국에 말아 밥 한 공기를 다 먹었는데도 할머니는 몸이 그렇게 약해서 어떡하냐고 자꾸 밥을 더 권했다. 누가 손님인지 헷갈리게 하는 할머니였다. 하긴 들어올 때부터 할머니는 자기 집에 들어오는 것처럼 아무렇지도 않게 굴었으니까. 저녁엔 뭐 구미 당길 걸 좀 해멕여야 할 텐데……. 다음 끼니 걱정까지 하는 할머니를 보면서 그녀는 슬그머니 어리광을 부리고 싶어졌다. 그런 느낌 또한 처음이었다. 그녀는 남한테 위함을 받아본 적이 없기 때문에 좋은 꿈을 꾸고 있는 것처럼 현실감 없이 황홀했다. 저녁엔 할머니를 위해서 장까지 봐왔다. 원주민 동네에 있는 미니슈퍼에 가서 두부도 사오고 콩나물도 사오고 멸치까지 사왔다. 그리고 부엌에 들어서서 할머니하고 주거니 받거니 저녁을 차렸다. 할머닌 야단을 잘 쳤지만 조금도 무섭지 않았다. 사람이, 아니 노인네가 어떻게 저렇게 거침이 없을까 신기했다. 밤엔 둘이서 나란히 자리 펴고 누웠다. 거침없이 들어왔듯이 잠든 동안 거침없이 나가면 어쩌나 싶어 살며시 할머니 손을 잡았다. 작고 거칠고도 말랑말랑한 손이었다. 옛날 얘기 해줄까? 할머니가 손을 마주잡아 주면서 말했.

"옛날, 옛날에 어린 자식 데리고 혼자 사는 과부가 있었더래. 과부는 바람이 났더래. 어린 자식 잠들면 서방 만나러 나가려고 밤마다 옷도 안 벗고 자더래. 에미가 밤이면 몰래 빠져나가는 걸 안 어린 것은 손목에다 에미의 저고리 옷고름을 꼭꼭 묶고 잤더래. 새끼가 마음놓고 새근새근 잠들자 에미는 옷고름을 가위로 싹둑 자르고 풍우같이 달려나갔더래."

"너무 슬프다, 할머니."

그러면서 마금이는 새근새근 잠이 들었다. 몸과 마음이 푹 놓이는 숙면에서 깨어보니 아침이었다.

할머니는 곁에 있지 않았다. 그러나 밖에서 인기척이 났다. 마루에서 빨래를 개키고 있었다. 늙으면 죽어야지, 빨래 걷는 걸 잊어버리고 잤잖아? 그러면서 밤이슬에 눅눅해진 빨래를 어루만지듯 판판하게 쓰다듬어 반듯하게 개키고 있었다. 이따가 한번 더 볕을 봐야 해, 그래야 부숭부숭해지거든, 이렇게 중얼거리는 소리를 들으며 마금이는 어디서 저런 보물단지가 굴러 들어왔을까, 생각할수록 신기했다. 쥐어짠 채로 털지도 않고 널어서 북어처럼 비틀어져 있던 그녀의 속옷과 가사가 방금 다림질해놓은 것처럼 반듯하고 얌전해졌다.

이렇게 시작된 할머니와의 생활은 꿈같이 편안하고 달콤했지만 어디서 온 할머니인지 어디로 갈 것인지는 궁금해하지 않기로 했다. 그 집에서 주인보다 더 자기 집처럼 자유자재로 행동한다는 것밖에 할머니의 정체를 알 수 있는 건 아무것도 없었다. 지난날에 대해서는 한마디로 횡설수설이었다. 일부러 그러는 것 같지는 않았다. 말꼬리를 잡고 추궁을 당하면 헷갈리는 표정으로 뭔가를 생각해내려고 애를 쓰다가도 금세 싫증을 냈고, 딴소리를 했다. 한번은 부처님을 물끄러미 바라보다가 예수쟁이들도 마음이 좋더라고, 하마터면 길에서 병이 들어 죽을 뻔했는데 깨어나보니 예수쟁이들이 기도를 하고 있더라는 소리를 한 적이 있었다. 그러나 다음날 거기에 대해 좀더 자세히 알고 싶어했을 때 전혀 딴소리를 했다. 멀리 보이는 비닐하우스를 바라보면서 요새 허리가 쑤시는 게 저기서 겨울을 났기 때문이라고도 했다. 그 소리 또한 종잡을 수 없기는 마찬가지였지만 아주 헛소리 같지는 않았다. 그녀가 직감으로 알 수 있는 것은 할머니의 기억력이 끊어졌다 붙었다 한다는 것 정도였다. 그러나 지금 이 상태를 만족해하고 있다는 것만은 확실했다. 고기도 놀던 물이 좋다더니, 사람도 살던 데가 이렇게 좋은 것을, 하면서 할머니가 기지개를 켜듯이 마음껏 느긋하고 만족스럽게 굴 적에는 옛날 옛적 이 집에 살던 할머니가 돌아온 게 아닌가 싶기도 했다. 그러나 그런 생각이 조금도 기분 나쁘지 않았다. 자기도 옛날 옛적부터 할머니의 손녀였다고, 지금은 이 세상이 아닌 그 옛날, 전생으로 돌아와 있다고 생각하면 그만이었다.

그러나 어쩌다 텅 빈 시선으로 먼산을 바라보면서 우리 아들이 곧 데리러 온댔는데 왜 이렇게 안 오나? 이렇게 중얼거리는 소리를 들으면 가슴이 덜컥 내려앉으면서 기분이 언짢아지곤 했다. 아들이 곧 모시러 올까 봐서가 아니라 계획적으로 버림받은 노인인 것 같아서였다.

4

어머니가 또 의왕터널 쪽으로 갔으려니 한 영주의 추측은 들어맞지 않았다. 그날은 뜬눈으로 새우고 다음날부터 가실 만한 데를 모조리 알아보고 나서 결국은 경찰에 신고를 하고 동회와 구청의 가정복지과에도 신고를 했다. 전국적으로 사람만 찾는 전화번호가 따로 있다는 것도 처음 알았다. 백방으로 수소문했으나 아무런 진전 없이 날짜만 흘러갔다. 신문에 광고도 내고, 남편 친구한테 부탁해서 청취율이 높은 시간에 방송도 몇 번 내보냈다. 그러자 제보가 몇 건 들어오기는 했지만 확인해보면 아니었다. 수원역에서 구걸을 하고 있더라는 식의 제보에 울먹이며 달려가기를 몇 번을 했는지 모른다. 내가 지금 바로 그 할머니한테 우동을 사먹이고 있으니 빨리 우동값 갖고 나오라고 하고 나서 어디라는 말도 없이 끊어버리는 장난질도 있었다. 검찰에 변사자 수배도 부탁했다. 그 결과 변사한 얼토당토않은 노인의 시체를 확인해야 하는 곤욕까지 몇 번 겪지 않으면 안 되었다. 그런 못할 노릇은 주로 남편과 동생이 맡아서 해주었다. 할 수 있는 일은 다 했다고 해서 가만히 앉아서 기다리기만 할 수는 없는 일이었다. 영주는 잠시도 집에 붙어 있지 못하고 차를 몰고 노인네가 갈 만한 데를 찾아나서지 않고는 못 배겼다. 집안꼴이 말이 아니었다. 그래도 그 결과 과천에는 어머니가 한두 번 나타난 적이 있다는 걸 확인할 수가 있었다. 워낙 오래 살던 아파트라 안면이 있는 사람들이 많아 그중 어머니를 만났다는 이가 나타났지만 그냥 거기 어디 다니러 오셨다 가는 줄 알고 인사만 하고 말았다고 했다. 언제나처럼 깨끗하고 명랑해서 길을 잃은 줄은 꿈에도 몰랐노라고 했다. 그 사람이 만일 미리 그 사실만 알았더라도 붙들어두고 연락을 해주었을 것이다. 발을 구르고 싶게 억울했다. 때늦은 감은 있지만 사람 찾는다는 인쇄물을 신문지 사이에 끼우는 찌라시로 만들어 뿌리기로 했다. 몇날 며칠을 두고 과천을 중심으로 평촌 산본 안양 일대의 신문보급소란 보급소는 다 찾아다니면서 그 일에만 종사하다가 신문 독자들이 찌라시를 눈여겨보지 않을 게 뻔해서 포스터를 만들어 붙이기로 했다. 평소의 어머니의 행동반경을 감안해서 그 범위 내만 붙이고 다닌다 해도 식구 단위의 인원만 가지고는 어림도 없는 큰일이었다. 그러나 어머니를 위해서 매일매일 뼛골 빠지게 뛸 일이 있다는 것 자체가 구원이었다.

그렇더라도 일일이 손 가고 시간 잡는 일이라 영주네 식구들만 갖고는 태부족이었다. 일손도 나눌 겸, 더 좋은 방법이 뭐 없을까 의견도 교환할 겸 삼남매가 모일 적이 많았다. 모이면 말이 많아졌고 비난의 화살은 으레 영주한테로 집중됐다. 나 같은 죄인이 무슨 할말이 있겠수, 하는 건 영탁이가 자주 쓰는 말이었지만 그 집 식구들이 가장 떳떳해 보였다. 영탁이 처는 이래라 저래라 참견하는 법이라고는 없이 싸늘한 태도로 지켜보기만 했지만, 대문과 방문에 자물쇠 채운 게 최선의 방법이라는 게 증명된 이상 무슨 말이 필요하겠느냐는 냉소를 머금고 있는 거처럼 영주는 느끼곤 했다. 영숙이도 그런 걸 감지한 모양이다.

"언니가 그때 조금만 참지, 잘난 척하고 괜히 모셔와서 쟤들만 책임 벗게 됐지 뭐요? 보나마나 올케는 속으로는 고소해할 거야."

"지금 누구 잘잘못 따지게 됐니? 어머니가 살아 계신지 돌아가셨는지도 모르고 사는 판에. 그때도 난 어머니가 바라시는 게 뭘까, 그것 먼저 생각하려고 했을 뿐이야. 이렇게 될 줄은 몰랐지만 잘못했다고 생각하진 않아."

"어이구, 박사언니의 잘난 척은 하여튼 아무도 못 말린다니까. 경찰에서도 돌아가셨으면 즉시 연락이 닿게 돼 있으니 그 걱정은 말라고 했다며? 지문조횐가 뭔가로."

"거기다 왜 박사는 갖다붙이니?"

"언니처럼 알뜰히 어머니 울궈먹은 자식도 없잖우? 그만큼 부려먹고도 뭐가 모자라 박사 욕심까지 내가지고 어머닐 늦도록 딸네집살이를 못 면하게 하다가 기어코 이 꼴 당한 거 아뉴?"

어쩌면 어머니하고 동생하고 이렇게 다를 수가 있을까. 즈이들이 누구 때문에 대학공부까지 할 수가 있었는데……. 그 일을 어머니는 장하게 여겼지만 그 공의 반은 맏딸한테 돌리면서 늘 미안해하곤 했었다. 하숙집 딸 노릇만 안 했어도 박사도 될 수 있는 딸이었는데, 이렇게 못내 아쉬워하는 소리를 한두 번 들은 게 아니어서, 어머니의 한을 풀어드리고 말겠다는 생각이 없었다면 박사를 뒤늦게 할 엄두도 못 냈을 것이다. 하숙집 딸답게 남편을 만난 것도 하숙생 중에서였다. 사정을 빠안히 알고 한 결혼이라 하숙집 딸에서 중학교 교사가 된 후에도 남편은 처가식구와 같이 사는 걸 조금도 불편하게 여기지 않았다. 겉보리 서 말만 있어도 안 한다는 처가살이를 그는 아무도 불편해하거나 미안해하지 않도록 잘 해냈다. 누가 가족관계를 물으면 장모님 모시고 산다는 소리를 여자들이 시어머니 모시고 산다는 소리와 다르지 않게 떳떳하게 했다. 영주는 그럴 때의 남편이 가장 잘나 보였고 그렇게 자랑스러울 수가 없었다. 어머니 또한 그런 사위를 좋아했었다. 지금도 구메구메 어머니 생각을 제일 많이 하는 게 남편이었다.

그런 형부에 대해서도 영숙이는 헐뜯고 싶어했다. 따뜻한 봄날이 계속되어 어머니가 한뎃잠을 주무시는 걸 가상해도 몸이 오그라붙는 느낌이 한결 덜해진 것만도 살 것 같은 날이었다. 남편이 아주 슬픈 얼굴로 어머니가 신 총각김치 줄거리 넣고 지진 청국장 생각이 간절하다고 말했다. 하필 영숙이가 듣는 데서 한 소리였고, 어머니의 그 솜씨가 천하일품이라는 건 다 아는 사실이었다. 남편은 울먹이듯이 비통한 얼굴로 그 소리를 했는데도 영숙이는 자리를 박차고 일어나면서 화를 냈다. 부리던 식모가 나갔어도 그보다는 듣기 좋은 소리를 할 거라는 거였다. 그게 그렇게 어머니에 대한 모욕이요 얕봄이라면 동생이 그리는 어머니는 어떻게 생겼을까. 영주는 빨래를 다림질해놓은 것처럼 얌전하게 개키는 어머니를 생각할 때 그리움이 가장 절절해졌으므로 남편의 진심을 이해하고도 남았다.

어느덧 어머니가 집 나간 지 반년을 바라보게 되었다. 계절도 초여름으로 접어들었다. 포스터를 천 장씩 몇 번을 더 찍었는지 헤아릴 수 없게 되었지만 서울 시내와 근교를 다 덮기는 아직아직 멀었으리라. 제보가 끊긴 지도 오래되었다. 영주는 포스터도 붙일 겸 해서 여기저기 산재해 있는 노인들의 수용기관을 찾아다니는 게 거의 일과처럼 돼 버렸다. 보건사회부에 등록되지 않은 사설기관도 많았다. 그런 데는 소문으로 찾아다니는 수밖에 없었다. 그런 데를 한 군데 어렵게 찾아보고 돌아오는 길이었다. 아무 특징도 없는 서울 근곤데 괜히 쉬어가고 싶은 데가 있었다. 그녀는 차에서 내려 우선 공기를 심호흡했다. 특별히 신선한 것 같지도 않았다. 구질구질한 마을 어귀였다. 이 마을에도 포스터를 붙여볼까 하다가 문득 저만치 외딴집이 보였다. 요새도 서울 근교에 저런 옛날 집이 남아 있는 게 신기했다. 문화재적인 옛날 집이 아니라 그냥 나이만 많이 먹은 귀살스러운 옛날 집인데도 영주는 이상한 힘에 끌려 차츰차츰 다가갔다. 다가가면서도 무엇에 이끌리고 있는지 이상해서 주춤거렸다. 느닷없이 하숙 치던 종암동 집 생각이 났다. 그냥 생각이 난 것뿐 비슷한 것 같지는 않았다.

헉 하고 숨을 들이쉬면서 천개사 포교원이라는 간판과 함께 빨랫줄에서 나부끼는 어머니의 스웨터를 보았다. 영주는 멎을 것 같은 숨을 헐떡이며 그 집 앞으로 빨려 들어갔다. 마루 천장의 연등과 금빛 부처가 그 집이 절이라는 걸 나타내고 있었다. 그밖엔 시골의 살림집과 다를 바가 없었다. 부처님 앞, 연등 아래 널찍한 마루에서 회색 승복을 입은 두 여자가 도란도란 도란거리면서 더덕껍질을 벗기고 있었다. 더할 나위 없이 화해로운 분위기가 아지랑이처럼 두 여인 둘레에서 피어오르고 있었다. 몸집에 비해 큰 승복 때문에 그런지 어머니의 조그만 몸은 날개를 접고 쉬고 있는 큰 나비처럼 보였다. 아니아니 헐렁한 승복 때문만이 아니었다. 살아온 무게나 잔재를 완전히 털어버린 그 가벼움, 그 자유로움 때문이었다. 여지껏 누가 어머니를 그렇게 자유롭고 행복하게 해드린 적이 있었을까. 칠십을 훨씬 넘긴 노인이 저렇게 삶의 때가 안 낀 천진덩어리일 수가 있다니.

암만 해도 저건 현실이 아니야, 환상을 보고 있는 거야. 영주는 그래서 어머니를 지척에 두고도 한 발자국도 앞으로 나가지 못했다. 그녀가 딛고 서 있는 것은 현실이었으니까. 현실과 환상 사이는 아무리 지척이라도 아무리 서로 투명해도 절대로 넘을 수 없는 별개의 세계니까.

해설

박완서의 소설을 읽는 고통스러운 행복

김 수 이(문학평론가)

1. 웅숭깊은 재미와 충족감의 정체

　박완서의 소설은 오래 고통을 삭인 사람의 명치끝에서 터져나오는 신음이며 비명이다. 이 신음 또는 비명은 서늘한 아픔과 함께, 놀랍게도 가슴 뻐근할 정도의 진한 충족감을 안겨 준다. 충족감의 연원은 삶에 대한 우리의 시선과 관계한다. 혼란스러워서, 두려워서, 혹은 기타 등등의 이유로 우리가 겉돌고 에돌아온 삶의 실체가 문득 눈앞에 낱낱이 펼쳐지기 때문이다. 비유하자면, 박완서의 소설을 읽으며 충족감을 느낄 때 우리는, 삶의 가시 돋친 껍질을 맨손으로 벗겨내 알맹이를 입에 넣으며 자신을 향한 피학적이며 가학적인 쾌감에 전율하는 셈이 된다. 그도 그럴 것이, 박완서의 소설을 통해 우리가 음미하는 삶의 알맹이는 더할 수 없이 흡하고 쓰디쓴 것이기 때문이다. 흡하고 쓰디쓴 삶의 알맹이를 천천히 씹어 삼키는 일의 기묘한 쾌감(!). 아이러니컬하게도, 이 고약한(?) 사도-마조히즘적 쾌감이 박완서의 소설을 읽는 웅숭깊은 재미와 충족감의 요체를 이루고 있는 것이다.

국내 유수의 문학상을 휩쓴 박완서의 수상작들로 구성된 이 선집의 매력도 여기에 있다. 「그 가을의 사흘 동안」 「엄마의 말뚝 2」 「꿈꾸는 인큐베이터」 「나의 가장 나중 지니인 것」 「환각의 나비」 등 다섯 편의 중·단편 소설은 모두 등장인물의 생을 통째로 뒤흔든 가혹한 상처에서 출발한다. 각 소설은 해당 인물의 반생 혹은 평생에 걸친 시간을 통과해 마침내 상처의 뿌리에 도달한다. 소설의 여정은 상처의 여정과 일치하고, 소설의 서사는 상처의 내력과 파장을 따라 섬세하게 구조화된다. 따라서 이들 소설의 진정한 주인공은 차라리 상처 자체라고 할 수 있다. 상처가 드러나고 치유되는 과정, 즉 소설의 서사적 긴장과 이완의 경로는 인물들에게 가슴속에 산적한 신음과 비명을 터뜨리게 한다. 이 신음과 비명이 곧 박완서 특유의 수다와 달변의 알짜 성분이며, 박완서의 소설세계의 원천인 것이다.

선집에 실린 작품들은 박완서의 다른 대부분의 소설들과 마찬가지로 여성을 화자와 주인공으로 삼는다. 이 중 「그 가을의 사흘 동안」과 「꿈꾸는 인큐베이터」는 '태아 살해(낙태)'를 경험한 여성의 복수극의 형태를 띠는 점에서 많은 유사성을 갖는다. 또한 「엄마의 말뚝 2」와 「나의 가장 나중 지니인 것」은 현대 역사의 비극 속에서 생떼같은 아들의 죽음을 경험한 홀어머니의 상처를 다룬 점에서 공통점을 보여준다. 상처의 근원은 조금 다르지만, 「환각의 나비」 역시 젊어 남편을 잃고 세 아이를 키우며 살아온 홀어머니의 내밀한 아픔을 그려낸 점에서 후자의 소설들과 맥락을 같이한다.

2. 복수극 — 자기로부터의 해방

여성 소설가인 박완서가 여성의 이야기를 쓰는 것은 지극히 자연스러운 일이다. 하지만 박완서가 등장하기 전까지 여성작가가 쓴 소설은 대체로 '여류'라는 편협한 수식어에 갇혀 폄하되곤 했다. 불혹의 나이에 문단에 나와 놀라운 필력을 휘두른 박완서가 이룬 공적의 하나는 여성의 이야기를 '여류'의 사슬에서 구해낸 것이라고 할 수 있다. 박완서는 여성의 삶을 가족사의 테두리 안에서 서술하면서, 궁극적으로 이를 한국 현대사의 맥락 속에 위치시켜 왔다. 더 정확히 말하면, 박완서의 소설에서 여성이 겪는 모진 삶의 배후에는 한국 현대사의 어두운 상흔이 드리워져 있다. 박완서는 여성의 고난이 '남성'과 '가족'의 차원을 넘어 '사회 역사'의 차원과 직결됨을 줄기차게 증언해 온 것이다.

박완서의 공적은 '여성의 이야기'를 자율적이고 독창적인 궤도에 올려놓은 것에 머물지 않는다. 박완서에 이르러 여성의 이야기는 여성의 이야기를 넘어, 20세기 중반 이후의 한국의 현대사회를 사는 우리 모두의 이야기가 되었다. 역사적 배경을 중심으로 볼 때, 이 선집 중에서도 특히 세 편의 소설, 즉 「그 가을의 사흘 동안」, 「엄마의 말뚝 2」와 「나의 가장 나중 지니인 것」은 한국전쟁과 1980년대 군사정권 치하에 대한 처절한 음화(陰畵)에 해당한다. 여성이 주체이자 주인공이 된 이 음화(陰畵/陰話)들은 그동안 남성의 관점에서 씌어진 한국의 현대사와 문학의

서사를 보충하고 균형감각을 부여하는 역할을 한다. '태아 살해(낙태)'
와 '아들의 죽음'이라는 여성의 통렬한 경험에 주목해 이 선집의 소설을
읽을 때도 결과는 달라지지 않는다. 이 이야기들은 여성의 특수한 경험
이 아닌, 이 땅에서 어울려 살아온 우리 모두의 경험이자 기억이기 때문
이다.

 중편소설「그 가을의 사흘 동안」은 서정적이고 낭만적인 제목과는 달
리, 강간과 낙태의 기억에 평생을 짓눌린 여성의 비극적인 삶을 다룬다.
한국전쟁 중에 미군 병사에게 강간당한 후 낙태를 한 '나'는 동란 중이
던 1953년 봄, 27세의 나이로 서울 변두리 어수룩한 주택가의 경성상회
2층에 산부인과를 연다. 세월은 흘러 앞으로 사흘 후면 '나'는 만 55세가
된다. 공교롭게도 그날은 도시계획에 걸려 경성상회를 철거해야 하는 마
지막 날이기도 하다. 개업 첫날 마수걸이로 황영감의 강간당한 딸의 아
기를 받은 것을 제외하면, 화냥기가 흐르는 동네에서 '나'는 삼십 년 동
안 소파수술만을 전문으로 돈을 벌어왔다. 그런 '내'가 지금 폐업을 3일
앞두고 엉뚱한 소망 하나를 품고 있다. 문을 닫기 전에 한 번만 살아 있
는 아기를 받아보는 것이 그것이다. 이 소망은 원래 사진관이던 병원 구
석에 놓인 '우단의자'만큼이나 '나'와 이 병원에 어울리지 않는다. "거
센 야만족에게 볼모로 잡혀 온 문약(文弱)한 나라의 왕자님처럼 이물
(異物)스럽고도 귀골스러워 보이"(12쪽)는 '우단의자'는 내가 마지막으
로 본 아버지가 기품 있게 앉아 있던 '품위'의 장소이다. 또한 결정적으
로, 폐업하던 날 찾아온 마지막 환자인 "소녀의 미숙아(未熟兒)가 강보
에 싸여"(65쪽) 아직 목숨이 붙어 있던 '생명'의 자리이기도 하다. '우단
의자'는 황영감에게 '인간 백정' 소리를 들어가며 국민학교와 읍을 몇

개 세울 만큼의 아기를 처치해 온 '나'의 위악적인 모습 속에 깃들어 있는 훼손되지 않은 자아를 상징하는 것이다.

이 본래의 자아는 두 개의 탈 속에 억압되어 있다. 그 하나는 원치 않는 아기를 밴 여성들을 고통에서 해방시키는 신(神)보다 영험한 '나'이고, 다른 하나는 낙태의 대상에서 주체가 됨으로써 자신의 가해자들에게 복수하는 '나'이다. 그러나 이처럼 평생에 걸친 '나'의 복수극은 결국 실패로 끝난다. "가장 냉혹하고도 열렬한 살의는 자기 몸속에 있는 것에 대한 살의"(62쪽)임을 알고 있으며, "치욕을 핑계 삼아" "한번도 남자를 사랑하지 않고도 잘만 살아온" "나의 의술은 환자의 고통을 대상으로 하지 않고 자신의 불순한 쾌감을 대상으로 하고 있었"(46쪽~47쪽)기 때문이다. 강간당한 소녀의 미숙아를 신생아로 처리해 '우단의자' 위에 놓아둔 것을 발견한 '나'의 포효는 이 오랜 '불순함'이 소멸하는 자리에서 솟아난다.

> 아아, 이제부터 나는 아무것도 숨길 필요가 없겠다. 나는 아기를 갖고 싶었던 것이다. 기르고 사랑할 수 있는 아기를. 마지막으로 한 번 살아 있는 아기를 내 손으로 받아보고 싶단 소망도 실은 아기에 대한 욕심이 쓰고 있는 가면에 불과했다. 나는 나의 정직한 소망이 모든 억압과 가면을 박차고 생명력으로 억세게 분출하는 걸 느꼈다.(65쪽~66쪽)

'나'는 아기를 안고 미친 듯이 인큐베이터가 있는 큰 병원으로 달려가지만, 이미 아기는 숨을 거둔 후이다. 역설적이게도 '나'는 아기의 죽음을 통해 삶에 대한 열렬한 희망을 회복한다. "아기의 무덤이라도 가진"

(67쪽) 행복한 여자가 된 '나'는 "내년 봄엔 아기가 잠든 땅 위에" "내가 죽인 수많은 아기의 한 번도 의식화되지 못한 작은 눈 같은 채송화씨를" (67쪽) 뿌리겠다고 결심하며, 자신도 모르는 사이 교회당으로 가는 것이다. 「그 가을의 사흘 동안」에서 '나'의 복수와 용서의 대상은 '원치 않은 아기' 즉 생명이자, 자기 자신이다. '나'는 평생에 걸친 복수극을 통해 생명의 소중한 가치와 여성의 본능적인 모성을 따뜻이 긍정하기에 이른다. 그러므로 이 복수극은 무참히 실패한 것이자, 동시에 눈물겹게 성공한 것이 된다.

「꿈꾸는 인큐베이터」는 그릇된 아들 선호사상과 '여자의 적은 여자'라는 세간의 통념에 기초한 작품이다. 이 통념은 시어머니, 시누이, 남편, 며느리가 두루 합세한 가족의 '공모'에 의해 작동한다. 장남인 남편과 결혼해 딸만 둘을 내리 낳은 '나'는 셋째 아이를 임신하자 자의반 타의반으로 양수 검사를 받는다. 딸임이 판명되자 남편의 묵인과 시어머니, 시누이의 성원(?) 속에 '나'는 중절수술을 한다. 다시 임신해 천신만고 끝에 아들을 낳은 '나'는 "공손한 며느리, 착한 올케에서 쌀쌀하고 무도한 여자로 표변"(174쪽~175쪽)한다. 어느새 내 키만큼 자라 생각만 해도 뿌듯해지는 아들이 그 표변의 정당한 알리바이가 된다.

아들을 낳음으로써 나는 내가 남자가 된 것처럼 당당해졌다. 정말이지 나는 그들 앞에서 더는 여자 노릇을 할 필요가 없었다. 아들 생각만 하면 나는 겁날 게 없었다. 아들은 나에게 후천적인 남성 성기였다. 그러나 남자가 된 느낌이 고작 남을 해치고 싶은 충동일까. 그건 아닐 것이다. 유난히 시어머니하고 시누이를 보는 게 견디기 어려웠던 것은 공범의식 때문

이 아니었을까. 그들만 보면 병원 침대머리에서 나를 지켜보던 두 얼굴이 떠올라 진저리가 쳐진다.(176쪽)

아들을 통해 "후천적인 남성 성기"를 갖게 된 '나'의 '당당한' 의식은 조카 슬기의 유치원 재롱잔치에서 만난, 딸만 둘을 둔 '그 남자'로 인해 붕괴된다. 아이들을 찍은 비디오 필름을 핑계로, 불륜의 은밀한 열정을 품고 만난 그 남자는 아들에 대한 콤플렉스를 갖고 있지 않다. 더욱이 그는 여아 살해를 전제로 한 아들 낳기 열풍을 거세게 비난함으로써 '나'의 죄의식과 상처에 쐐기를 박는다. '내'가 시어머니와 시누이를 그토록 미워하고 남편과 소원해진 것도 결국 스스로의 죄의식 때문이었던 것이다. 그들과 공모해 기꺼이 아들을 낳는 '인큐베이터'가 되었던 '나'는 이제 스스로 달라질 것을 결심한다. "누구에게 보이기 위해가 아니라 나를 위해 어떡하든지 달라져야"(186쪽) 함을 절감했기 때문이다. '나'는 처음으로 집과 반대방향으로 차를 몰아 도시의 바깥으로 달리며 상쾌함을 만끽한다. 이렇게 하여, 소설의 후반에 이르면 이 소설의 제목인 '꿈꾸는 인큐베이터'의 의미는 정반대로 변화하게 된다. 아들에 대한 병적 열망에 사로잡힌 '나'의 도구적 여성의 모습에서, 새로운 존재로 거듭나고자 하는 주체적 여성이자 인간의 모습으로 그 의미가 갱신되는 것이다.

3. 상처와의 투쟁 — 삶을 지속하는 힘

「엄마의 말뚝 2」와 「나의 가장 나중 지니인 것」은 각각 한국전쟁기와

1980년대 독재정권기에 아들을 잃은 어머니의 참혹한 삶을 묘파한다. 외형상 두 어머니는 평온하고 의연한 모습을 견지하고 있지만, 이들의 무의식과 내면에는 끔찍한 고통과 슬픔이 출렁이고 있다. 이렇게 출렁이는 고통과 슬픔의 격랑은 언제든 이들의 의식의 표면을 뚫고 나올 태세를 갖추고 있다.

먼저, 「엄마의 말뚝 2」에서 '나'의 어머니는 6·25때 의용군에 나갔다 반병신이 되어 돌아온 아들이 자신의 앞에서 인민군의 총에 맞아 과다출혈로 죽은 쓰라린 과거를 갖고 있다. 의용군 전력 때문에 피난을 갈 수 없는 아들을 데리고 현저동 산꼭대기집에 숨어 살다 당한 일이다. 이 참혹한 고통은 현재 손자 부부와 함께 살고 있는 86세의 어머니가 눈에 미끄러져 다리가 부러진 일을 계기로 되살아난다. 수술을 거부하던 어머니는 부러진 다리는 쇠막대기로 이어야 튼튼하다는 '나'의 말에 현저동 시절 눈에 미끄러져 손목이 부러졌을 때 아들이 구해온 '산골'을 먹고 나은 일을 떠올리곤 흔쾌히 수술을 받는다. 몇십 년 전 죽은 아들에 대한 애틋한 사랑의 힘으로 구십을 앞둔 노구에도 큰 수술을 감당한 것이다. 그러나 수술 직후 어머니는 효성스러웠던 아들의 행복한 기억의 반대편에서 그 아들의 처참한 죽음의 기억을 다시 현재형으로 경험하고 만다. 그 일에 있어서만큼은 '나'는 어머니의 딸이기에 앞서 고통의 동료이기도 하다. '내'가 무시무시한 괴성과 힘을 분출하며 발작하는 어머니를 온 몸으로 찍어 누르며 제지하는 것도 같은 선상에 있다.

"가엾은 내 새끼 여기 있었구나. 꼼짝 마라. 다 내가 당할 테니."
어머니의 떨리는 손이 다리를 감싸는 시늉을 했다. 그때부터 어머니의 다리는 어머니의 아들이었다. 어머니는 온몸으로 그 다리를 엄호하면서 어머니의 적을 노려보았다. 어머니의 적은 저승의 사자가 아니었다.

"군관 동무. 군관 선생님. 우리 집엔 여자들만 산다니까요."

어머니의 눈의 푸른 기가 애처롭게 흔들리면서 입가에 비굴한 웃음이 감돌았다. 가엾은 어머니, 차라리 저승의 사자를 보시는 게 나았을 것을…….(109쪽~110쪽)

나는 어머니를 힘껏 찍어 눌렀다. 온몸으로 타고 앉다시피 했다. 어머니의 경련처럼 괴로운 출렁임이 고스란히 전해왔다. 조금이라도 마음이 움직이거나 약해져선 안 된다고 생각했다. 그렇게 되면 어머니가 나를 타고 앉게 될지도 모른다. 내가 아무리 전심전력으로 대결해도 어머니의 힘과는 막상막하여서 내 힘이 위태로워질 때마다 나는 어머니의 뺨을 쳤다.(112쪽)

그러므로 "악과 악의 대결처럼 살벌하고 무자비한 모녀의 힘의 대결"(113쪽)은 물리적인 힘의 대결이 아니라, 실은 어머니와 '나'의 공동의 상처에 대한 맹렬한 연대이다. 이 연대는 어머니의 유언에 따라 어머니가 죽으면 오빠처럼 화장을 해 고향 개풍군이 보이는 강화도 바닷가에 재를 뿌리는 일로 마무리될 예정에 있다. 물론, 오빠를 잃은 '나'의 고통이 아들을 잃은 어머니의 고통을 능가할 수는 없는 일이다. 그러나 "내 어머니의 오지에 감춰진 게 선(善)과 평화와 사랑이 아니라 원한과 저주와 미움이었다는 건 정말 너무했다. 설사 인간이 속속들이 죄의 덩어리라고 해도 그건 너무했다"(113쪽)고 오열하는 나는 어머니와의 깊은 연대를 거듭 확인하는 중에 있다. 무의식적 차원에까지 이른 이 연대는 크게 보면, 어머니와 '내'가 속한 세대적 차원의 연대이자 우리 사회가 계승해야 할 역사적 차원의 연대이기도 하다.

「나의 가장 나종 지니인 것」의 주인공 '나'는 백만 시민의 애도 속에 민주열사로 추앙된 아들을 떠나보낸, 가련하고도 장한 어머니이다. '나'는 친척과 친구 아들들의 결혼식에 보란 듯이 참석하고, 민가협 일을 열심히 하고, 지금 여기의 인간사는 아무것도 아니라는 '은하계 주문'을 외우면서 아들의 부재를 견뎌낸다. 그러던 중 '나'는 친구 명애가 위로할 속셈으로 데려간, 교통사고로 식물인간이 된 아들을 둔 친구의 집에서 그동안 참았던 눈물을 한꺼번에 쏟아내고 만다. 그 친구가 '웬수덩어리'라고 연신 욕하면서도 "장대한 아들을 자유자재로 굴리면서 바닥에 닿았던 부분을 마사지하는"(213쪽) 것을 도와주려다 당한 난데없는 봉변이 '나'의 진심을 일깨웠기 때문이다.

우리의 손이 몸에 닿자마자 환자가 괴성을 질렀어요. 여직껏 흐리멍덩 공허하게 열려 있던 환자의 눈이 성난 짐승처럼 난폭해지더군요. 얼마나 놀랐는지요. 손끝이 오그라붙는 것 같았어요. 그의 흐리멍덩한 눈은 신뢰와 평안감의 극치였던 거였죠. 그때 비로소 악담밖에 안 남은 것 같은 친구 얼굴에서 씩씩하고도 부드러운 자애를 읽었죠. 아이구 이 웬수덩어리가 또 효도하네, 하는 친구의 말로 미루어 어머니 외에 아무도 그를 못 만지게 한 게 한두 번이 아닌가 봐요.

저는 별안간 그 친구가 부러워서 어쩔 줄을 몰랐어요. 남의 아들이 아무리 잘나고 출세했어도 부러워한 적이 없는 제가 말예요. 인물이나 출세나 건강이나 그런 것 말고 다만 볼 수 있고, 만질 수 있고, 느낄 수 있는 생명의 실체가 그렇게 부럽더라구요. 세상에 어쩌면 그렇게 견딜 수 없는 질투가 다 있을까요? 형님. 날카로운 삼지창 같은 게 가슴 한가운데를 깊이 훑어 내리는 것 같았어요. (……) 저는 드디어 울음이 복받치는 대로 저를 내맡겼죠. 제가 그렇게 많은 눈물을 참고 있었을 줄은 저도 미처 몰랐어요. 대성통곡, 방성대곡보다 더 큰 울음이었으니까요.(214쪽)

동서인 형님과 '나'의 전화통화. 그것도 '나'의 일방적인 수다로만 이루어진 이 소설은 그 수다를 전주곡으로 하여 "대성통곡, 방성대곡보다 더 큰 울음"에 이른다. "다만 볼 수 있고, 만질 수 있고, 느낄 수 있는 생명의 실체"에 대한 "견딜 수 없는 질투"가 이 울음을 그동안 단단히 무장된 '나'의 내면에서 솟구치게 한 것이다. 그러나 이 무장해제의 울음은 아들을 잃은 어머니가 슬픔에 대한 패배를 자인(自認)하는 것을 뜻하지 않는다. 오히려 이 울음은 비로소 자신의 슬픔을 직시하고 긍정하게 된 그녀의 해방의 순간을 의미한다. 때로는 무방비 상태의 '긍정'이 안간힘의 '극복'보다 더 나은 삶의 투쟁의 기폭제가 되는 것이다.

이 긍정은 「환각의 나비」에서는 보다 부드럽고 평화로운 형태로 제시된다. 젊어 과부가 된 후 세 아이를 힘겹게 길러온 어머니는 노인이 되어 치매 증세를 앓는 지금, 딸의 집에서도 아들의 집에서도 평온을 얻지 못한다. 현재의 어머니에게 위안을 주는 것은 아들도 딸도 아닌, 그 아들딸들과 함께 정겹게 살았던 과거의 삶의 공간이다. 생계를 위해 하숙을 쳤던 옛날 '종암동 집'이 어머니에게는 마음의 유일한 처소가 되어 있다. 가출한 어머니가 옛날의 허름한 종암동 집을 닮은 '천개사 포교원'

에서 꿈꾸듯 안식을 얻은 것은 이러한 이유에서다. 더욱이 천개사 포교원에는 열네 살 때 강간을 당하고 무당이 되어 집안 식구들을 먹여 살려온 마금이, 즉 현재의 자연스님이 살고 있다. 어머니와 자연스님은 살아온 내력과 지향성에 있어 마치 한 쌍의 소울 메이트(soul mate)와도 같은 모습을 보인다. 딸인 영주가 가출한 어머니를 반 년 만에 우연히 찾았을 때, 어머니와 자연스님이 함께 앉아 더덕을 손질하는 장면이 '환상'처럼 느껴지는 것은 우연이 아니다. 어머니와 자연스님은 "살아온 무게나 잔재를 완전히 털어버린 가벼움과 자유로움"으로 현실의 경계를 넘어 비상하고 있기 때문이다.

(……) 부처님 앞, 연등 아래 널찍한 마루에서 회색 승복을 입은 두 여자가 도란도란 도란거리면서 더덕껍질을 벗기고 있었다. 더할 나위 없이 화해로운 분위기가 아지랑이처럼 두 여인 둘레에서 피어오르고 있었다. 몸집에 비해 큰 승복 때문에 그런지 어머니의 조그만 몸은 날개를 접고 쉬고 있는 큰 나비처럼 보였다. 아니아니 헐렁한 승복 때문만이 아니었다. 살아온 무게나 잔재를 완전히 털어버린 그 가벼움, 그 자유로움 때문이었다. 여지껏 누가 어머니를 그렇게 자유롭고 행복하게 해드린 적이 있었을까. 칠십을 훨씬 넘긴 노인이 저렇게 삶의 때가 안 낀 천진덩어리일 수가 있다니.(258쪽)

"날개를 접고 쉬고 있는 큰 나비"의 가벼움과 자유로움에 이르러, 박완서의 신음과 비명의 소설은 초월적인 세계와 살며시 접촉한다. 이 부드러운 접촉의 면이 다시 현실세계로 귀환하는 박완서의 '유턴 지점'

(「꿈꾸는 인큐베이터」)이 되었음은 그 후로 지금까지 쓴 소설들에서 박완서가 보여준 바와 같다. 이미 한국문학사의 윗줄에 기록된 위대한 작가 박완서가 초연하면서도 가파르게 삶의 격랑을 헤쳐온 증거 또한 이 부근에 있다. 박완서의 소설을 읽으며, 우리의 삶이 고통 속에 행복해지는 것을 경험해야 하는 이유도 여기에서 멀지 않다.